La Bonté même

W0387439

Du même auteur
chez le même éditeur

Mrs. Palfrey, Hôtel Claremont
Cher Edmund
Noces de faïence
Une saison d'été
La Bonté même
Le Papier tue-mouches
Une partie de cache-cache

en collection de poche

Angel (n° 41)
Mrs. Palfrey, Hôtel Claremont (n° 67)
Cher Edmund (n° 98)
Noces de faïence (n° 125)
Une saison d'été (n° 155)

Elizabeth Taylor

La Bonté même

Traduit de l'anglais
par Nicole Tisserand

Rivages

Couverture : illustration Julien Romain

Titre original : *The Soul of Kindness*

© The Estate of Elizabeth Taylor, 1964
© 1994, Éditions Payot & Rivages
pour la traduction française
© 1996, Éditions Payot & Rivages
pour l'édition de poche
106, bd Saint-Germain - 75006 Paris

ISBN : 2-7436-0074-8
ISSN : 1160-0977

À Elizabeth Cameron

1

Le marié n'avait pas encore terminé son discours lorsque la mariée s'écarta pour jeter des miettes du gâteau de mariage aux colombes par une ouverture de la vaste tente. Elle s'y employait avec une délicate application et, quittant leur abri en bois au-dessus des écuries, d'autres colombes s'approchèrent. Son attitude provoqua un murmure amusé parmi les invités, mais elle n'en eut pas conscience. Son mari trouva cette conduite gênante et estima que cela intervenait bien tôt dans leur vie conjugale; mais elle n'en eut pas conscience non plus.

La journée était superbe. Tout au long de la semaine précédente, les amis de Flora et de sa mère leur avaient souhaité un temps clément, et Flora avait souri, tranquille et alanguie, comme si l'idée d'une averse en septembre avait été absurde. Le soleil rayonnait entre les ouvertures de la tente et diffusait même une grande clarté à travers la toile. Le roucoulement des colombes se mêlait à la péroraison de Richard. Il avait légèrement rougi – en raison de la nature de cette journée, de la position qu'il occupait et de l'inattention de son épouse. Au moment précis où il allait conclure, celle-ci revint près de lui et glissa sa main dans la sienne. Elle semblait radieuse. C'est ce que chacun s'accorda à déclarer, quelques instants plus tard. Comme elles vont me manquer, mes chères colombes! songeait-elle.

Quelle adorable mariée, quelle grande et magnifique beauté blonde, pensait sa mère. Rien ne vaut une mariée blonde. On aurait dit qu'elle l'avait uniquement mise au monde – chère Flora – pour cet événement merveilleux et que rien de ce qui s'était produit entre sa naissance et le moment présent n'avait de valeur; seules comptaient ces deux réussites. Encore aujourd'hui, elle gardait le souvenir très net des paroles de la sage-femme : « C'est une adorable petite fille ». « Quelle fille adorable ! » répétaient tous les voisins cet après-midi. Flora vêtue de blanc. C'était une mariée née. Et toutes les mères pensent qu'aucun garçon n'est assez bien pour leur fille, se disait Mrs. Secretan pour se consoler.

Les demoiselles d'honneur inclinaient la tête en souriant au-dessus de leurs flûtes de champagne pendant que le témoin louait leur beauté, et les conversations reprirent, dans un bourdonnement auquel la hauteur de la tente et la minceur des parois donnaient un caractère éthéré. Mrs. Secretan allait de l'un à l'autre. « Oui, une robe vraiment ravissante, n'est-ce pas ? » « Non, je n'ai pas envie de pleurer. Beaucoup trop émue à l'église et beaucoup trop heureuse ici. » Veuve, depuis longtemps déjà, elle allait à présent devoir affronter la solitude. Ses amis s'étaient attendus à des larmes, et s'y attendaient encore. La voir se diriger vers le père de Richard – veuf lui aussi – donna des idées à quelques invités car, à ce que l'on prétend, les mariages entraînent d'autres mariages. La plupart d'entre eux ignoraient que la maîtresse de Mr. Quartermaine se trouvait là. C'était une femme élégante, entre deux âges, du nom de Barbara Goldman, et qui, pour l'instant, parlait à Richard – peut-être sa marraine, pensaient certains.

« Ils devraient aller se changer », disait Mr. Quartermaine en extrayant sa montre du gilet qui coiffait un ventre imposant. On voit le calice de l'œillet à sa boutonnière, remarqua Mrs. Secretan. Elle détourna vivement les yeux, comme s'il s'agissait d'un spectacle aussi embarrassant qu'une braguette ouverte. Lui seul risque de gâcher la cérémonie, n'avait-elle cessé de se répéter durant toutes ces dernières semaines. Avec son souci maniaque du détail elle avait demandé aux divers placeurs (des cousins, car Flora était fille unique) d'éviter qu'il n'abuse des boissons alcoolisées, et chargé son propre frère de le tenir le plus éloigné possible de Barbara Goldman – dont elle déplorait la présence – de peur qu'il ne laisse échapper un « Alors Ba, vieille branche! » en lui flattant la croupe.

La passion du détail avait poussé Mrs. Secretan à envisager toutes sortes de catastrophes. Incapable de trouver le sommeil, elle avait imaginé pendant ses insomnies qu'une guêpe viendrait piquer Flora sur le nez juste au moment de partir pour l'église, et elle ordonna au jardinier de faire disparaître les fruits abattus par le vent; ensuite, avec des pots à confiture, Mrs. Secretan confectionna une bonne douzaine de pièges qu'elle dissémina autour de la maison. Elle avait multiplié les précautions contre les infections, l'épuisement et les angoisses; mais il n'en existait guère contre le père du marié. Elle avait fait tout ce qui était en son pouvoir.

Il était tellement massif et Mrs. Secretan tellement plus petite que sa fille que réussir à s'interposer entre lui et un serveur proposant du champagne à la ronde lui sembla une grande victoire. Un verre de moins, pensait-elle. Les petits ruisseaux font les grandes rivières, avait-elle coutume de déclarer.

« Où est donc passée Ba? demanda Percy Quartermaine. J'en ai plein le dos de la famille. Ça me donne un coup de vieux. Mon fiston nous a servi un discours beaucoup trop long. Il aurait dû sentir l'impatience des gens, leur envie de boire un verre. » Il retourna le sien, qui était vide. « Même Flora en a eu marre : elle donnait à manger aux pigeons.

– Aux colombes, rectifia Mrs. Secretan.

– En tout cas, il lui faudra apprendre à en écouter bien d'autres. Nous sommes de fieffés bavards. » Il avait espéré prendre la parole lui aussi et, comme personne ne le lui avait proposé, il expliquait maintenant à son hôtesse combien cette pratique était passée de mode. « Passée de mode, répéta-t-il ; et bourgeoise. Ah, voici Flora, fraîche comme un gardon. » Il la trouvait distraite, pas très futée, mais docile.

« Ma chérie, tu as renversé quelque chose sur le devant de ta robe, remarqua Mrs. Secretan.

– Aucune importance, je vais aller me changer. »

Après un coup d'œil à sa montre, le témoin chuchota quelque mots à la responsable des demoiselles d'honneur. Mrs. Secretan avait établi le programme longtemps à l'avance.

« Laisse-moi te regarder une dernière fois », murmura-t-elle à sa fille en reculant d'un pas. Lorsqu'elle se retourna, elle aperçut Percy Quartermaine qui prenait le large, jouant des coudes parmi les chapeaux à fleurs en direction du champagne ; ensuite, à sa grande consternation, elle le vit glisser quelque chose dans la main d'un serveur. Distribuant des sourires enjoués à droite et à gauche, elle fila vers son frère afin de le mettre en garde.

Flora et son amie, Meg Driscoll, se faufilèrent hors de la tente comme si elles préméditaient quelque espièglerie, et traversèrent rapidement la pelouse pour gagner la maison. Sa traîne sur le bras, Flora courait à travers l'assemblée de colombes, qu'elle appelait en riant.

« Vous et vos colombes ! » cria un jeune garçon.

C'était le frère de Meg, un appareil-photo à la main, qui les avait suivies. « Oui, vous avec les colombes, s'il vous plaît! » Flora laissa retomber sa traîne, se retourna, puis tendit le bras, attendant qu'un des oiseaux vienne se poser sur sa main.

« C'est tout un symbole, n'est-ce pas? déclara Meg en se plaçant hors champ.

– Avant qu'elle s'envole! » dit Kit, la gorge nouée d'appréhension, comme une colombe venait de se percher. Il colla son œil au viseur.

« Elle ne s'envolera pas, assura Flora.

– La mariée aux colombes, murmura Meg. Ce sera sans doute la meilleure photo, malgré l'absence de l'époux. »

La photo prise et la colombe tendrement lancée vers le ciel, Flora et Meg gagnèrent la maison, Kit sur leurs talons.

« Je ne pensais pas que les mariages et les mariées intéressaient les jeunes garçons », lança Flora pardessus son épaule. Au moment où elle entrait dans le salon par la porte-fenêtre, elle se retourna pour adresser un sourire d'adieu à l'adolescent. Mais, trop proche d'elle, il marcha sur sa traîne et, lorsque Flora se retourna, le tissu se déchira.

« Kit, bon sang! Qu'as-tu donc à nous suivre comme ça? » s'écria Meg.

Etouffé de détresse et de confusion, il gardait piteusement la tête baissée, et son visage piqué de taches de rousseur avait viré au rouge. Par bonheur pour lui, Flora posa la main sur son épaule et se mit à rire.

« Je vais quitter cette robe pour toujours. Tu la mettrais en lambeaux que cela me serait bien égal.

– Viens, dépêche-toi », coupa Meg en lui prenant le bras.

Malgré Mrs. Secretan l'horaire n'était pas respecté,

et Flora, qui avait fait des tas d'embarras avec son voile, était déjà arrivée vingt minutes en retard à l'église. Meg commençait à trouver que la journée traînait en longueur.

« Je vous enverrai la photo », dit Kit en redressant la tête pour regarder Flora. Cet instant était trop lourd pour lui, mais il s'appropriait ce qu'il pouvait, sachant que plus tard il en aurait besoin. Il supportait sa gêne pour conserver un souvenir auquel se raccrocher dans l'avenir, qu'il pourrait revivre à l'internat tout au long des sombres dimanches de son dernier trimestre d'automne, ces journées abominables – et ce serait mieux que la photo, réussie ou non. Tandis que la distance entre eux s'accroissait, car Flora avait fait demi-tour pour suivre Meg, cet instant particulier s'était déjà mué en réminiscence qu'il commençait à élaborer, la prolongeant, transformant le sourire de la jeune femme afin de le rendre plus personnel, moins distrait. Richard, le mari de Flora, avait souvent agi ainsi.

« Flora, ma chérie, viens! Viens vite! » cria Meg du haut de l'escalier. Elle était montée en courant dans la chambre de Flora pour vérifier que tout était prêt. En pension, déjà, Meg se comportait en amie-nounou, car dès l'arrivée de Flora il avait été évident que ce à quoi Mrs. Secretan s'était consacrée – protéger et chérir sa fille – ne pouvait s'interrompre à la légère. Quelqu'un devait prendre la relève. « Que dois-je faire de ça? », « Où faut-il que j'aille? » étaient des questions auxquelles il fallait bien répondre. Meg n'approuvait pas la manière dont Mrs. Secretan dorlotait Flora, mais pressentait qu'une interruption brutale de ce comportement serait aussi dangereuse que d'exposer une orchidée au gel, ou de priver, d'un coup, un alcoolique de boisson. Elle avait tenté, la bonne âme, d'introduire des modifications progressives, mais Flora les avait paisiblement repoussées car elle ne voyait pas pourquoi il lui faudrait se débrouiller seule, et ignorait d'ailleurs qu'elle en était incapable. Pourtant, les dures réalités de la vie l'attendaient, et Meg s'inquiétait. Elle tentait parfois de l'éclairer sur la traîtrise et la cupidité, mais Flora répliquait : « Personne ne ferait des choses pareilles, voyons », en adressant un sourire indulgent à l'amie qui imaginait des situations aussi désagréables. À présent Meg et Mrs. Secretan avaient confié leur précieux fardeau à Richard, et Meg, pour sa part, était soucieuse.

« Me voilà. J'arrive », répondit Flora depuis le couloir, d'une voix haut perchée.

Les invités, que Flora apercevait de la fenêtre, quittaient maintenant la tente et s'égaillaient dans le jardin, s'arrêtant pour déchiffrer les noms des rosiers et s'immobilisant, comme hypnotisés, devant les parterres de dahlias. Flora avait presque fini de se changer et une bonne vint frapper à la porte pour annoncer que le marié s'impatientait dans l'entrée. Afin de le calmer, Meg dévala les escaliers et assura, avec beaucoup d'optimisme, que l'attente ne serait pas longue. En guise de réponse, il se contenta de jeter un coup d'œil à sa montre. Vivement que je l'emmène, ne cessait-il de se répéter. La journée avait été éreintante, et il n'aspirait qu'à prendre le large, seul avec Flora, en s'arrêtant un peu plus tard pour boire un verre au calme. Sa tête bourdonnait du brouhaha des conversations.

De retour dans la chambre, Meg trouva Flora assise à son bureau (entièrement habillée, à l'exception des gants) et occupée à rédiger une lettre. Elle pleurait. Ce qui inquiéta Meg n'était pas que son amie manifeste son émotion – Flora avait la larme facile –, mais la menace que cela représentait pour son apparence, dont elle se sentait responsable.

« Mais qu'est-ce que tu fabriques ? » questionna-t-elle, en se précipitant vers elle dès la porte refermée.

« J'écris un petit mot à maman. Je vais le laisser ici, et elle le trouvera après mon départ. J'ai tellement peur que mon absence lui pèse.

– Bien sûr que tu vas lui manquer. Mais c'est une femme raisonnable... » Si seulement elle l'était ! pensait Meg. Et si seulement elle l'avait toujours été ! « Tu ne peux pas descendre le visage barbouillé de larmes, surtout après avoir été aussi longue. Tout le monde croira que tu regrettes ton mariage.

– Mais non, cela ne viendra à l'esprit de personne », répliqua Flora en s'essuyant les yeux, le sourire aux lèvres. « Comment pourrais-je regretter d'épouser Richard ?

– Il est en bas, et ne cesse de regarder sa montre.

– Eh bien, son attente va prendre fin. »

Elle cacheta l'enveloppe et se leva.

« Tes gants ! s'écria Meg en les lui fourrant dans la main.

– Tout va tellement me manquer, murmura Flora en parcourant la pièce du regard.

– Descends vite ! insista Meg qui s'élança pour ouvrir la porte.

– Merci, Meg. Vraiment, merci pour tout. Pas seulement pour cette journée. Pour toutes les autres. Pour tout le reste.

– Descends vite », répéta Meg.

Elle voyait son amie de nouveau au bord des larmes et redoutait une contagieuse sentimentalité.

« Me voilà ! » lança Flora à Richard en s'engageant dans l'escalier.

Meg eut l'impression fugace d'être flouée. Elle venait brusquement de constater que Flora utilisait cette expression à tout bout de champ, sur le ton de quelqu'un offrant un magnifique cadeau. Elle faisait présent de sa personne.

« Ils vont s'en aller! » s'exclama quelqu'un dans le jardin et la nouvelle se répandit de proche en proche. L'agitation s'accrut – une sorte d'hilarité nerveuse – au moment des adieux. Kit prit de nouvelles photos. On regarda la mère et la fille s'embrasser. Puis la voiture s'éloigna, emportant le couple vers une destination tenue soigneusement secrète, et les invités commencèrent à se disperser.

Quand tous furent partis, Mrs. Secretan monta dans la chambre de sa fille. Meg l'avait remise en ordre. La robe de mariage déchirée était suspendue dans un placard et le voile, tel un fantôme, gisait sur le lit. Mrs. Secretan prit l'enveloppe et l'ouvrit. *Tu as été la plus merveilleuse des mères*, lut-elle. *J'ai eu une enfance magnifique*. Il fallait donc considérer que tout était terminé? C'était le genre de propos qu'on attendait d'un mourant, ou qu'on chuchotait à un agonisant. Si seulement, pensait Mrs. Secretan avec nostalgie, si seulement Flora avait écrit : Tu *es* une mère tellement merveilleuse. C'eût été complètement différent, et aurait laissé entendre que j'ai encore une place, songea-t-elle. Mais là... Elle saisit le voile et le fourra rapidement dans un tiroir. Il dégageait une telle tristesse, avec son aspect de spectre, étalé sur le lit.

Mais, finalement, tout s'était bien passé et Percy était resté dans un état d'ébriété raisonnable. Ba, avec une compétence surprenante, avait su le prendre en main. Le soleil se couchait, et de longues ombres obliques striaient le jardin où se dressait la grande tente, tellement vaste et étrangère à ce lieu. Mrs. Secretan songea qu'elle était fatiguée, plus fatiguée qu'elle ne l'avait été de sa vie. Tant de soucis et d'embarras, tant de personnes venues de partout et réunies à seule fin de permettre à Flora de commencer une nouvelle vie, de construire son propre foyer. Mrs. Secretan pensait rarement à Richard, sinon pour espérer qu'il se révélerait digne de confiance ou pour redouter que tel ne soit pas le cas.

Elle ouvrit la fenêtre et considéra la pelouse; elle était abîmée et piétinée. Au-delà de la tente, la Tamise coulait derrière une rangée de peupliers, et on entendait les voix lointaines de promeneurs flânant sur le chemin de halage. Elle les imaginait apercevant la tente et se demandant à quoi elle pouvait bien servir, ou se disait qu'ils avaient peut-être vu Flora sortir de l'église, entendu le concert tonitruant des cloches et qu'ils s'étaient arrêtés pour regarder, partageant l'excitation ambiante.

L'été touchait à sa fin et les dahlias, qui avaient rempli leur office aujourd'hui, allaient devoir être arrachés. Mrs. Secretan n'avait pas pensé au-delà de cette journée, imaginant à peine qu'elle serait suivie d'une soirée. Elle se demandait où ils pouvaient bien être – ces deux séduisants jeunes gens. Ne pas questionner Richard (qui avait insisté pour garder leur destination secrète) faisait partie des résolutions qu'elle avait prises, afin de passer pour une merveilleuse belle-mère, ce qu'elle désirait à présent devenir. Même moi, je ne suis pas au courant, répondait-elle quand on la questionnait sur le voyage de noces; mais elle s'arrangeait pour faire croire, au ton employé, que c'était sa façon à elle de garder le secret.

L'air sentait l'automne. Très bientôt, un épais brouillard se lèverait le soir sur les eaux, le chemin de halage serait totalement silencieux et le fleuve grossirait; il y aurait peut-être des crues. Et Flora, installée à Londres, ne viendrait plus qu'en invitée.

J'avais tout préparé, songea Mrs. Secretan. Jusqu'au

moindre détail. Mais j'ai oublié de penser à moi et à l'avenir. Cette soirée, notamment, m'a totalement échappé. Elle relut la lettre, en se répétant que Flora, la pauvre, avait voulu bien faire, que cela partait d'une bonne intention. D'ailleurs, Flora avait toujours eu de bonnes intentions. Même lorsqu'elle commettait de grosses bêtises, c'était à partir de bonnes résolutions.

Mrs. Secretan ferma la fenêtre et resta un instant immobile, les paupières closes et une expression découragée sur son joli visage ridé. Elle avait mal à la tête, mais elle allait devoir se préparer pour dîner avec son frère et deux vieilles tantes. Ils récapituleraient les événements de la journée et chacun aurait remarqué un détail différent; pourtant rien ne concorderait. Tout cela ressemblait trop à un rêve.

En bas, des hommes traversaient la pelouse. Ils venaient déjà démonter la vaste tente.

2

« Je vois une bascule, des hommes engagés dans une partie de lutte à la corde, deux panneaux indicateurs à un croisement pointant dans des directions opposées, et un drôle de petit bonhomme qui gambade. » Flora se balançait dans le rocking-chair, et déchiffrait les augures dans les brins de thé qui tapissaient la tasse vide de Ba. « Des signes incontestables de difficulté et de tension », conclut-elle avec un sourire, en se carrant placidement dans son fauteuil.

Dès qu'elle avait appris sa grossesse, Flora s'était entichée du petit salon de Ba, et en particulier du fauteuil à bascule. Après quatre années de mariage elle commençait à douter de la possibilité d'avoir des enfants, et le diagnostic du médecin l'avait étonnée. « Un bébé ? » s'était-elle exclamée, incrédule, en le fixant avec un tel émerveillement qu'il avait dû se lever et faire quelques pas dans la pièce pour masquer un sourire.

Sa mère, Meg, son beau-père – tout le monde semblait avoir pensé : Ce n'est pas trop tôt ! Seul Richard parut presque aussi stupéfait qu'elle.

Elle reposa la tasse de Ba sur la table, la tournant de façon à ne plus avoir sous les yeux la trace du rouge à lèvres dont le dessin évoquait les stries régulières des lamelles d'un champignon. Tandis qu'elle se balançait, son ventre légèrement renflé tendait sa veste de soie.

« Des tensions et des orages. Merci beaucoup, chérie, répliqua Ba d'un ton pincé.

– Facile de les éviter. Épousez Percy », répondit

Flora. Les mains jointes sur son ventre, elle affichait un sourire satisfait. « Dites-moi ce que vous voyez dans mes feuilles de thé, reprit-elle d'un ton paresseux, et j'interpréterai.

– Je ne suis pas aussi douée que vous, dit Ba, qui examina la tasse vide en fronçant les sourcils. Je vois une chouette, c'est tout. »

Flora se pencha en avant, le visage grave et attentif, et lui prit le récipient des mains. « Cela, ma chère Ba, est un présage de mort. » Elle étudia le motif, déclara : « Rien à voir avec une chouette ! » et posa la tasse sur la table.

« Je suis vraiment désolée, chérie », murmura Ba. Ornée d'un diamant de belle taille, sa main planait comme une serre au-dessus d'un étui à cigarettes en écaille. Des trophées pris à Percy, songea Flora. La bague, l'étui, le briquet en or qu'elle actionnait à présent d'un geste élégant. La pièce, remplie de trophées, conservait pourtant son caractère particulier – tellement douillette, sentimentale, banlieusarde. Flora avait souvent remarqué que les femmes telles que Ba, qui s'habillent avec une recherche austère, versent facilement dans la mièvrerie en ce qui concerne la décoration de leur intérieur, avec un penchant pour les abat-jour roses, les poupées en crinoline trônant sur des coussins et les bordures composées de delphiniums – qui apparaissent à la fois sur les broderies des cache-cheminée et dans le jardin. Ba, dans sa robe élégante, semblait déplacée dans la pièce qu'elle avait façonnée. Elle était grande et osseuse. Ses cheveux, naguère châtain foncé, avaient maintenant une couleur terne et, tirés en arrière, formaient un chignon. Des narines obliques, en amande, révélaient ses origines sémites. Sa robe, généreusement échancrée, découvrait une infinité de taches de rousseur, mais ne laissait voir que la naissance d'une poitrine excessivement tombante. Des jambes magnifiques, estima Flora. Elle jeta un coup d'œil aux siennes, les souleva un peu, les considéra attentivement, puis les reposa, incapable de se faire une opinion. La voix de Ba surprenait énormément. On ne s'attendait pas, chez une personne aussi chevaline et osseuse, à une telle voix, lente et voilée, qui susurrait en permanence des mots tendres.

Ba avait cessé de s'étonner de son amitié avec Flora – qui déplaisait tellement, elle le savait, à la mère de celle-ci. Elle n'imaginait pas pouvoir être acceptée par la famille de Percy. Aussi s'était-elle réjouie lorsque Flora avait paru se rapprocher d'elle et s'était mise peu après à venir régulièrement prendre le thé les jours où elle fermait de bonne heure.

La petite boutique de mode, au bas de son appartement, représentait le plus coûteux des cadeaux de Percy, celui que Ba préférait entre tous. Même à présent, en compagnie de Flora, ou le soir quand Percy lui rendait visite, elle pensait à son magasin, ne cessait jamais d'y songer : l'obscurité et le silence, les stores qui recouvraient la devanture et la porte vitrée, sur lesquels son prénom, *Barbara,* s'étalait en lettres fantaisie, la moquette étouffant les bruits et les housses de protection – une atmosphère paisible et confinée où flottait le parfum de ses ambitions.

« C'est un plaisir de vous regarder manger, chérie », dit-elle, comme Flora se penchait pour prendre une tranche de gâteau. Par habitude, Ba offrait de quoi grignoter, mais ne se donnait jamais la peine de servir. Elle estimait fort improbable que quelqu'un désire manger à ce moment de la journée.

« Pourquoi n'avez-vous pas de chat ? demanda Flora.

– Je n'ai pas envie d'avoir un chat.

– Pourtant, ce serait agréable. Et Percy adore les chats.

– Percy en a déjà un. »

L'animal, en fait, lui avait été offert par Flora et il avait été bien obligé de l'accepter. En quatre ans, Percy avait constaté que sa belle-fille n'était pas aussi docile qu'il l'avait cru de prime abord. Bien que sage comme une image, elle prenait pour faire plaisir à autrui des initiatives non dépourvues d'inconvénients, et se révélait incapable de concevoir qu'on puisse avoir des idées différentes des siennes.

« Percy en est fou, affirma-t-elle gaiement. Il lui tient compagnie dans son immense appartement sinistre. »

Elle tourna la tête et regarda Ba d'un air accusateur. Mais brusquement, à cet instant précis, elle cligna des paupières en sentant l'enfant bouger dans son ventre – cette chose extraordinaire lui arrivait, à elle. Elle avait l'impression d'être une cage contenant un prisonnier furieux. Comment nous sera-t-il possible d'être amis lorsqu'il sera libre ? se demandait-elle.

Ba jeta sa cigarette dans la cheminée et prit son tricot. La laine angora la fit éternuer et elle resta un moment immobile, le tricot à distance, les sourcils levés, les yeux fermés, dans l'attente du prochain éternuement. « Pauvre de moi », dit-elle lorsque la crise s'apaisa.

« Tout le monde tricote, sauf moi, constata Flora. Maman s'y est mise avec acharnement. Elle a déjà une production telle que je la soupçonne d'avoir commencé depuis des années. Même Meg prépare quelque chose. Elle a d'abord tricoté une culotte longue ; mais quand elle a voulu assembler les jambes, elle s'est aperçue qu'elle avait fabriqué deux jambes gauches ! Pauvre Meg », ajouta Flora, comme elle le faisait toujours, désormais, lorsqu'elle parlait d'elle. Il lui semblait que son amie avait connu tous les malheurs du monde : la mort de sa mère quand son frère était encore écolier, celle de son père, bien longtemps avant d'avoir eu le temps de s'occuper de l'avenir de Kit, à quoi s'ajoutaient des difficultés financières et une passion amoureuse sans espoir – sans espoir et impossible jusqu'à friser l'absurdité, selon Ba.

« Cela me rappelle, dit Flora, en suivant une pensée qu'elle avait gardée pour elle-même, que Patrick doit venir boire un verre. »

Elle se redressa et étira son dos. Il ferait nuit lorsqu'elle arriverait chez elle, car on venait de passer à l'heure d'hiver. Après avoir enfilé son manteau, elle descendit l'escalier et traversa la boutique sur les pas de Ba, qui allumait les lumières. Quand elle ouvrit la porte donnant sur la rue, Flora constata que le soir était déjà tombé; ce n'était pas la pleine obscurité, une faible clarté bleutée baignait encore la file de petites boutiques d'en face. Les gens qui sortaient de la station de métro de ce quartier du nord de Londres s'éloignaient à la hâte. La rue, déserte quelques instants auparavant, le serait de nouveau jusqu'à la prochaine rame. Des feuilles jaunissantes collaient aux trottoirs luisants. Elles devaient venir de loin, pourchassées par le vent, pensait Flora qui se dirigeait vers sa voiture en les évitant soigneusement, de peur de glisser avec son précieux fardeau. Aucun arbre n'était visible, mais l'air avait une sorte d'épaisseur, comme chargé de fumées, vestiges odorants des feux d'automne couvant dans les jardins.

L'air semblait tellement plus épais que six mois auparavant, lorsque toutes ces feuilles étaient encore sur les arbres, transparentes, et qu'elle goûtait aux plaisirs du printemps. À cette époque, elle était encore une personne distincte, sans cette nouvelle vie unie à la sienne, prise au piège en elle.

Entre chaque rame, une atmosphère malveillante flottait sur le quartier. Les rues désertées et éclairées au petit bonheur paraissaient inquiétantes. Après avoir rapidement dévalé la pente, les voyageurs déversés à la station se trouvaient maintenant, ou peu s'en fallait, dans leurs clapiers bien éclairés, enfermés pour la nuit au fond de ces matrices, maîtres chez eux comme autant de charbonniers. Pendant qu'elle conduisait, des images venaient à l'esprit de Flora : d'abord, celle d'un climat ensoleillé, puis celle de sa jolie maison. Elle pensa à son mari, à son ami Patrick, et espéra être rentrée avant leur arrivée, mais sans être tendue pour autant.

Ba, en cette première soirée teintée d'une touche hivernale, verrouilla la porte de la boutique, gagna l'étage, puis, sans une ombre de mécontentement, lava les tasses et prépara le whisky de Percy.

Richard, qui attendait sur le quai du métro, étreignant sa serviette, son parapluie, le journal du soir et une bouteille de gin enveloppée dans du papier de soie, tentait d'éviter de lire et de relire les placards publicitaires, ou de compter sur la carte, pour la centième fois, le nombre de stations qui le séparait de St. John's Wood, sa destination. Il avait l'impression qu'aux heures de pointe l'ennui qui régnait dans des lieux aussi désagréables que celui-ci menaçait son équilibre, remplissant le vide de son esprit de noms absurdes, imprimant sur sa rétine des images d'une banalité à pleurer. Il s'abîma dans la contemplation du mur carrelé et sale qui lui faisait face, son chapeau melon rejeté en arrière, son pied battant la mesure sur le quai. Un peu plus loin, dans la foule, il avait aperçu une voisine de son quartier – Elinor Pringle – et il était certain qu'elle aussi l'avait vu. Ils s'étaient reconnus, mais feignaient de l'ignorer ; elle avait vivement baissé les yeux sur les paquets qu'elle tenait dans ses bras. Chacun voulait s'épargner l'effort de la conversation, depuis St. John's Wood jusqu'à la rue large et silencieuse où ils habitaient.

La mauvaise rame arriva. Celle de Richard venait toujours en second, expliquait-il à son entourage en décrivant l'enfer qu'il endurait : il déplorait le sort qui le contraignait à circuler aux heures d'affluence, s'affligeant de devoir clore ainsi une journée laborieuse, et passait l'après-midi à anticiper cette pénible épreuve. À l'approche de l'hiver les choses ne pourraient qu'empirer, avec les pardessus mouillés et les parapluies, et tous ces abominables voyageurs qui, ayant effectué leurs achats pour Noël, seraient chargés d'énormes sacs. Il jeta un coup d'œil à Mrs. Pringle qui semblait avoir déjà commencé ses courses. Elle était du genre à prendre les devants.

La rame de Richard arriva et les portes situées à sa hauteur s'ouvrirent. Mais personne ne descendit et les voyageurs, serrés comme des sardines, le fixèrent d'un regard hostile, sans lui faire de place – à dire vrai, il doutait que cela leur soit possible. Contrarié, il se dirigea rapidement vers la voiture voisine, et s'y introduisit en jouant des coudes, écrasant les pieds de quelqu'un. En entendant l'inspiration sifflante provoquée par la douleur soudaine, il s'excusa et se retourna, juste à temps pour voir l'expression furieuse d'Elinor Pringle se transformer en sourire de reconnaissance poli.

Il présenta de nouvelles excuses, en insistant davantage, tanguant sur ses jambes comme le métro quittait bruyamment la station. Il accrocha le parapluie à son bras, glissa la bouteille de gin sous son coude, et saisit une sangle de sa main libre.

« Ce n'est rien, répondit sa voisine. Parqués comme du bétail... comment éviter de...? » Elle bloquait avec son menton le paquet coiffant la pile qu'elle tenait dans ses bras. Dans l'incapacité d'utiliser ses mains pour maintenir son équilibre, elle aurait vacillé à chaque sursaut du wagon si elle avait disposé d'espace.

« Voulez-vous que je prenne quelques paquets? » demanda Richard en lui offrant l'appui de son bras.

« Non... très gentil ... tout risque de tomber si je... »

Il comprit qu'il allait devoir faire le chemin en sa compagnie. Pas moyen d'échapper à ce que tous deux avaient espéré éviter. Si Flora s'était trouvée à la place d'Elinor Pringle, songea-t-il, quelqu'un lui aurait cédé son siège depuis longtemps. À sa connaissance, sa femme n'avait jamais eu à rester debout dans un autobus ou dans le métro : devant son aimable sourire, son allure engageante, un homme se levait toujours.

À Baker Street quelques personnes descendirent, et Richard et Elinor Pringle purent s'asseoir. Lorgnant de côté, elle lisait le journal de son voisin. Richard déplia le sien et se plongea dans la lecture.

Il faisait très sombre à St. John's Wood. Elinor Pringle permit à Richard de la décharger d'un ou deux paquets, et ils s'engagèrent sur les trottoirs jonchés de feuilles, frissonnant après l'atmosphère confinée du métro. Elinor marchait à petits pas rapides, malgré son pied encore endolori.

« Comment va Flora? » demanda-t-elle.

Ça commence, pensa Richard.

« Merveilleusement bien. Et Geoffrey?

– Très, très... En fait, il a un gros rhume.

– Pas mal de gens sont enrhumés.

– Oui... on ne s'y attend pas... »

Elle commençait à s'essouffler et lui en avait déjà par-dessus la tête; mais ils savaient tous deux que, se connaissant un peu mieux que de vagues relations de voisinage, ils ne pouvaient cheminer en silence.

« Que de paquets! » reprit Richard, marchant d'un air digne, essayant de régler ses grandes enjambées sur le trottinement qu'imposait la jupe serrée.

« Oui. Excusez-moi. »

Pourvu qu'elle ne croie pas que ça m'ennuie de les porter, songea-t-il.

« Je déteste qu'on retarde des pendules pour l'heure d'hiver, dit-il. Vraiment, je n'aime pas ça.

– Moi non plus », répondit-elle d'un ton de profonde connivence, comme s'ils venaient de découvrir quelque lien fantastique, imprévu, entre eux. « L'obscurité tombe si tôt.

– Ça aide un peu, le matin, remarquez; quoique, de toute façon, tout va mal à cette heure-là.

– Oh si, c'est très utile le matin. »

Le soulagement perçait dans sa voix, principalement dû au fait qu'elle arrivait chez elle. La maison, une charmante petite construction en stuc, s'élevait, toutes lumières éteintes, derrière deux araucarias. Flora et lui y étaient allés prendre un verre un dimanche midi. Cela remontait à plus d'un an, et, bien que Flora ait parlé à plusieurs reprises de leur rendre leur invitation, elle ne semblait plus y penser.

Elinor déchargea Richard de ses paquets; il l'aida à ouvrir le portail métallique et prit congé. Tout en montant la rue en pente, il songeait qu'il détesterait rentrer dans une maison sombre et déserte après la bataille des heures de pointe; mais il imaginait fort bien Elinor rendant vie au foyer avant le retour de son mari enrhumé, réglant chaque détail, méthodiquement, de sorte que les pièces s'illuminaient, que les rideaux étaient tirés, et que le petit bois commençait à prendre dans l'âtre.

Il quitta la côte pour s'engager dans Beatrice

Crescent. Des rais de lumière filtraient entre les rideaux de la fenêtre du rez-de-chaussée de sa propre maison, au numéro cinq, et il distinguait Mrs. Lodge vaquant à ses occupations dans la cuisine en sous-sol. La pièce semblait douillette, avec sa table recouverte d'une nappe rouge et le rebord de sa fenêtre orné de plantes en pot. Mrs. Lodge n'avait pas encore baissé le store.

Richard constata que la voiture de Flora ne se trouvait pas dans le garage. Il grimpa les quelques marches qui menaient à la porte d'entrée, encadrée de deux lions couchés en pierre, et s'arrêta sous le porche pour chercher la clé parmi toutes celles de son trousseau. Lorsqu'il ouvrit enfin la porte, Mrs. Lodge se trouvait dans le vestibule. Elle l'avait entendu arriver et elle était montée en courant.

« Mr. Barlow est au salon, dit-elle à mi-voix. Madame attendait sa visite.

– Elle n'est pas encore de retour, à ce que je vois. »

Il retira son manteau, apparemment peu pressé d'entrer dans le salon. C'est le comble, vraiment le comble, songea-t-il rageusement. Il ajusta longuement sa cravate devant le miroir.

« Elle ne devrait plus tarder, murmura Mrs. Lodge. Peut-être qu'on circule mal. »

Richard se ressaisit enfin, comme s'il se trouvait dans les coulisses d'un théâtre et doutait fortement de sa capacité à tenir son rôle avec brio ce soir-là. Il s'avança et, d'un geste brusque et enthousiaste, ouvrit résolument la porte du salon.

« Cher Patrick ! dit-il. Navré qu'on vous ait laissé seul. »

Percy Quartermaine, encore essoufflé d'avoir monté les escaliers, se laissa tomber dans son fauteuil attitré, qui faisait face au rocking-chair dans lequel Flora s'était assise un peu plus tôt. À peine s'y était-il installé que Ba lui glissait un verre de whisky dans la main.

« Flora est passée, dit-elle.

– Je sais. J'ai fait un saut chez Richard en venant et elle est rentrée peu après. Il y avait ce type, son ami écrivain, et cet animal...

– Patrick Barlow.

– ... discourait sur la peinture en zozotant. " Moi, j'aime les vieux maîtres, je lui ai dit, et je me contenterai d'un seul de leurs tableaux. " Ça lui a coupé la chique. Rien trouvé à répondre. Je suis sûr qu'il n'a pas de Canaletto.

– Toi non plus, mon chéri.

– C'est vrai, mais en tout cas je connais quelqu'un qui en possède un ! Il l'a exposé au-dessus de ce qu'il aime appeler le manteau de la cheminée. » Son expression se fit moins maussade, s'adoucit, et il contempla rêveusement son whisky, balançant le verre délicatement entre ses doigts épais. « Je donnerais cher pour l'avoir, celui-là : la Tamise à Londres. On croirait vraiment qu'on se trouve là, en train d'admirer la Tamise nimbée d'une lumière somptueuse. Quand on parle de la Tamise, c'est exactement l'image que j'en ai. Superbe, comme Venise. Tous ces foutus immeubles modernes, je ne les vois même pas. Non, Ba. Ils me blessent vraiment. Une blessure personnelle. » Il redevenait virulent et commençait à se tapoter la poitrine comme si la douleur et l'indignation le tenaillaient en cet endroit.

Ba s'installa dans le fauteuil à bascule en souriant paisiblement. Elle se demandait souvent comment avait été la femme de Percy, et un jour elle lui avait posé la question. « Une jolie petite chose, avait-il répondu sans plus de détails. Du genre craintif. »

Avait-elle redouté son caractère explosif, s'était-elle repliée sur elle-même devant l'ampleur de son monstrueux égotisme? s'interrogeait Ba. Elle pensait qu'il avait dû se comporter en seigneur et maître à tous égards.

« Ce type, reprit-il, qu'est-ce qu'elles lui trouvent, grands dieux? Flora? Meg Driscoll?

– Il est gentil, à mon avis. Sympathique; oui, fort sympathique. Et il a un très beau visage.

– Mais à quoi ça lui sert?

– À moi aussi, il me plaît.

– Ça me dépasse! »

Trop de choses l'avaient dépassé pendant ces deux dernières heures – pendant ces vingt dernières années, en fait – et ce qu'il considérait comme de la prétention ou de l'entêtement le hérissait. Il avait l'impression que les gens agissaient et parlaient dans le seul but de l'irriter. Même les grands bâtiments modernes, sur les quais de la Tamise, semblaient avoir été conçus pour le contrarier, et il ne les regardait jamais sans se sentir personnellement visé.

« Vous êtes toutes idiotes de vous faire rouler comme ça.

– Pourquoi cette haine? Cette peur? questionna Ba. Tu commences à me rendre soupçonneuse. Cela prend des proportions anormales.

– Des proportions anormales! Tu sais que cette fille, Meg Driscoll, est bel et bien tombée amoureuse de lui? Comment est-ce possible?

– C'est le drame de Meg, ça ne nous regarde pas. Personne n'est responsable, et il n'y a rien à faire.

– Dans ce cas-là, nous, on n'a rien à se reprocher, répliqua-t-il à contrecœur.

– Non. Ce n'est peut-être pas une attitude très noble.

– Excessivement noble, au contraire. Et digne de reconnaissance. Je te l'ai déjà dit, la gratitude m'importe beaucoup. » Il s'enfonça plus profondément dans son fauteuil. « Je te serais reconnaissant, très chère, de me verser une autre rasade de whisky. »

Ba s'exécuta et partit préparer le dîner léger qu'ils prenaient sur un plateau. Percy conservait un goût enfantin pour les haricots blancs à la sauce tomate servis sur toasts, ainsi que pour les œufs et les frites.

« Veux-tu que j'allume la télévision? » lui proposa-t-elle avant de quitter la pièce.

Il hocha négativement la tête; préoccupé, il l'entendit à peine, chiffonné par les propos que Flora lui avait tenus un peu plus tôt. Elle l'avait raccompagné et, comme il prenait son manteau dans le vestibule, l'avait prié, pour la seconde fois, de rester dîner. « Je dîne toujours chez Ba », lui avait-il expliqué. Elle était au courant. « Et c'est bien ce qui m'inquiète, avait répondu Flora, en posant sur lui ses grands yeux perplexes. Il est très pénible pour une femme de vivre et de travailler au milieu des commérages. » Ou des mots équivalents, en tout cas, censés préparer la requête de Flora, qui avait glissé ses mains de façon implorante sous les revers du pardessus de Percy. « J'aime beaucoup Ba; je vous aime tous les deux beaucoup, et je rêve de vous voir vous installer. »

Ba avait déjà repoussé une douzaine de fois ses propositions de mariage, mais quand Percy le signalait à Flora, elle lui souriait avec tendresse et hochait gentiment la tête, l'air de ne pas être dupe et de savoir quelque chose qu'il était incapable de saisir, par exemple que Ba ne demandait peut-être qu'à se laisser convaincre. Voir ses offres rejetées ne mettait pas Percy au désespoir. Leurs conventions lui convenaient. Certes, deux foyers coûtent plus cher à entretenir qu'un seul; mais il avait assez d'argent pour s'offrir ce luxe. Il adorait passer ses journées comme il l'entendait, et se réjouissait à la perspective de leurs petites soirées intimes.

Il y avait tellement longtemps qu'ils n'avaient plus fait l'amour. Souvent Percy oubliait de l'embrasser lorsqu'il la quittait vers dix heures pour rentrer chez lui; et parfois, dans sa voiture, il lui arrivait d'y penser avec remords. Sa femme attachait de l'importance à de tels détails; elle soupirait, faisait la moue et s'arrangeait pour lui faire savoir qu'elle en souffrait. De jolies manières, un comportement de jeune fille, se disait-il à l'époque. Ba n'était pas du genre à soupirer et à faire la moue, et il se demandait, pendant qu'elle préparait le dîner dans la petite cuisine, s'il ne la considérait pas un peu comme faisant partie du décor. Il venait d'affirmer que la gratitude lui importait, et il s'estimait à présent largement débiteur. Ba lui donnait sa vie. Elle travaillait dur dans sa boutique – assurant les approvisionnements, servant les clients, tenant la comptabilité – et le soir, elle lui préparait des frites. La question du bien-être de Ba le mettait mal à l'aise. Voilà qu'on médisait sur son compte, ici, dans le quartier où elle gagnait sa vie... Par quels moyens pourrait-il s'en assurer? Il avait déjà entendu des histoires de ce genre, propres à la vie dans les banlieues.

« Qu'as-tu fait aujourd'hui? » lui demanda-t-elle lorsqu'elle revint avec le plateau du dîner.

Personne ne réussit les fritures mieux qu'une juive, se dit-il en considérant les portions de poisson croquantes à souhait.

« Je suis passé à l'usine, ce matin, pour voir un peu. »

Bien qu'ayant pris sa retraite, il lui paraissait nécessaire de continuer à surveiller l'entreprise familiale; de plus, Percy adorait perturber l'atmosphère en interrompant le travail des ouvriers les plus anciens pour discuter du bon vieux temps et prendre des nouvelles de leurs familles. Cela rendait Richard furibard, il le savait.

« Et cet après-midi, leçon de piano.

– As-tu bien avancé ?

– Tu ne manges que le poisson ? Ce n'est pas malin.

– Tu as commencé une nouvelle partition ?

– Oui, *Le Pas des danseuses*. Ça a l'air enfantin, mais c'est très joli.

– Tu me le joueras lorsque je viendrai prendre les mesures pour les rideaux.

– Il faudra que je m'entraîne un peu plus, avant. Ba, cette histoire de rideaux... tu en fais trop.

– Nous irons un soir, ou dimanche, si tu veux.

– Je pourrais demander à un magasin de s'en charger, non ? Pourquoi ne pas confier tout ça à une entreprise, Ba ? Tu peux obtenir exactement ce que tu désires.

– Moi ?

– Oui. Épouse-moi, Ba. Pourquoi pas, après tout ? »

Il tendit la main pour prendre la bouteille de sauce tomate, en lui jetant un regard de biais.

Son poisson à demi achevé, elle repoussa son plateau. Elle avait pris l'habitude de manger très peu. S'ils étaient mariés, il pourrait la convaincre, en la cajolant, de mieux s'alimenter, pensa-t-il ; il achèterait de petites gâteries pour lui ouvrir l'appétit.

« Je trouve que nous sommes très bien comme ça, Percy. Vraiment très bien. Tu l'as reconnu toi-même tout à l'heure. Voyons chéri, tu ne vas pas boire du whisky avec du poisson et des frites », dit-elle comme il tendait son verre vide.

Quand il sera très âgé, il aura besoin de moi. Je suppose que nous finirons par nous marier, songea-t-elle en se levant pour aller chercher la carafe.

Elle lui servit du whisky et s'assit. « Je pense que nous sommes bien mieux tels que nous sommes, répéta-t-elle. C'est le dernier verre, Percy. Tu conduis. »

Richard et Flora se couchèrent de bonne heure. Encore toute rose au sortir d'un de ces bains chauds et prolongés qu'elle adorait, Flora passa sa chemise de nuit et son châle, et commença à brosser ses cheveux clairs. Elle pensait à sa mère, comme elle le faisait lorsqu'elle se conformait aux commandements anciens. Toujours obéissante, elle continuait de brosser sa chevelure, en comptant. Penser à sa mère impliquait un air triste, parce que l'idée de la vie solitaire de Mrs. Secretan près du fleuve automnal, à l'approche de l'hiver, la peinait et la culpabilisait.

« Irons-nous bientôt rendre visite à maman? » demanda-t-elle à Richard qui, ôtant sa chemise en la passant par-dessus sa tête, fit semblant de n'avoir rien entendu. Elle poussa un soupir. Lorsqu'elle reposa sa brosse à cheveux, son visage s'éclaira. Au moment où la tête de son mari réapparut, elle y décela une expression agacée et décida de différer sa question.

« Tu as passé une journée pénible, chéri? préféra-t-elle demander.

– Passablement pénible, oui.

– Pauvre Richard! » Elle ouvrit un petit pot de crème et commença à s'en étaler autour des yeux, penchée vers le miroir, en l'observant pendant qu'il se déshabillait. « Qu'as-tu mangé à midi?

– Seigneur, je ne m'en... ah si, du bœuf aux carottes.

– Mais tu adorais le bœuf aux carottes. Comment se fait-il que tu aies changé ?

– Je n'ai pas changé. J'adore toujours le bœuf aux carottes.

– Chéri, tu es en train de crier, murmura-t-elle, choquée. J'étais seulement... j'avais cru entendre que tu disais « du bœuf aux carottes » sur un ton dégoûté. Rien de plus.

– Ce n'est pas ça qui me dégoûtait, répliqua-t-il d'un ton calme et mesuré. C'est ma journée. Mon père qui m'a fait perdre mon temps ce matin, le travail qui prend du retard. J'étais fatigué et excédé, et lorsque je suis rentré je ne m'attendais pas à trouver Patrick. Je n'avais nulle envie de m'occuper de lui – bien obligé de l'écouter et de lui répondre. Il pose trop de questions.

– Tu as pris des boulettes de pâte avec le bœuf?

– Non, je n'en ai pas voulu. »

Ce qui ne l'empêchait pas de ressentir des élancements et des brûlures dans l'abdomen. Il se rendit dans la salle de bains et revint en délayant de la poudre blanche dans un verre d'eau. Flora l'observait avec inquiétude, se sentant de nouveau mal à l'aise et coupable. Ces maux d'estomac la visaient personnellement. Elle, pourtant si douée pour résoudre les problèmes des autres, pour guérir leurs divers malaises, n'avait connu aucun succès avec la santé de son mari. Elle incriminait son travail, sa vie professionnelle – car la plupart des hommes d'affaires souffrent d'ulcères d'estomac, ainsi qu'elle l'entendait souvent dire et le répétait. Mais, d'un autre côté, que son travail ait pris un tel ascendant sur son foyer et détienne le pouvoir de bouleverser ses relations avec elle représentait un véritable affront. Au vu de ces résultats, sa confiance en elle vacillait. Elle avait perdu toute influence sur l'univers de son mari. Ses notions sur le fonctionnement de l'usine et des entrepôts demeuraient vagues, et elle ne s'était rendue qu'une fois ou deux dans ce quartier sinistre. Elle avait traversé les uns après les autres les différents ateliers où flottait une odeur de colle et de vernis à l'alcool; elle s'était assise dans le bureau – comme une invitée, reçue par la secrétaire de son mari –, attendant que Richard l'emmène déjeuner, pendant que, constamment interrompu, il téléphonait. Tout n'avait été que tapage et confusion. Flora en avait conclu qu'il était mal protégé, en rendait sa secrétaire responsable, et se voyait à sa place, détournant les appels, le secondant efficacement.

Même si Richard avait la réputation d'être un homme d'affaires remarquable – son père l'affirmait et lui avait d'ailleurs passé la main – Flora estimait, et avait tendance à dire, qu'un défaut d'organisation devait être à l'origine du harcèlement constant qu'il subissait.

Elle se glissa dans le lit et resta assise à le regarder, le haut du visage légèrement luisant, les cheveux sagement relevés derrière les oreilles. « Ne pourrais-tu déléguer un peu plus? » demanda-t-elle d'un ton perplexe. Il prenait son médicament, faisant tournoyer le reste de la mixture au fond du verre, avalant le dépôt. Sur la défensive, tout en l'observant, elle avait accentué le mot « déléguer », pour partager mine de rien la responsabilité.

Il ne trouva pas de réponse. Il se coucha, éteignit la lumière et resta allongé, attendant que la douleur s'apaise, en étouffant quelques renvois.

L'idée qu'il y avait moyen, en le cajolant, de le tirer de sa mauvaise humeur la rendait heureuse. Elle lui entoura les épaules de ses bras satinés et l'obligea à se tourner vers elle. Finies les bouderies. Avec bienveillance, elle lui fit cadeau de sa personne.

3

Ce samedi-là, dans une chambre d'hôtel de Towersey, Meg Driscoll s'éveilla de bonne heure au son des sirènes sur le fleuve en contrebas. Durant la nuit elle avait entendu, par moments, les appels obsédants des péniches qui faisaient lentement route vers Londres. Assis bien droit sur le lit, on pouvait voir passer les bateaux et apercevoir quelques remorqueurs aux cheminées rouges, amarrés non loin.

Elle se leva, enfila son imperméable et se dirigea vers les toilettes, au bout du couloir sombre. Sans beaucoup d'espoir, elle manœuvra la poignée de la porte de la salle de bains adjacente, mais celle-ci était verrouillée. Même avec les choses de peu d'importance, elle n'avait pas de chance.

Après avoir fait sa toilette dans sa chambre et s'être habillée, elle se mit à la fenêtre, attirée et exaltée par le spectacle de la circulation fluviale. L'estuaire de la Tamise débutait là, et, à l'est, le vaste horizon fourmillait de bateaux. À l'opposé, des grues, des cheminées et des mâts. De la fumée nacrée s'élevait en volutes changeantes qui s'étalaient sur le ciel bleu pâle, et la matinée claire et scintillante débordait déjà d'activité.

L'hôtel possédait un petit jardin particulier de l'autre côté de la route, qui descendait jusqu'à la berge. On y trouvait des lopins de pelouse bien entretenue, un sentier au milieu d'arbres noirs de suie, et quelques sièges. Elle souleva le châssis de la fenêtre à guillotine pour se pencher à l'extérieur, puis crut brusquement entendre la voix de sa mère la mettre en garde. Dans son enfance, on racontait l'histoire d'une jeune fille qui s'était mise à la fenêtre pour s'entretenir en secret avec l'élu de son cœur dans le jardin, et qui avait été guillotinée – ou quelque chose d'approchant – sous les yeux de son galant, lorsque le châssis avait cédé et s'était abattu sur la malheureuse. Prudemment Meg se redressa, et de fait, dès qu'elle lâcha le châssis, le panneau vitré commença à retomber lentement. Elle pensait à sa mère chérie, dont les conseils pratiques – sur la façon de nettoyer les brosses à cheveux, d'expulser les perce-oreilles du cœur des laitues et de se garder de la guillotine – ne seraient jamais oubliés, alors que son apparence et même sa voix s'estompaient dans sa mémoire.

La moitié supérieure de la fenêtre s'était coincée mais elle parvint à maintenir levée la partie inférieure avec une bible à couverture rouge trouvée sur la table de nuit. Meg s'assit de façon à voir le fleuve et se mit à compulser le tas de documents que l'agent immobilier lui avait remis. La veille, elle avait visité dans l'après-midi quelques maisons et appartements et, le soir venu, s'était couchée découragée; mais l'atmosphère nouvelle de ce samedi matin, engageante et sonore, lui rendait des forces.

C'est Patrick Barlow qui avait eu l'idée de Towersey, quand South Kensington s'était avéré trop cher et Notting Hill Gate par trop déprimant. Il y était allé une ou deux fois pour rendre visite à une amie peintre, et avait été séduit par cette bourgade des bords de la Tamise. Il décrivit à Meg les rues bordées de petites maisons où des douaniers, des marins et des bateliers occupaient leur retraite à observer le trafic fluvial derrière leurs rideaux de dentelle à demi tirés ou derrière les aspidistras des baies de leurs salons; et parfois même, avait-il ajouté, au moyen de longues-vues. Une petite maison de ce genre lui conviendrait très bien, estimait Patrick; ce serait à la portée de son capital déclinant. Avec un coup de peinture, à l'intérieur et à l'extérieur, la maison prendrait du caractère, deviendrait un bon investissement.

Semez du gazon. Peignez en blanc, conseillait la mère de Meg aux amis se colletant avec un jardin mal fichu ou un mobilier peu élégant.

Meg consacrerait la matinée à étudier les propositions et l'après-midi, quand Patrick Barlow l'aurait rejointe, elle espérait être à même de prendre une décision. Kit, qui avait décroché un rôle dans un téléfilm tourné dans le Berkshire – son premier travail depuis des mois –, affichait une totale indifférence pour le lieu où il vivait, et lui avait abandonné la décision; comme toutes les autres, d'ailleurs.

Quand elle eut fini de classer ses papiers, elle boucla son sac de voyage, retira la bible de la fenêtre, et la replaça sur la table de nuit, à la disposition du prochain voyageur plongé dans le désespoir. La veille au soir, elle en avait lu quelques passages – c'était la première fois qu'elle ouvrait une bible depuis le collège. On y trouvait un index spécialement destiné aux personnes hospitalisées, aux prisonniers et aux clients d'hôtel, afin de les guider vers les passages utiles : « En cas de rechute », « Quitter son foyer », « En quête de paix » ou « Abandonné par ses amis ». Il n'y avait rien la concernant. Rien pour ceux recherchant un nouveau foyer, amoureux de la mauvaise personne, ou fatigués des responsabilités. Rien dans l'index, en tout cas. Car dans la Bible elle-même on trouvait tout, ainsi qu'on le lui avait appris.

Lorsqu'elle sortit dans la rue, la lumière matinale s'était faite plus crue. Les nuages s'enfuyaient, la fumée filait. Quelques cygnes battirent des ailes un bref instant, ajoutant à l'agitation ambiante. En s'éloignant du quai pour se rendre à l'agence immobilière, elle continua d'entendre la palpitation régulière du trafic fluvial, et les cris des mouettes. Dans les rues régnait déjà une grande animation : des Pakistanaises en sari sous leur manteau faisaient leurs courses en frissonnant ; de jeunes garçons, même ceux arborant un turban et un début de moustache, jouaient à la marelle sur les trottoirs ou poussaient sur les pavés ronds des voitures de leur fabrication. Et des chats, des chats partout.

Tout ici est tonique, pensa Meg. Peut-être est-il possible de laisser le découragement à Londres. Il y aurait toujours, pour le restant de sa vie, ces mornes après-midi de bureau, où le brouillard ne cesse de s'épaissir au fil des heures, où un air sale vient peser contre des vitres sales ; mais des soirées différentes leur succéderaient : elle serait chez elle, entourée du mobilier maternel au lieu des tables, des chaises, des armoires à l'aspect peu engageant et des fourneaux à gaz noirs de crasse appartenant à d'autres.

L'allégresse se dissipa vite. Au fur et à mesure qu'elle visitait les maisons avec l'agent immobilier, ses espoirs s'évanouissaient. Les portes d'entrée ouvraient sur de sombres corridors étroits et des escaliers branlants. Partout des papiers peints maculés, des salles de bains douteuses et les inévitables fourneaux à gaz noirs de crasse. Elle examinait tout cela avec les yeux de sa mère et parfois, sans raison, ceux de Patrick Barlow.

« Maman se retournerait dans sa tombe », déclara Meg, découragée. C'était la moins consternante d'une série de maisons au 7, Alpha Terrace.

Meg se tenait dans l'avancée du bow-window poussiéreux. Par l'un des panneaux latéraux, elle ne voyait qu'une cheminée de bateau peinte en jaune, dépassant des toits, et une grue.

« La Tamise est là-bas, dit-elle.

– Il faut concevoir la pièce autrement », déclara Patrick en donnant un coup de pied dans un bout de linoléum esquinté resté collé au parquet. « L'imaginer propre et repeinte. Parlez-moi du mobilier de votre mère. »

Il y avait deux fauteuils en velours capitonné aux dossiers évasés, qu'elle commença à lui décrire. Elle pressait les doigts sur ses tempes, s'efforçant de se souvenir; mais le mobilier était entreposé depuis si longtemps qu'elle ne parvenait plus à se le représenter clairement.

« C'est parfait : les fauteuils, pour commencer. Réfléchissons à partir de là. » Il lui arrivait souvent de remonter le moral de Meg et, pour ce faire, Patrick prenait un ton particulier. « Je verrais bien un petit salon victorien, ici. De quelle couleur, les fauteuils?

– Jaune. Une sorte de jaune foncé.

– Très bien. Nous pourrons installer des rideaux assortis. »

« Nous », pensa-t-elle. Elle aurait voulu qu'il cesse de lui parler comme un décorateur.

Ils se trouvaient seuls dans la maison. Meg disposait de la clé de l'agent immobilier, mais devait la rendre bientôt, avant la fermeture de l'agence.

Les murs, du sol jusqu'à hauteur de la taille, étaient lambrissés de bois verni, marron foncé. Patrick tapota le revêtement de son index replié. « On pourrait peindre tout ça en blanc », observa-t-il. Elle ne prit pas la peine de se retourner et laissa échapper un léger ricanement. Il se demanda pour quelle raison.

Deux petites filles avaient attaché une corde au

réverbère de la rue, et l'une sautait d'un pied sur l'autre par-dessus la corde que l'autre faisait tournoyer. Des dalles gris sombre, inégalement assemblées, tapissaient l'allée menant à la maison. Une rangée de roses trémières fanées bordait la clôture en bois.

« J'aime bien la clôture en bois, remarqua Meg. On se croirait à la campagne. Il doit se faire tard. Il faut que je rapporte la clé. »

Elle réagissait toujours profondément aux modifications de lumière, de climat, au passage du temps, et à certains jours de la semaine. Son optimisme matinal s'était évanoui et la tristesse du samedi après-midi l'accablait – tristesse uniquement supportable, à son avis, si elle avait été heureuse en amour. Dans ce cas, une promenade par le plus épouvantable des temps, ou une chambre plongée dans la pénombre du crépuscule auraient même pu se teinter d'une délicieuse mélancolie. Pour l'heure, comme elle était malheureuse en amour, ses nerfs étaient à vif et elle redoutait de lui lancer un appel, avec ou sans mots, de paraître en mal de tendresse, de révéler sa solitude. Elle avait tout à craindre d'elle-même dans cette pièce lugubre, et souhaitait regagner les rues pleines de magasins animés afin de tenir jusqu'à ce que la banalité sécurisante du samedi soir modifie son état d'esprit.

Ils verrouillèrent la porte et s'éloignèrent, passant devant la rangée de maisons mitoyennes sous le regard curieux des enfants et des femmes qui rentraient, leurs achats effectués. Les rues et les ruelles qui séparaient le fleuve de l'artère principale trahissaient la pauvreté, malgré leur aspect ordonné et méticuleusement propre. Les petites boutiques d'angle étaient brillamment éclairées. Une odeur de poussière de charbon s'échappait d'un dépôt entouré de hautes grilles, et, un peu plus loin, on sentait le poisson et les frites.

La tour décorative, supportant l'horloge, constituait le cœur de la ville et, tout autour, on trouvait les bâtiments municipaux, tristes et de couleur prune, les toilettes publiques, le bureau de poste et le grand magasin Woolworth. Meg déposa la clé à l'agence, et ils continuèrent à déambuler dans la grand-rue jusqu'à ce qu'ils tombent sur une pâtisserie-salon de thé, bien que Patrick lui eût promis, et eût cherché des poutres en chêne, des casseroles en cuivre et des gâteaux dignes d'une dame.

« Ça doit forcément exister. On en trouve dans toutes les villes, non? » se lamentait-il, pendant qu'ils attendaient, assis à une table carrelée, sous la lumière vive d'un néon. On leur servit les tranches de pain de mie coupées en triangles et, sous cet éclairage, le beurre prenait une teinte verdâtre. Comme la chevelure de Patrick, pensa Meg qui le regardait en remplissant sa tasse. Ou ce qu'il en restait. Patrick, à moins de quarante ans, perdait déjà ses cheveux. Il avait le teint pâle, et des yeux de couleurs différentes – l'un bleu, l'autre marron.

« Ces gâteaux sont affreux », soupira-t-il. Ils étaient énormes, d'un jaune vif, certains hérissés de flocons de noix de coco. Des feuilles de pâte d'amandes verte, en forme de chou-fleur, décoraient l'un d'eux; un pain aux raisins criblé de trous avait perdu ses grains.

« Vous servez le thé de façon si gracieuse », dit-il.

Parfois elle était saisie d'une furieuse envie de lui faire mal. À présent, par exemple, se pencher et lui lancer au visage : Pourquoi vous teignez-vous les cheveux? Je sais que vous le faites. Avec cette lumière, c'est vraiment abominable.

Elle croisa son regard au moment où il levait sa tasse. On aurait dit qu'il avait deviné ce qui lui trottait dans la tête. Il n'est pas idiot, songea-t-elle, pitoyable et honteuse. Il avait sacrifié son après-midi, pris le train pour venir à Towersey, s'était évertué à la soutenir, et supportait de prendre le thé en ce lieu où il n'était manifestement pas à sa place. Alors que, bien au chaud dans son élégant appartement, il aurait pu travailler à son roman, taillant ses plumes d'oie, couvrant le papier uni de sa superbe écriture, s'interrompant pour réfléchir et se dégourdir les jambes en faisant quelques pas dans la pièce. Le portrait classique de l'écrivain. Il lui arrivait de passer des disques pour accompagner son inspiration. La fumée de l'encens s'élevait en spirales. Ses rideaux de soie, couleur parchemin, restaient tirés la journée entière, les lampes allumées. Il ne voulait pas que quiconque, et lui le premier, puisse apercevoir l'église congrégationaliste de l'autre côté de la rue.

« Je vous suis tellement reconnaissante, murmura Meg. Vous avez été si gentil.

– Mais je trouve tout cela passionnant. Et puis, il fallait faire quelque chose. Vous viviez au-dessus de vos moyens. »

C'était exact. Elle l'avait mis au courant de tout, lui avait donné à vérifier ses relevés bancaires, ainsi que son maigre portefeuille de valeurs mobilières. Kit, qui ne comprenait rien aux finances, ne lui était d'aucune utilité. Il restait trois mille livres provenant de sa mère, et il fallait rapidement les investir, lui avait conseillé Patrick, sinon les loyers des meublés continueraient à engloutir son capital.

Elle avait rencontré Patrick chez Flora, juste après le décès de sa mère dont, bien évidemment, il avait été informé par Flora. Meg avait trouvé en lui une sorte de compassion, de compréhension si discrète que même elle avait pu l'accepter; et elle en était arrivée, pour finir, à en dépendre. Dès le début elle avait su que cela constituait l'exacte limite de ce qu'elle pouvait espérer de lui ; mais étant par nature très réticente à s'engager, cela ne l'avait pas dérangée.

Patrick faisait partie des divers célibataires que Flora invitait chaque fois que Meg devait venir. Elle mourait d'impatience de connaître les réactions de son amie, lorsqu'elles se retrouvaient seules ensuite – parfois pendant la pause-déjeuner de Meg, quand Flora faisait ses courses. Si, grâce à elle, Meg réussissait à se fixer, Flora en serait vraiment heureuse. Mais son amie trouvait qu'elle s'y prenait d'étrange façon, et se demandait ce que Flora connaissait de la nature humaine, si tant est qu'elle la connût. Sa mère ne lui en avait montré que les aspects les plus engageants, et les autres, qu'elle avait probablement rencontrés ensuite, ne semblaient pas l'avoir marquée.

« Il est très bien, admit Meg lorsque Flora lui fit l'éloge de Patrick. Très bien, et très gentil.

– J'ai eu l'impression qu'il en pinçait pour toi, répliqua Flora avec l'un de ses fameux sourires. Il ne t'a pas lâchée de la soirée.

– Tu parles comme l'Isabella Thorpe de Jane Austen, répondit Meg, les lèvres pincées de colère. Et je déteste cela », ajouta-t-elle.

Mais personne ne peut se fâcher contre moi, estimait Flora ; son sourire s'élargit et elle se mit à rire. Elle n'avait pas la moindre idée de ce que signifiait l'allusion de Meg à *L'Abbaye de Northanger*.

Pourtant, ces derniers temps, Flora l'avait rarement invitée avec Patrick et elle évitait de parler de lui à Meg, qui se demandait si Richard n'était pas intervenu. Elle faisait des conjectures amères sur les commentaires réels des gens. Sa comédie courageuse ne trompait probablement personne. Cela continuera toute ma vie, pensait-elle. Et ce sera ma caractéristique.

Patrick gardait le silence, jetant des coups d'œil obliques sur la table. Il lui arrivait souvent de rester ainsi, assis sans rien dire, ce qui provoquait de la gêne autour de lui car on avait l'impression qu'il avait failli déclarer quelque chose puis s'était ravisé. Patrick n'était pas un être impulsif et avait tendance à peser ses mots; mais il était embarrassant d'être témoin de ce comportement.

« Et où habite votre amie Liz Corbett? » lui demanda Meg.

Liz Corbett était l'artiste-peintre.

« Sur le quai, au-dessus d'un magasin vide – du vrai Dickens. À côté d'un pub appelé *The City of London.*

– Je suis passée devant ce matin.

– Vous voulez que nous lui rendions visite, ou vous êtes trop fatiguée? Mais, si nous y allons, elle risque de vous déplaire. Elle est loin de faire l'unanimité autour d'elle. »

Meg ressentit un brusque accès de jalousie et se demanda quelle pouvait bien en être la cause – découvrir une partie inconnue de la vie de Patrick, peut-être.

« Oui, je crois que j'aimerais y aller... si vous voulez », répondit-elle d'une voix mal assurée. De cette façon, en tout cas, sa soirée avec lui durerait plus longtemps.

« Très bien, nous partirons dès que vous serez prête. »

Elle ouvrit son sac à main, y plaça son paquet de cigarettes posé sur la table, en sortit ses gants dont elle lissa les doigts; mais Patrick ne bougeait toujours pas et finit par murmurer : « Meg... », en hésitant.

Elle comprit qu'il allait enfin parler de ce qui le préoccupait. Il regardait fixement la table. Meg, elle, contemplait la chevalière qu'il portait, ornée d'une pierre vert sombre.

« Meg, c'est au sujet de Kit. Qu'est-ce qu'il fabrique exactement ?

– Je vous l'ai dit : un téléfilm. Il tient le rôle d'un policier; mais je crois qu'il n'ouvre pas la bouche.

– Ça, je m'en souviens. Ma question était plutôt : combien de temps va-t-il prolonger les choses ? Et vous, combien de temps allez-vous l'entretenir, pour lui permettre de faire durer la situation ?

– Il est encore bien jeune.

– Il a perdu beaucoup de temps et d'argent en suivant des cours d'art dramatique. Ne devrions-nous pas regarder la réalité en face et reconnaître qu'il n'a pas de talent ?

– Nous ? »

Cette fois, elle répéta le mot, d'un ton léger et distant. Elle ouvrit son sac, en considéra le contenu un moment, puis le referma doucement et releva la tête.

« Je me mêle sans doute de ce qui ne me regarde pas. Après tout, vous pouvez vous confier à Flora.

– Flora ? »

Meg était surprise. Elle reprit : « C'est Kit qui se confie à Flora, pas moi. Elle l'encourage beaucoup, elle l'a toujours fait. Il ne servirait à rien que je lui parle de choses concrètes, d'argent ou d'avenir, alors que Flora lui répète depuis des années qu'il deviendra un jour un grand acteur.

– Bizarre qu'il lui accorde un tel crédit. Il peut pourtant difficilement la considérer comme la personne la mieux placée en ce domaine.

– Depuis son enfance, il voit Flora comme une sorte de déesse. Et rien n'a changé. Il a gardé une photo d'elle, qu'il avait prise le jour de son mariage – des nuages de voiles, et entourée de colombes.

– De colombes ?

– L'une est perchée sur sa main.

– Quelle horreur ! Je ne pourrais pas supporter qu'un oiseau me touche. Et Richard aussi ?

– Richard n'est pas sur la photo. »

Leurs regards se croisèrent ; Patrick se leva rapidement et sortit de l'argent de sa poche, tandis que Meg, tête baissée, lèvres serrées, enfilait ses gants. Dans la rue, ils se mirent à rire et il lui prit le bras. Ils marchaient d'un bon pas et quand leur hilarité prit fin, il lança : « Ah, ces colombes, Meg ! Ces colombes ! » ce qui ranima leur fou rire.

« Attendez, dit-il en s'arrêtant devant une devanture faiblement éclairée. Que diriez-vous d'acheter un cadeau de Noël là-dedans ? » C'était une boutique de tatouage, et la vitrine regorgeait de photos et de motifs. « Regardez celui-là : la Crucifixion, poursuivit Patrick. “ Couvre la totalité du dos, lut-il, et comprend aussi les personnages endeuillés. ”

– Le tombeau du marin paraît bien triste », dit Meg. Un navire d'un bleu terne donnait de la bande, et des têtes sombres dansaient sur la crête de vagues pointues. « “ À maman et papa, affectueusement ”, déchiffra-t-elle.

– Voilà la perdition de l'homme, continua Patrick, le visage contre la vitre. Regardez ça : une femme nue dans une flûte de champagne. Que de bulles ! Et en dessous, qu'est-ce que c'est ? Des dés ?

– La perdition du marin, elle, se résume à une bouteille de rhum et une paire de seins.

– Comment pourriez-vous *ne pas* vivre dans une ville où l'on trouve des boutiques aussi sublimes ? »

Ils descendirent en direction du fleuve. Meg marchait gauchement, la main de Patrick glissée sous son coude. Elle était gênée par sa propre sexualité, une gêne mêlée de honte. Lorsqu'elle trébucha sur le sol inégal, il l'aida à reprendre son équilibre.

« La Tamise est si belle », déclara-t-il au moment où ils l'aperçurent au détour d'une rue. Il retira sa main et s'arrêta sous un réverbère pour consulter sa montre. « Les pubs sont encore ouverts, constata-t-il. Entrons au *City of London* ; je vais acheter une bouteille de whisky. »

Il ne lui reprit pas le bras, et Meg fourra ses mains dans ses poches.

« J'imagine tout à fait le tableau », reprit-il en se remettant à rire. « Ces consternantes colombes ! »

Meg marchait près de lui, souriant pour elle-même, contente d'avoir réussi à le faire rire.

Le long du quai se trouvaient des entrepôts, un haut mur de briques entourant une brasserie, une ou deux petites boutiques, et le pub. Malgré son nom, l'intérieur du *City of London* évoquait un pub de campagne avec ses bancs vernis à haut dossier et son jeu de fléchettes. Il n'y avait qu'un seul client – un vieil homme, le regard perdu dans sa chope de bière, dans l'attitude indépendante et méditative du buveur solitaire.

« Votre nouveau bistrot », murmura Patrick à Meg en jetant un coup d'œil alentour. Le patron, les mains sur le comptoir, les regardait boire d'un air patient et vaguement soupçonneux. On entendait le tic-tac bruyant et exaspérant d'une horloge; un papier tue-mouches sur lequel s'engluaient les insectes de l'été pendait du plafond noirci.

Patrick acheta la bouteille de whisky dès qu'ils eurent vidé leurs verres, et ils sortirent.

« J'ai horreur de l'odeur froide et confinée des pubs londoniens, dit-il. Nous sommes arrivés. » Il s'arrêta devant un magasin vide. La vitrine était brisée; journaux froissés et cartons déchirés jonchaient le sol. Il tenta d'ouvrir la porte qui jouxtait la devanture, mais elle était fermée à clé. Il sonna, et presque aussitôt ils entendirent quelqu'un descendre un escalier dépourvu de tapis.

« C'est destiné à la démolition, constata Patrick. On sent déjà la destruction. »

Inquiète, Meg se demandait ce qui l'attendait.

Liz Corbett – une petite jeune femme grasse à la chevelure négligée – avait un visage figé, un regard fixe, qui paraissaient incapables d'exprimer une marque de surprise ou de plaisir. Et, pour l'instant, elle ne manifestait ni l'un ni l'autre : elle se conduisait comme si elle avait escompté leur visite, mais sans aucun enthousiasme.

« Je me disais que vous auriez terminé de travailler », déclara Patrick après avoir présenté Meg. Liz, sans répondre, tendit le bras pour claquer la porte.

« Mieux vaut que je passe la première », annonça-t-elle en les précédant dans la cage d'escalier étroite qui sentait le moisi, aux murs de plâtre écaillé auxquels Meg s'efforçait de ne pas se frotter. Sensible à l'hostilité de Liz, elle suivit les talons nus dans l'escalier. À chaque marche, osseux et jaunes, ils sortaient des sandales cassées.

L'atelier, tout en haut, était vaste. C'était une ancienne réserve, dotée d'une grande fenêtre exposée au nord-est ; le sol était couvert de bric-à-brac : reliques desséchées de fleurs et de cerfeuil sauvage, plumes de paon, pièces de services de table délabrés, assiettes dans lesquelles on avait mélangé de la peinture, branches enchevêtrées de monnaie-du-pape, quelques grands coquillages, courges calebasses, têtes de pavot et citrouilles.

Meg s'assit dans un fauteuil aux roulettes cassées, tandis que Liz s'installait sur le lit, un gros chat persan sur les genoux. Liz et le chat restaient immobiles, regardant Meg fixement. Patrick se chargea de servir le whisky, et le verre qu'il tendit à Meg semblait sale et voilé d'une pellicule terne. Chez lui, il était extrêmement pointilleux sur l'éclat des verres. J'ai horreur de cet endroit, pensa Meg. Comment peut-elle imaginer s'en sortir en se conduisant de la sorte? Elle ne voulait pas poser les yeux sur la toile installée sur le chevalet : la regarder aurait été semblable, selon elle, à entrer dans le bureau d'un écrivain – Patrick, par exemple – pour y lire un manuscrit inachevé.

Pendant que Patrick racontait leur après-midi, expliquant leur visite inopinée et paraissant parfaitement à l'aise, Liz se tourna pour l'observer, puis observa Meg de nouveau; tout en écoutant, elle enroulait autour de son doigt des mèches de cheveux raides. Son regard vide passa lentement de l'un à l'autre, et celui du chat l'imita. Il représentait une extension d'elle-même – comme si ce n'était pas suffisant comme ça, pensa Meg –, une seconde paire d'yeux à sa disposition. Au bout d'un moment Liz se leva, le chat dans les bras, alla chercher un radiateur électrique qu'elle installa devant elle, et se mit à frictionner ses jambes marbrées.

Lorsque Patrick cessa de parler, elle lui demanda brusquement : « Avez-vous terminé votre roman? » comme si cela n'avait cessé d'occuper son esprit pendant qu'il la croyait attentive.

« Non. Non, il n'est pas fini. Pas encore », répondit-il d'une voix différente, en se levant pour faire quelques pas dans la pièce, son verre à la main.

« On commence à mieux connaître votre nom que vos œuvres, remarqua-t-elle sévèrement. Avec toutes ces critiques littéraires et toutes ces émissions. Mais vous ne travaillez jamais véritablement. Vous ne serez bientôt qu'un homme de lettres honoraire.

– Ne me cherchez pas querelle, ma chère, répliqua

Patrick. Nul n'ignore que vous êtes un bourreau de travail, vous. Si vous nous faisiez plutôt voir vos dernières productions? »

Sans l'ombre d'une hésitation, et comme pour souligner qu'elle, au moins, avait quelque chose à montrer, elle posa le chat sur le sol avec précaution, en dégageant les griffes de son pull, et se dirigea vers une série de toiles entassées contre le mur.

Les tableaux qu'elle commença à retourner et à exposer un peu partout dans la pièce, les posant contre les chaises ou les pieds de la table, étonnèrent Meg. Si, ne connaissant rien de Liz, elle les avait vus en premier, elle n'aurait pas manqué, pensa-t-elle, de se prendre de la plus tendre des affections pour l'inconnu qui les avait peints. Le bric-à-brac sur le sol et la pièce entière avaient été recréés, recomposés à l'infini en de délicats et complexes motifs, mis à nu sous une lumière pleine de vibrations. Les mêmes objets – le cerfeuil sauvage desséché, la cruche ébréchée en poterie mordorée que Patrick avait remplie d'eau pour leurs boissons, les plumes de paon – se retrouvaient dans chaque composition, ainsi que les éléments épars du panorama fluvial qu'elle apercevait de sa fenêtre : épaves flottantes, tourbillons de fumée et squelettes de grues. Il y avait aussi quelques fillettes pâles, au regard fixe, chargées des plus gros coquillages, ou du chat, ou du chapeau de paille effiloché accroché à la poignée de la porte par un ruban rouge.

« Liz est la personne la plus créativement ordonnée que je connaisse, déclara Patrick à Meg. Qui s'en douterait à première vue? Liz, vous avez la patience de l'oiseau qui, avec des petits riens invraisemblables glanés un peu partout, construit un nid splendide et bien rangé. »

De nouveau affalée sur le lit, Liz s'arrachait une croûte de la cheville.

« Les écrivains parlent toujours de la peinture de façon embarrassante », déclara-t-elle d'un ton méprisant.

« *Coquillages avec plumes*, lut Patrick au dos d'une toile. J'adore les noms des tableaux. Ils sont tellement plus évocateurs que les titres d'œuvres littéraires. Comment l'idée d'un tableau baptisé *Le Marchand de Venise* pourrait-elle vous serrer le cœur?

– On a le cœur serré de toute façon, remarqua Liz.

– J'aimerais lire un livre qui s'appellerait *Fruits et Mandoline*.

– Les fillettes me plaisent beaucoup, murmura timidement Meg qui craignait de subir une rebuffade.

– Les pâles, très pâles fillettes », ajouta Patrick qui, penché en avant et mains jointes dans le dos, détaillait le tableau.

« Elles souffrent de dysménorrhée d'après mon frère, répliqua Liz. Il est étudiant en médecine, pas critique d'art », expliqua-t-elle à Meg.

Patrick se redressa et se dirigea vers l'évier pour rincer son verre, apparemment très absorbé par ce qu'il faisait. Liz l'observait, la tête penchée de côté.

« Il ne vous arrive jamais de ranger? » demanda-t-il d'un ton revêche en tentant de trouver de la place sur l'égouttoir.

« Ils vont tout démolir l'année prochaine, répondit Liz. Alors, à quoi bon?

– Il est temps de partir, dit Patrick à Meg. Vous devez être vannée. »

Pour ce qui était de la conversation, elle s'était montrée d'une ahurissante nullité, estimait-elle, et elle n'était pas fâchée de tirer sa révérence.

« Revenez, lança Liz à leur grand étonnement, en les accompagnant en bas. Si vous en avez envie, ajouta-t-elle. Mais pas pendant la journée.

– Pendant la journée, je travaille aussi, lui répondit Meg, guindée.

– Je suis le seul à me prélasser sur mon lit à longueur de temps en mangeant les fruits du lotus », dit Patrick.

Tandis qu'ils se dirigeaient vers la gare, il déclara : « Cet été, je viendrai vous rendre visite en bateau. Et vous savez, pour Liz, inutile de vous forcer, à moins que vous n'en ayez envie.

– Vous la connaissez depuis longtemps?

– J'ai voulu la rencontrer dès que j'ai vu ses tableaux.

– Et avez-vous été surpris par ce que vous avez trouvé?

– Je dois reconnaître que j'avais quelques idées préconçues. C'est un personnage plutôt fruste.

– Ce n'est pas le cas de sa peinture.

– Non. C'est pourquoi on vit dans l'espoir d'une explication, d'une révélation. »

À présent, un fort brouhaha s'échappait des pubs – *The Pier, The Packet-Boat* – devant lesquels ils passaient. De leurs portes jaillissaient des flots de lumière auxquels se mêlaient des chansons, des rires, et des notes de piano.

« Allons dîner chez moi, proposa-t-il. Mrs. Clarke a laissé du pâté de gibier en croûte froid. »

Jamais Meg n'avait passé autant de temps avec lui, et elle débordait de bonheur. Avec béatitude, elle pensait à ce qui l'attendait : le retour en train en sa compagnie, des disques de Vivaldi peut-être, et le pâté en croûte froid de Mrs. Clarke.

4

Je ne lui ai rien dit, songeait Mrs. Secretan. Je suis sûre de ne pas lui en avoir parlé. Ses lèvres mauves remuaient au rythme des mots qui se pressaient dans sa tête.

Debout derrière la fenêtre, elle contemplait l'allée gravillonnée trempée, attendant l'arrivée de Flora. Flora et Richard, en fait.

Le jardin était flou et d'obliques rafales de pluie zébraient la vitre. Nombre de tuteurs et d'asters d'automne flétris hérissaient, le long de l'allée, les bordures de plantes herbacées. Quelques moineaux brun-gris sautillaient sur la pelouse mouillée, et fourrageaient dans les feuilles humides entassées sous les arbres. Sur le ciel brumeux d'un blanc éblouissant se découpaient, au premier plan, les poiriers qui gardaient encore quelques feuilles déchiquetées, d'un jaune sale, et leurs branches s'agitaient, de façon ridicule, par à-coups, comme les membres d'un pantin.

Mrs. Secretan écoutait les cloches de l'église : les demoiselles Witcher, la fille de l'organiste, et le colonel Young s'exerçaient. Inlassablement, les quatre notes se répétaient de façon assommante, avec parfois des faux pas énervants suivis d'une reprise accélérée. L'horrible tristesse de cette fin d'après-midi était incommensurable, mais faisait partie de la vie à la campagne, pensait Mrs. Secretan; elle y avait toujours habité, et la pauvre Flora avait dû y renoncer. Mrs. Secretan n'avait aucune envie d'être à Londres où, probablement, les magasins étaient déjà en proie à la fièvre de

Noël. Ici, décembre serait déjà bien avancé lorsque Mrs. Austen, la postière, accrocherait une maigre guirlande sur la façade de l'édifice.

C'était l'heure du thé et ils étaient en retard. De toute évidence, Richard n'avait pas pu se libérer à temps. En ce moment, ils traversaient peut-être le village en voiture, passant devant le monument aux morts fleuri de deux nouvelles couronnes de coquelicots artificiels, puis devant l'église. Mrs. Secretan imaginait les carillonneurs qui, sortant par le porche du cimetière (car les cloches ne sonnaient plus), apercevaient la voiture et saluaient de la main. La fille de Mrs. Secretan est arrivée, diraient-ils en rentrant chez eux. Tout le village serait bientôt au courant, à moins que Miss Folley n'ait déjà annoncé la nouvelle.

Miss Folley entra. C'était sa gouvernante, et elle prenait une part active à la vie de Mrs. Secretan, n'ayant pas eu grand-chose dans la sienne. La visite de Flora et de Richard représentait pour elle un événement considérable.

Lorsqu'elle se détourna de la fenêtre, Mrs. Secretan constata que la pièce s'était considérablement assombrie.

« Pas encore là? » demanda Miss Folley. Elle redisposa les tasses sur le plateau, tisonna le feu, en chantonnant et marmonnant de façon agaçante. « Voulez-vous que je tire les rideaux? » proposa-t-elle. Elle avait envie que la pièce paraisse intime et douillette aux visiteurs. Mrs. Secretan, elle, voulait continuer à les guetter.

« Non, il fait encore un peu clair.

– J'ai remis au four les biscuits aux quatre épices.

– Oui, je les sens. »

C'était l'allusion à ces biscuits, un peu plus tôt dans la semaine, qui avait provoqué le malaise de Mrs.

Secretan. Quelques jours auparavant elle avait reçu une lettre de Flora et, selon son habitude, l'avait lue plusieurs fois avant de la ranger dans son secrétaire. Elle n'en avait pas parlé à Miss Folley, car elle redoutait que quelque chose ne vienne contrecarrer le projet, que Richard ne puisse finalement pas se libérer. Cela s'était déjà produit et la commisération de Miss Folley lui avait été pénible. Ce-qui-avait-bien-pu-se-passer avait constitué le leitmotiv de son discours pendant tout le week-end. Si les jeunes Quartermaine étaient venus, Mrs. Secretan ne serait pas allée seule à l'église, la pièce d'aloyau aurait été deux fois plus grosse et Miss Folley elle-même aurait été sur la brèche sans désemparer, préparant les plats favoris des jeunes gens, et en particulier les petits gâteaux aux épices que Flora aimait tellement.

« Pourriez-vous ajouter de la noix muscade sur la commande d'épicerie? avait-elle demandé à Mrs. Secretan dans le courant de la semaine. J'en aurai besoin pour les biscuits aux épices.

– Quels biscuits aux épices?

– Ceux que je vais faire pour le week-end. La dernière fois, ils s'en sont régalés. »

Mrs. Secretan avait rougi, avec une réaction injuste envers elle-même, comme cela se produisait toujours lorsqu'on la décevait. Ces situations lui faisaient tellement horreur, elle avait honte de ses propres pensées, se sentait très gênée. Depuis, elle n'avait cessé d'être honteuse, et s'était efforcée de se montrer particulièrement prévenante envers Miss Folley pour se rattraper. Elle avait insisté pour qu'elle apporte une tasse supplémentaire et prenne le thé avec eux, alors que Miss Folley avait projeté de le boire à la cuisine. Miss Folley avait été contente; mais elle avait décidé qu'elle boirait son thé à la volée, pour ainsi dire : elle ne s'installerait pas, ne mangerait rien – juste une tasse de thé, suivie d'une retraite diplomatique. C'était le seul compromis convenable, avait-elle estimé.

Ils ne viendront plus, songeait Mrs. Secretan. À trop guetter aux fenêtres, on finit par perdre la foi. Quelques voitures étaient passées sur la route, au bout de l'allée, mais elle savait – grâce à son expérience du guet et de l'attente – qu'elles roulaient bien trop vite pour pouvoir tourner au portail.

« Surveiller la bouilloire ne fait pas bouillir l'eau », déclara Miss Folley.

Je ne vois pas le rapport, se disait Mrs. Secretan au moment où les phares d'une voiture approchèrent à la bonne vitesse, tournèrent selon le bon angle et ne tardèrent pas à illuminer la pièce.

Les larmes lui vinrent aux yeux lorsqu'elle serra sa fille dans ses bras, sentant l'étrangeté de ses formes nouvelles sous le manteau de fourrure – tellement étrange, cette Flora si corpulente, qu'elle se sentait presque intimidée. Elle tira un mouchoir de sa manche, s'en tamponna les yeux, puis tendit sa joue à Richard.

« Miss Folley, vos petits gâteaux aux épices embaument », déclara Flora en lui serrant la main.

La petite touche de bienveillance sans prétention que l'on attribue aux dames de la famille royale, pensa Miss Folley.

Tout le monde se conduisait de son mieux. Richard complimentait Mrs. Secretan sur sa bonne mine, et Mrs. Secretan prenait des nouvelles du père de son gendre, pendant que Flora, qui s'était débarrassée de son manteau, parcourait le salon, admirant les fleurs et la flamme claire des bûches. Mrs. Secretan ne pouvait détacher ses regards de sa fille, pas plus que Richard, qui la voyait pourtant quotidiennement. Elle lui paraissait plus ravissante encore que le jour de leur mariage. Sa beauté sereine s'accordait à sa grossesse.

« Elle se porte à merveille, n'est-ce pas ? dit-il à sa belle-mère.

– Magnifiquement. Elle a toujours été éclatante de santé. Je ne me souviens pas de l'avoir vue malade. »

Miss Folley songeait qu'il était agréable d'avoir un homme à la maison. Richard, bien installé sur le canapé, avait allongé ses longues jambes et dévorait les petits gâteaux. C'était un plaisir de cuisiner pour lui ; quelle différence avec Mrs. Secretan et son appétit d'oiseau ! On supplia Miss Folley de rester et, passant un nouveau compromis, elle se percha en biais sur le bras d'un fauteuil. Une position fort inconfortable pour son fessier osseux.

Après le thé ils montèrent dans l'ancienne chambre de Flora, dotée d'un lit supplémentaire où, en d'autres temps, Meg avait si souvent dormi, les deux amies bavardant jusqu'au milieu de la nuit. Mrs. Secretan, dans la pièce voisine, entendait leurs murmures continus et leurs rires étouffés, incapable elle-même de s'endormir, redoutant que sa fille n'ait le lendemain des cernes noirs sous les yeux – ce qui n'arrivait jamais.

Mrs. Secretan avait passé des moments heureux à rénover la vieille maison de poupée de Flora pour son futur petit-enfant. Elle avait confectionné de nouveaux rideaux et une nouvelle literie, et avait nettoyé les aliments en plâtre disposés sur la table – un homard, un jambon rosé, une assiette de petits pois et une charlotte russe. Un chat laineux se chauffait devant les flammes peintes. Quelques poupées, très raides, étaient assises sur des chaises ; celles qui ne pouvaient pas se plier avaient été couchées tout habillées ou calées contre des meubles. Les six pièces étaient nettement surpeuplées.

Mrs. Secretan alluma les ampoules, et Flora s'agenouilla pour contempler l'ensemble.

« C'est tellement beau que j'aimerais y vivre, s'exclama-t-elle. Elle va l'adorer!

– Et si c'est un garçon? » demanda Richard.

Flora échangea un regard avec sa mère et fit une légère grimace.

La soirée se déroula paisiblement. Après dîner, ils feuilletèrent de vieux albums de photos. Le culte de Flora, songeait perfidement Richard. Il somnolait. Le feu l'engourdissait et ces dames l'ennuyaient. Mrs. Secretan ne cessait de lui passer des photos et de le réveiller. Il les avait vues à maintes occasions, et de toute façon elles n'évoquaient rien de particulier pour lui. Mais il se sentait paisible et détendu, et son estomac, qui avait résisté aux biscuits aux épices et à un repas plutôt copieux, ne le tourmentait pas. « J'adore voir de jeunes hommes manger du diplomate », avait déclaré Mrs. Secretan au moment où il se resservait.

Il pensait que, hormis les membres de la famille royale, sa femme devait avoir été l'enfant la plus photographiée du monde. De bon cœur, infatigable, elle n'avait cessé de sourire aux objectifs : Flora dans une robe à smocks tenant un bouquet de fleurs; Flora sur son premier poney; Flora donnant à manger aux colombes; Flora à la plage, sur des skis, appuyée au bastingage d'un voilier, et parmi des ruines antiques.

« Cette photo de toi, maman, murmura Flora. À Rome. C'est une de mes préférées. »

Mrs. Secretan regarda. « Il y a longtemps. On disait que j'avais des bras splendides. C'est vraiment ce que je regrette le plus.

– Ils sont encore très beaux », assura Flora.

Mais, à présent, ils étaient couverts en permanence.

« Voici Meg! » s'écria-t-elle avec ravissement,

comme si elle n'avait jamais vu la photo de sa vie. « Et ces chapeaux! Maman, tu te souviens? Le jour où nous les avons décorés? C'étaient nos vieux panamas d'école. »

Le visage de Meg, aux traits passablement chinois à cause de ses yeux gonflés et d'une frange noire tombant presque aux sourcils, était assombri par le large bord du chapeau orné de dentelle et de roses. Celui de Flora arborait une grande aile d'oiseau, et elle portait un voile noué sous le menton.

« Comment va cette chère Meg? demanda Mrs. Secretan.

– Elle est allée vivre à Towersey, dans une affreuse petite maison. Une des riches idées de Patrick Barlow. Il a cru bien faire, mais pour la pauvre Meg c'est très triste. Et c'est encore pis pour Kit, naturellement, puisqu'il y passera bien plus de temps que sa sœur.

– Pourquoi devrait-il y passer plus de temps que sa sœur? » demanda Mrs. Secretan.

Bonne question, pensa Richard, à moitié endormi. Il s'adossa confortablement et croisa les bras sur sa poitrine. Le fameux canapé, songeait-il, siège de leurs ébats préconjugaux, lorsque Mrs. Secretan, après leur avoir dit bonsoir, montait se coucher. Et la belle Flora, ses cheveux dénoués, si gentille et si douce avec lui. À présent, il se prélassait près d'elle sur le canapé, et pouvait tout juste rester éveillé. « Je t'ai eue », avait-il déclaré d'un air sévère, en lui tenant fermement la main, au moment de partir en voiture pour leur voyage de noces. Un point, c'est tout.

« C'est un métier tellement précaire, expliquait Flora à sa mère, en parlant de Kit. Et particulièrement au début. Il se trouve souvent sans travail, ce qui le contrarie beaucoup, car il dépend alors de Meg.

– Pourquoi ne cherche-t-il pas un autre emploi? » questionna sa mère.

Une autre bonne question, pensa Richard.

« Il a décidé de devenir acteur, répondit calmement Flora.

– Tu sais, je crois que ces écoles d'art dramatique font pas mal de dégâts. Elles donnent de grandes espérances à des jeunes qui, autrement, n'auraient jamais rêvé de monter sur les planches. Ils entendent leurs parents les applaudir à tout rompre, et en déduisent qu'ils sont les nouveaux Sir Henry Irving ou Ellen Terry. À mon avis, c'est exactement ce qui est arrivé à Kit. Un jour, Meg m'a conduite à son école pour le voir dans le rôle d'Ophélie, et il m'a semblé très mignon, mis à part ses mains et ses pieds, avec sa perruque blonde. Je l'ai couvert de félicitations – sans me douter du tort que je lui causais. Pauvre Meg! Quel souci pour elle, et personne sur qui s'appuyer.

– Elle s'appuie sur moi, répondit Flora. Mais je ne suis pas d'accord avec elle au sujet de son frère. Elle est trop impatiente. Au fil du temps Kit s'améliore, décroche des rôles. Il en est au tout début, et seuls les acteurs très chanceux n'ont pas à passer par là. Mais vivre à Towersey, loin des contrats, ne lui facilitera guère les choses.

– Kit n'a aucun talent, lança tout à coup Richard en se redressant. Même si on lui en donnait l'occasion, il serait incapable de jouer correctement.

– Je crois en lui », rétorqua Flora, avec ce que Patrick avait un jour appelé son air de chrétienne des premiers jours. Elle releva le menton, le regard assuré. Elle resplendissait de confiance en soi. Avec une telle certitude, Flora parviendrait facilement à convaincre Kit, pensait sa mère; peut-être même les agents et les producteurs; elle était si sûre d'elle.

Mrs. Secretan se sentait fatiguée par l'exaltation de cette journée – les préparatifs, l'attente et l'arrivée – et par le malaise lié à Miss Folley qui n'avait cessé de la préoccuper. Comment diable avait-elle bien pu être au courant? Je suis certaine de ne rien lui avoir dit, songea-t-elle. Ses lèvres remuèrent, et Flora lui jeta un coup d'œil. Plaçant son mouchoir sur sa bouche, Mrs. Secretan fit semblant d'étouffer un bâillement.

« L'heure d'aller au lit », dit-elle.

À présent, lorsqu'elle montait se coucher, elle trouvait étonnant de voir Flora et Richard l'imiter immédiatement. À peine avait-elle eu le temps de terminer sa phrase qu'ils s'étaient levés. Tellement différent des jours anciens.

5

À la suite de la conversation chez sa mère, Flora sentit croître ses responsabilités envers Kit. Elle se mit à organiser de petites réceptions auxquelles elle invitait toute personne susceptible de donner au jeune homme la chance de sa vie, et lorsqu'elle-même se trouvait invitée quelque part, elle ne cessait de tendre l'oreille en quête de noms prometteurs. Lorsque le cas se présentait, une invitation succédait aux présentations. S'il s'était agi de son propre intérêt, elle n'aurait jamais eu l'audace de se conduire ainsi.

Kit était devenu un grand jeune homme aux cheveux blonds, raides et ternes. Même lors des réceptions de Flora il ne faisait rien pour dissimuler sa pauvre mise – mais il n'existe guère de remède contre les manchettes élimées et les fonds de culotte lustrés. « Calamiteux », déclarait Percy à Ba. C'était également l'opinion de Richard.

Pour l'anniversaire de Kit, Flora lui offrit un costume sombre. Il commença par protester, refusant de se rendre aux essayages; puis, devant l'air étonné et déçu de Flora, il finit par céder. Mais, durant les séances, il ne cessait de s'abstraire de la situation : il se sentait humilié, et endosser le costume lui répugnait.

Meg était furieuse. Un chandail, passe encore, estimait-elle, mais un costume – sombre et élégant, qui plus est –, ça sentait le gigolo. Quand Flora fit allusion au cadeau, Richard se mit en colère; mais il était déjà trop tard. Elle fut abasourdie par ses mises en garde et ses suppositions – qui pourrait jamais lui prêter de tels sentiments et, d'ailleurs, qui saurait qu'elle lui avait offert le costume? Et puis, un garçon de cet âge! Elle avait simplement, en qualité d'aînée, tenté de l'aider dans sa carrière. En d'autres circonstances, elle lui aurait offert un tout autre présent. D'ailleurs, quoi que Richard en dise, cela ne le regardait absolument pas, ni Meg, ni personne d'autre. Tant d'histoires pour si peu!

Il y eut néanmoins une certaine gêne dans l'assistance lorsque Kit arbora son costume neuf pour la première fois. La répugnance qu'il éprouvait à le porter se mêlait à l'orgueil que lui procurait sa nouvelle allure. Il avait espéré que Flora ferait une remarque anodine et que les choses en resteraient là, mais elle rougit et détourna un moment son regard, ne lui adressant la parole qu'après avoir repris son sang-froid.

Ce soir-là, Kit rencontra quelqu'un qui, un peu plus tard, lui permit de trouver une journée ou deux de tournage, et Flora en fut enchantée. « Tu vois, le succès commence à faire boule de neige », avait-elle confié à Richard. Avant que Kit ne leur téléphone pour leur apprendre la nouvelle, ils avaient regardé à la télévision un film dans lequel il tenait un petit rôle. Une fois sa journée de travail terminée, Richard aimait pardessus tout s'écrouler après le dîner dans son fauteuil et contempler l'écran – absorbant westerns, jeux, débats politiques, danses écossaises et compétitions de patinage artistique. Ses rétines bougeaient; rien d'autre – sinon parfois un pied pour marquer la cadence d'un quadrille écossais ou d'un indicatif musical entraînant. Flora tournait généralement le dos au poste de télévision, s'efforçant de tricoter des brassières. Elle ne tardait pas à s'énerver et à pousser de profonds soupirs; à bâiller; à se lever et s'étirer, et à monter se coucher de bonne heure. Ce soir-là, Richard plaça son fauteuil face à l'écran et ils regardèrent le programme ensemble. Flora ne comprenait rien au film, un meurtre dans une auberge de campagne. La prestation de Kit dura l'espace d'un éclair. Elle fut fort déçue. Richard, lui, affirma qu'il ne l'avait même pas aperçu.

« Mais on le voyait très bien, protesta Flora. C'était l'un des policiers debout derrière le cadavre du détective en imperméable.

– Tout ce que j'ai vu, moi, c'est qu'ils sont entrés avec des vêtements absolument secs, alors que dehors il tombait des cordes.

– J'ai trouvé qu'il jouait vraiment bien, murmura Flora. Mais quand même, aller là-bas deux jours entiers pour tourner ça ! Ils ont dû faire beaucoup de coupures. »

Après la signature du contrat, Kit regagna directement Towersey et lava la vaisselle du petit déjeuner.

Faute de temps et d'argent, toutes les idées de Patrick Barlow concernant la nouvelle décoration n'avaient pu être menées à bien, mais un peu de peinture blanche et un coup de badigeon avaient changé l'ensemble, que les meubles maternels ne déparaient pas. S'il n'avait pas été obligé d'y passer la quasi-totalité de son temps, Kit aurait beaucoup apprécié Towersey ; mais il s'y était retrouvé seul si souvent – lisant, avec mauvaise conscience, une journée entière, ou s'occupant des tâches domestiques, ou se promenant au bord du fleuve. Parfois, bien qu'il n'en eût pas les moyens, il allait boire un verre au *City of London* pour retrouver Liz Corbett, qu'il avait rencontrée pour la première fois dans ce pub avec Meg.

Il était sûr de l'y voir ce jour-là. Elle cessait toujours de travailler vers midi, et descendait prendre un sandwich et une bière. Il décida de la rejoindre après s'être changé ; il ôta son costume neuf, le suspendit avec soin, et remit ses vieux vêtements.

C'était une fin de matinée claire et froide ; dans les jardins et les cours, les lessives accrochées à des rangées de cordes haut tendues claquaient inlassablement au vent. Les ardoises des toits et les pavés des chaussées, mouillés par une récente averse, avaient des reflets gorge-de-pigeon. Une odeur de poussier et de bière brassée flottait dans l'air, et dans les rues retentissaient des cris d'enfants sortant de l'école et le cliquetis des fardiers et des chariots à charbon. Le long du fleuve, près de l'embarcadère, régnait une netteté toute maritime : des pierres blanchies à la chaux bordaient des parcelles de gazon où trônaient d'anciennes ancres ; les mâts à drapeaux étaient fraîchement repeints ; on voyait aussi une rangée de bancs surplombant l'eau et une gigantesque figure de proue, à la moue méprisante et aux yeux globuleux.

Sans doute temporairement en fonds, Liz s'était fait servir ce que le patron appelait le menu « table d'hôte » et ses clients l'« assiette-repas » : pâté en croûte, petits pois en conserve, purée de pommes de terre, le tout couvert d'une sauce épaisse.

Kit, une bière à la main, vint s'asseoir à la table qu'elle occupait dans un coin du pub, en s'efforçant de détourner les yeux de l'assiette de Liz. Du ragoût à réchauffer l'attendait chez lui. Meg lui laissait toujours du ragoût. Il parla à Liz de son contrat ; elle se fit préciser le montant du cachet et n'en parut pas impressionnée. Elle n'avait pas le sentiment que jouer était l'obsession de Kit comme peindre l'était pour elle, et elle se demandait comment il avait dérivé jusqu'aux lisières de ce milieu sauvage, avançant à tâtons pour courir sa chance. Si elle avait pensé obtenir une réponse sincère, elle aurait posé la question ; mais en général, elle pressentait les paroles inutiles. Pour Liz, il n'existait pas de règles permettant de lier la réputation des créateurs à leurs œuvres ; mais elle discernait en lui un orgueil – pis, une susceptibilité – qui faisait trop partie intégrante de sa personnalité, dépassait l'emploi d'acteur proprement dit et l'obligeait aux faux-fuyants. Elle estimait qu'il faisait son possible pour tirer le meilleur parti d'une situation fausse et elle aurait bien voulu savoir qui l'avait poussé à embrasser cette carrière, mais elle s'abstint une fois encore de l'interroger. Certainement pas sa sœur, en tout cas. Liz l'avait compris le jour de leur première rencontre. Le dévouement de Meg était à toute épreuve, à défaut d'être enthousiaste. Patrick Barlow ? s'était-elle demandé. D'autres questions s'étaient alors bousculées dans sa tête, mais, vaines ou non, elles ne pouvaient être posées, même par elle. Les questions indirectes se montreraient toutefois peut-être utiles.

« Patrick Barlow, dit-elle, en inondant d'un torrent de poivre ce qui lui restait de purée. Pourquoi tellement pratiquant ? » Elle économisait souvent les verbes, comme si leur emploi était soumis à une taxe supplémentaire. « Marrant, quand même, un adulte qui va à l'église tous les dimanches.

– Il croit probablement en Dieu », répondit Kit avec une imprécision révélatrice, et Liz se sentit soulagée. Soit il n'est pas au courant, soit il s'en moque, pensa-t-elle.

« Ses yeux ne sont pas de la même couleur. Tu avais remarqué ? reprit Kit.

– Je ne vois pas le rapport.

– Imagine-le tous les soirs à genoux, disant des

prières pour obtenir une teinte unique, se débattant avec ce problème. Chaque être humain a envie d'avoir des yeux de la même couleur. C'est tellement évident. Si tu devais avoir un fils, c'est la première chose que tu espérerais. Pourtant les prières de Patrick ne sont pas exaucées. Remarque, peut-être aussi qu'il n'arrive pas à se décider : tous les deux bleus, ou tous les deux marron? C'est une explication plausible. Il a sûrement une sacrée bonne raison d'aller à l'église, en tout cas; sinon, ce serait injuste. Je ne suis pas du tout croyant, moi, mais la première fois que j'ai prié, j'ai obtenu ce que je demandais.

– C'était quoi?

– Je ne peux pas répondre; ce serait violer un secret, non?

– Pourquoi ne pas continuer, alors?

– C'est une erreur de vouloir forcer sa chance. »

Pendant cette conversation, Liz s'était libérée de l'un de ses soupçons; il s'était éloigné en voletant dans l'atmosphère ténue et avait disparu. Et s'en sentir débarrassée lui avait procuré une sensation délicieuse. Elle regarda son assiette, où ne restait plus qu'un peu de moutarde; finalement le garçon s'approcha pour emporter le plat, qu'il décora de l'empreinte de son pouce.

« Tu fais un vrai gueuleton », observa Kit au moment où on lui servit un pudding à la vapeur nappé de crème anglaise, en essayant d'ôter toute trace d'envie de sa voix.

« Je ne pourrais pas manger comme ça tous les jours.

– Et pourquoi aujourd'hui?

– J'avais besoin de me remonter, et la nourriture sert à ça.

– Pourquoi? Je veux dire, pourquoi en avais-tu besoin? »

Elle haussa les épaules et continua à mastiquer. Dans son métier, elle était obligée de garder pour elle ses difficultés – puisqu'elle était seule capable de les résoudre. « Déléguer », comme disait Flora, n'existait pas.

Elle mangeait rapidement, mais sans la moindre trace de concentration ; quand elle ne parlait pas, elle portait un regard vide sur ce qui l'entourait. L'indifférence qu'elle manifestait à l'égard de la plupart des choses – sauf son travail – était déconcertante. C'est ce que Meg en avait pensé et, de façon injuste, Kit en était persuadé, sa sœur avait condamné ce comportement, n'y voyant que sotte affectation. Il observa Liz tandis qu'elle cherchait son verre à tâtons, les yeux tournés dans une autre direction. Pendant qu'elle buvait, son regard, au-dessus du verre, glissa de côté et se posa sur un client qui, se dirigeant vers le bar, arrivait à leur hauteur. Sa bière avalée, elle se passa la langue sur les lèvres, sur les dents, et ramassa quelques miettes de pain de ses longs doigts sales. Vraiment pas gênée, pensa Kit. Heureusement pour elle, sinon pour nous !

Il l'aimait bien, malgré tout ; mais il ne l'admirait pas, et de ce fait – telle était sa nature – elle ne comptait pas réellement pour lui. Elle était simple, n'imposait pas de règles, ne faisait aucun cas des convenances. Elle se comportait en camarade (chacun payait sa bière), et la désinvolture de leurs relations le reposait. Mais il éprouvait depuis l'enfance le besoin d'admirer, d'adorer, de se dévouer – des termes que Patrick Barlow aurait utilisés dans un autre ordre d'idées. Etre adoré sans adorer soi-même semblait à Kit le plus pitoyable des sorts. Que cela ne risquât pas de lui arriver le rendait égoïstement heureux ; cependant éprouver de la compassion pour les dieux ou les déesses ne lui serait pas venu à l'idée.

« Je dois partir », annonça Liz en comptant sur la table l'argent du déjeuner, pour son montant exact, sans pourboire.

« Tu te sens d'attaque, à présent ?

– Oui, à tous égards. »

Elle était prête à retourner à son travail et ne le laisserait pas la retarder. Après son départ, il termina le verre de bière qu'il avait fait durer si longtemps, et sortit à son tour. Il se promena un peu le long du quai et s'assit sur l'un des bancs de l'embarcadère. Par un après-midi de fin d'automne, Flora et lui s'étaient assis au même endroit. C'était la première fois qu'elle venait à Towersey, et il l'avait regardée tenter de dissimuler sa consternation.

La petite maison l'avait manifestement déprimée. Meg et Kit n'avaient pas encore emménagé, et sur les planchers nus traînaient des planches et des seaux de lait de chaux. Les vitres et les appuis de fenêtres étaient criblés de taches de peinture. Pendant que Flora regardait autour d'elle en quête de quelque chose à dire, Kit essayait d'en faire disparaître quelques-unes en les grattant avec l'ongle du pouce. Que faire pour eux ? pensait Flora, affolée. Et, grands dieux, qu'est-ce qui avait pris à Patrick Barlow de leur conseiller une horreur pareille ?

La visite d'inspection terminée, Kit et elle décidèrent d'aller explorer la ville. Les magasins fermaient de bonne heure ce jour-là, et une tristesse mortelle régnait dans les rues : boutiques aux devantures masquées de volets sombres ou, à travers leurs portes vitrées, noires silhouettes de mannequins, obscurs rouleaux de linoléum.

Ils prirent le thé dans la pâtisserie où Meg et Patrick s'étaient naguère installés, et passèrent devant la boutique de tatouage sans même y jeter un regard.

Comme d'habitude, ils parlaient de l'avenir de Kit qui, selon Flora, serait radieux. Kit éprouvait une réticence superstitieuse à l'écouter décrire cet avenir dans le détail, mais il se laissa bientôt convaincre malgré lui par l'assurance qui émanait d'elle.

À présent il se souvenait du moment où, alors qu'ils flânaient dans les allées d'un jardin public, il s'était amusé, soulevé par un doux optimisme, à donner des coups de pied dans des tas de feuilles sèches et de branches de sycomore, tel un petit garçon. Le jardin était désert. Des parterres de chrysanthèmes minables exposaient les traces d'un gel récent. Au carrefour des allées, des panneaux pointaient en direction du café (fermé), des toilettes publiques, et du terrain de jeux des enfants. Un peu plus loin se trouvaient une fontaine d'eau potable en granit rose poli et la statue d'un bienfaiteur de la ville en redingote – blanche et bosselée, évoquant un bonhomme de neige en train de fondre, avec des traînées vertes le long des joues, qui coulaient des orbites jusqu'au jabot. Une journée froide, mais belle. Flora et lui s'étaient assis sur ce même banc au bord du fleuve, parmi les morceaux de bois apportés par le courant, les gravillons formant une frange dentelée, les algues et quelques vieilles pelures de fruits. Il y avait eu une grande marée, et la berge avait été inondée.

« De toute façon, cela viendra vite », avait affirmé Flora qui, grâce à sa nature optimiste, s'était un peu réconciliée avec Towersey, et apposait déjà, en pensée, une plaque bleue sur le mur séparant les fenêtres des chambres : *L'acteur Christopher Driscoll vécut dans cette maison.*

Kit, lui, avait éprouvé cet après-midi-là un sentiment beaucoup plus fort qu'une réconciliation avec la ville. Towersey, malgré le sortilège de la fermeture précoce qui figeait ses rues désertes et ses jardins publics désolés, lui était apparu comme une sorte de paradis que la déesse gratifiait de sa présence, de façon temporaire mais sans porter de jugement négatif. Pour venir le voir, elle avait même sacrifié sa rencontre hebdomadaire avec Ba. Lorsqu'il était petit garçon, à l'époque où naquit la dévotion qu'il lui portait, Flora se trouvait au centre de ses rêves; mais des rêves si modestes qu'il n'aurait jamais cru bénéficier de sa compagnie exclusive plusieurs heures d'affilée. Maintes et maintes fois, il avait osé imaginer qu'il lui sauvait la vie, et parfois c'était elle qui le sauvait – en s'asseyant simplement à son chevet pour attendre que la fièvre tombe; ou en le croyant sur parole quand les autres doutaient de lui. Ce qu'il avait remarqué en premier chez Flora était son sens de l'équité. À cause d'une jatte cassée et de la crème répandue, et de Meg et sa mère qui s'étaient mises en colère. Flora, qui avait vu le châle de la grand-mère de Kit entraîner la jatte, n'avait pas voulu que la vieille enfant sénile s'en tire par la ruse, s'abritant derrière sa surdité pour laisser accuser son petit-fils. Même à cette époque, le genre martyre chrétienne n'était pas chose nouvelle pour Flora : elle avait légèrement rougi devant l'injustice de leurs accusations – et sa beauté était telle qu'il ne l'avait jamais oubliée. Les excuses de sa mère et de sa sœur, le bafouillage embrumé de sa grand-mère ne comptaient pour rien, car la justice avait triomphé et c'était magnifique. Kit avait dix ans et l'admiration qu'il lui vouait depuis lors ne s'était pas démentie. Il ne l'avait pas vue souvent. Une fois ou deux, Flora avait accompagné Meg et sa mère lors d'une visite au pensionnat et elle ressemblait à Perséphone entrant aux enfers, tandis qu'à présent, avec son ventre proéminent et ses hanches élargies, elle avait l'apparence de Déméter.

Il ne l'avait pas sexuellement désirée – ou plutôt ne s'était pas permis de fantasmer, maîtrisant rapidement son imagination lorsque le contact d'une main ou un léger baiser le troublaient. L'arrivée prochaine du bébé le contrariait beaucoup plus que la présence de son mari. Kit avait quelquefois fait l'amour avec des filles de son âge, mais il se souvenait à peine d'elles ensuite, et s'était toujours arrangé pour ne pas se laisser impliquer, même si, avec ses longs cheveux et son allure négligée, il plaisait aux femmes, qu'il trouvait parfois obstinées.

L'après-midi passait, et il avait tellement faim qu'il envisageait presque de rentrer faire réchauffer le ragoût exécré. Il n'imaginait que trop bien les relents d'oignon s'insinuant dans toute la maison, et les paillettes de graisse dorée glissant à la surface de la viande. Pauvre chère Meg! Mais il faudrait bien le manger.

Une fille, qui était déjà passée devant lui en flânant, vint s'asseoir à l'autre extrémité du banc, ouvrit son sac à main de façon désinvolte et en retira une cigarette. Elle fouilla ensuite dans les sombres profondeurs du sac, puis tourna la tête vers lui.

« Peut-être auriez-vous...? » Elle agitait la cigarette qu'elle n'avait pu allumer.

« J'ai bien peur que non. » Il explora ses poches, sachant que ce serait en pure perte.

« Tant pis. C'est sans importance. » Elle fit tristement disparaître la cigarette en la remettant dans le paquet. « Mieux vaut m'abstenir », reprit-elle d'un ton dégagé. Ses yeux brillaient d'un éclat humide. Des verres de contact, se dit-il, pas des larmes.

« Vous avez l'heure? demanda-t-elle.

– Trois heures viennent de sonner.

– Merci beaucoup. » Elle s'adossa au banc, croisa

les jambes, contempla son pied qui s'agitait, lui imprima quelques mouvements, fléchissant et faisant tourner sa fine cheville en fredonnant. « Belle journée, dit-elle. J'adore venir ici regarder les bateaux ; pas vous ? »

Et en plus elle est d'humeur causante ! songea Kit. Il se leva et, aussi poliment qu'il le put, déclara :

« Il faut que je rentre déjeuner.

– Déjeuner ? répéta-t-elle, incrédule. À cette heure-ci ? Vous allez avoir des ennuis.

– Non. Personne ne m'attend. »

Elle le regarda s'éloigner, découragée : il lui avait glissé entre les doigts. Quand il fut hors de vue, elle sortit du fond de son sac le paquet de cigarettes et un petit briquet.

Morose, Kit s'éloigna de l'embarcadère ; il aurait voulu que Flora soit près de lui pour lui rendre confiance. À certains moments, comme pendant cet après-midi solitaire, dans ce décor mélancolique de scène fluviale, devant le flot épais et sombre de la marée montante qui recouvrait les pierres moussues, il commençait à se voir avec les yeux de Liz, et non ceux de Flora, et cela lui faisait peur, de plus en plus peur.

6

Richard, qui se rendait de temps en temps à Mayfair pour des repas d'affaires, eut, par une suite de coïncidences, l'occasion d'apercevoir à diverses reprises Elinor Pringle, sa voisine : une première fois, elle était au fond d'un taxi et bâillait à se décrocher la mâchoire; une autre fois, assise derrière la vitre d'un café, elle contemplait la rue par-dessus un bac de fougères en plastique. Elle paraissait si triste qu'il ne voulut pas l'aborder par surprise. Il fit semblant de ne pas l'avoir vue mais se rendit compte, trop tard pour y remédier, qu'elle l'avait aperçu et avait compris sa manœuvre.

Qu'elle fût une chineuse acharnée, il le savait : elle recherchait infatigablement les meubles anciens, les bijoux, les porcelaines; perpétuellement à l'affût et capable de patienter, des années peut-être, pour obtenir exactement ce qu'elle désirait. Elle savait toujours très précisément combien lui avaient coûté ses achats – un prix tellement bas que cela déclenchait d'intéressantes conversations. Un jour, en début de soirée, alors qu'il montait la côte qui menait chez lui, Richard assista à la livraison d'une méridienne de l'époque victorienne en piteux état, à laquelle Elinor ouvrait tout grand, d'un air triomphal, la porte de sa maison.

À quelque temps de là, de retour dans l'après-midi d'une visite à West Ruislip où il s'était rendu pour calmer un client irascible, il vit Elinor qui, devant la consigne de la gare de Marylebone, s'efforçait de transporter un tableau aux dimensions imposantes, piètrement emballé d'un mince papier brun. Il était trop grand pour être glissé sous le bras, et son cadre, trop plat, n'offrait pas de prise. Afin de se faire pardonner l'épisode du café au cours duquel il avait feint de ne pas la voir, il se précipita à son secours.

« Il faut que je le case dans un taxi, dit-elle. Si vous pouviez m'aider... Je ne sais plus où mettre tous ces objets encombrants. Un tableau à problème, celui-là, mais vraiment magnifique. Je l'ai déniché chez un brocanteur de campagne.

– Si nous prenions le thé avant de chercher un taxi? demanda-t-il, se rachetant avec grâce.

– Volontiers », répondit-elle de sa voix vive et énergique.

C'était avant l'heure d'affluence, et la gare semblait presque vide; silencieuse, aussi, mis à part un porteur qui sifflotait. Un peu de brouillard s'était insinué dans le bâtiment et stagnait sous la verrière, où des pigeons s'étaient perchés dans la grisaille.

Le salon de thé, qu'elle ne connaissait pas, enchanta Elinor. Vraiment une agréable découverte, disait-elle en contemplant les acajous luxueux, les nappes blanches immaculées, les portemanteaux galbés. Une atmosphère si feutrée qu'ils se parlaient à mi-voix. Seul un vieil homme, qui consommait un œuf poché en regardant devant lui d'un air morose, se trouvait dans la salle. En coulisses, une serveuse se plaignait en bougonnant à sa collègue : « On a toujours fait comme ça, je lui ai dit, et on continuera à faire comme ça. À ma manière. » Elle surgit, impassible, nota la commande de Richard sans un mot, puis, disparaissant de nouveau, reprit ses récriminations. « C'est comme ça qu'on doit faire. Laisser le beurre sans protection, je lui ai dit, c'est pas bien pour les clients. » Une machine émit soudain un sifflement qui fit sursauter Elinor, et ils entendirent ensuite que l'on grattait un toast.

« Je vous ai vu l'autre jour, dit-elle à Richard.

– Oui, on vous livrait une grande méridienne verte.

– Ah, vous étiez là ? Non, je voulais parler d'un après-midi où je me trouvais dans un café. Vous êtes passé juste devant. Dans Davies Street.

– Londres est extraordinairement petit, répondit-il évasivement. Un jour, je vous ai aperçue dans un taxi qui descendait Hay Hill.

– J'ai horreur que les gens me voient à mon insu. Ils me disent toujours, par la suite, que je paraissais terriblement fatiguée. »

Pas du tout, vous étiez en train de bâiller à vous décrocher la mâchoire, songea Richard.

On leur apporta le thé ainsi que les toasts. Grattés et découpés, les morceaux de pain beurré étaient entrecroisés sur une épaisse assiette bleue. « Sans protection », articula silencieusement Elinor à l'intention de Richard. Il avait calé le tableau sur une chaise que la serveuse contourna avec une mine désapprobatrice. Lorsqu'elle s'éloigna après avoir servi le thé, Elinor se pencha pour déchirer le mince papier brun afin de montrer la toile à Richard. Offrant une palette de couleurs sombres, elle représentait une femme vêtue d'un corsage de dentelle crème au col empesé, debout, la main posée sur une carafe, qui affichait un sourire rêveur en observant du coin de l'œil un jeune homme qui portait à ses lèvres un verre de vin.

« C'est une empoisonneuse ? demanda Richard.

– Elle en a l'air.

– À moins qu'il ne s'agisse d'un philtre d'amour. En tout cas, ce mystérieux breuvage a une couleur peu engageante. Quel est le nom du tableau ?

– *La Libation.* Rien de plus. Mais c'est tout de même charmant, non ? » demanda-t-elle, tout en s'emparant d'un morceau de toast beurré.

« Atroce. Positivement atroce.

– Vous ne parlez pas sérieusement?

– Vous non plus, j'espère. »

Le vieil homme avait terminé son œuf poché. Tandis qu'il attendait la note, ses yeux s'étaient portés sur la toile, sans aucune expression de surprise ou d'intérêt.

« C'est rudement bien peint, constata Elinor. On peut même se rendre compte que c'est de la dentelle de Chantilly.

– Va-t-il plaire à Geoffrey?

– Il s'en fiche pas mal. À supposer qu'il le voie, il ne sera vraisemblablement pas séduit. Il se complaît dans les idées, et tout ce qui l'entoure doit être fonctionnel, n'exiger de lui aucun effort. Dès qu'il rentre de la Chambre, il s'enferme avec ses livres d'histoire : il écrit une pièce sur la cruauté des croisades. Je dois reconnaître que je suis d'accord avec lui là-dessus, et je suis certaine que, lorsqu'il l'aura terminée, ce sera une réussite. »

Richard songea à Flora et à la façon dont, sautant sur l'occasion, elle se serait occupée de favoriser l'avenir de Kit, l'imaginant revêtu d'une cotte de mailles et d'un heaume au centre d'une immense scène. Puis il cessa d'y penser et demanda : « Ne vous sentez-vous pas trop seule? » pour le regretter aussitôt – une question à ne pas poser, manifestement, à une femme mariée.

« J'ai de multiples centres d'intérêt, vous savez », dit-elle en parcourant du regard le salon de thé suranné comme s'il en eût fait partie, puis le tableau.

« Si, parfois, admit-elle.

– Vous n'avez jamais aucune de ces activités qui semblent incomber aux épouses des parlementaires : inaugurer d'un air radieux des ventes de charité, et s'extasier à la vue d'un bouquet d'œillets roses.

– Je suis de l'autre bord.
– Cela doit être embarrassant, parfois.
– Oui, bien sûr; mais je n'y peux rien. »

Elle lui lança un regard plein d'hostilité tonique, comme elle en adressait sans doute à d'autres – le suppléant de Geoffrey? Geoffrey lui-même? Ils avaient oublié de parler à voix basse et la serveuse, la tête penchée de côté, les écoutait en chassant d'une chiquenaude les miettes de la table voisine. Richard pensa que Flora, dans la situation d'Elinor, se serait comportée de façon radicalement différente. Il imaginait aisément sa loyauté enthousiaste. Aucun scrupule personnel n'aurait pu remettre en cause son engagement envers lui. « Infatigable », « inlassablement dévouée » : c'est ainsi que ses électeurs l'auraient définie. Chaque bouquet aurait provoqué chez elle un émerveillement ravi, et chaque remarque acerbe le concernant l'aurait blessée, l'aurait indignée. Deux ans auparavant, son usine de fournitures pour meubles capitonnés avait traversé une passe difficile et Flora s'était immédiatement mise dans la peau de l'épouse d'un homme ruiné. Ses économies et ses sacrifices offraient un aspect pitoyable qui irritait Richard tant, hormis le plaisir qu'elle en tirait, ils étaient dépourvus de sens. Quand les affaires reprirent, elle connut une période d'ennui, pendant laquelle elle ne sembla pas tout à fait dans son état normal; les steaks dans le filet réapparurent au menu et elle eut de nouveau recours au coiffeur pour ses shampooings.

« Je me demande pourquoi vous prenez les choses tellement à cœur, déclara Richard. Pour moi, la politique compte si peu que je ne m'en préoccupe pas. Tout cela n'est qu'une morne pagaille – sinistre, monotone, éculée. Qui s'en soucie? Pour les grands débats, lequel d'entre nous aura droit à la parole? On nous mettra au courant après coup. Si nous sommes encore en vie.

– Il y a des choses de moindre importance qui me restent en travers du gosier », dit Elinor. (Et qui valent la peine de se dresser contre son mari? se demanda Richard.) « Franchement! s'exclama-t-elle en se penchant en avant, le visage et la voix chargés d'une exaspération contenue, comme si elle avait lu dans ses pensées. Je suis incapable de devenir le genre de socialistes que sont Geoffrey et la plupart de ses amis. L'avoir épousé ne suffit pas pour que, magiquement, je me transforme. Ils me mettent tous hors de moi, avec les nobles discours qu'ils tiennent dans leurs luxueuses maisons ou leur façon de lire le *Times* dans les compartiments de première classe. Si j'avais une maladie grave, Geoffrey me ferait admettre sans hésiter à la London Clinic et si nous avions un fils, il irait évidemment dans un collège privé. Quand je souligne des points aussi simples que ceux-ci, ils utilisent des faux-fuyants et trouvent des justifications. Je suis peut-être naïve. Tenez, un exemple typique, bien que sans rapport avec la politique : le suppléant de Geoffrey est végétarien, mais il mange du poisson. " C'est une mort affreuse pour un poisson ", lui ai-je dit un jour, pendant qu'il dévorait ses deux truites. Bien sûr, il avait une réponse toute prête : les poissons ressentent à peine la douleur, ils n'ont pas de cerveau, ou pas de système nerveux. Enfin, quelque chose d'approchant; j'ai oublié. Et on me dit que j'ai tendance à simplifier à l'extrême les sujets complexes. C'est mon grand défaut. On me le reproche assez. » Elle consulta la pendule qui se trouvait au-dessus de la cheminée et décida qu'il était temps de rentrer. « Si le brouillard empire, il n'y aura pas de taxis. »

Pendant qu'ils prenaient le thé, le brouillard s'était

épaissi et, dans la gare, le faible écho des voix s'était encore assourdi. Dehors, dans les lumières floues et duveteuses, des silhouettes humaines et des véhicules surgissaient brusquement, avançant avec hésitation.

« J'adore », affirma Elinor. Un taxi qui roulait au pas s'arrêta le long du trottoir et ils y prirent place. « Le brouillard désorganise tout, comme la neige. Le monde devient différent. »

Dans le taxi, Richard posa le tableau sur ses genoux. Il lui semblait que des heures s'étaient écoulées depuis qu'il s'était rendu à West Ruislip pour calmer son client. Lorsqu'ils arrivèrent devant chez Elinor, il préféra descendre et terminer son chemin à pied. Il ne rentrait jamais chez lui en taxi. Il transporta le tableau jusqu'à la maison et, quand Elinor eut ouvert la porte, il le déposa contre une chaise, dans l'entrée. Elle trouve toujours une maison sombre et vide, pensa-t-il. Il refusa le verre qu'elle lui proposait et la quitta, gravissant la rue en pente en marchant près des grilles bordant les façades. En haut de la rue, le brouillard s'était dissipé et Beatrice Crescent était presque dégagé.

Flora se trouvait dans la cuisine avec Mrs. Lodge. Elle y passait beaucoup de temps, nettoyant à fond placards et tiroirs ou astiquant l'argenterie pendant que Mrs. Lodge préparait les repas. Leurs relations étaient des plus harmonieuses, et Mrs. Lodge était devenue – en raison de leur intimité quotidienne – une amie plus proche encore que Meg. Elles n'avaient jamais eu le moindre désaccord, et une telle éventualité ne leur serait même pas venue à l'esprit; il arrivait souvent que l'une déclare quelque chose que l'autre était précisément sur le point de dire, tant leurs pensées étaient à l'unisson.

Mrs. Lodge, qui venait de la campagne, adorait les oiseaux. Elle les attirait dans ce petit jardin londonien en suspendant aux branches des colliers de cacahuètes ou en éparpillant sur le gazon de menus morceaux de graisse de bœuf. Tout au long des hivers rigoureux, les sansonnets prenaient du poids et gardaient un plumage lustré grâce à ses offrandes; ils se jetaient goulûment sur les morceaux de graisse, s'étranglaient, retrouvaient leur souffle, puis chassaient les grives de leur territoire et se battaient entre eux. Quand le printemps arrivait, ils déchiquetaient les crocus et décapitaient les primevères. Mais Mrs. Lodge comptait aussi quelques réussites : des oisillons naquirent dans une boîte qu'elle avait installée, et un rouge-gorge semblait rechercher sa compagnie autant que la nourriture.

Flora tremblait à l'idée que Mrs. Lodge déciderait peut-être de se retirer à la campagne, ou (elle était veuve) d'aller vivre chez son fils marié, dans cette « ceinture verte » qui, même si elle n'avait de campagne que le nom – il en restait si peu – offrait une plus grande variété d'oiseaux, et parfois des réservoirs fréquentés par les canards.

« Si vous veniez à me quitter, je ne vous dirais pas, je ne pourrais pas vous dire au revoir », murmura Flora; Mrs. Lodge venait de souligner combien le brouillard était différent à la campagne – tout juste de la brume, en réalité. C'était un phénomène de plein air, rien à voir avec cette chose à l'odeur nauséabonde, qui s'insinue jusque dans les maisons. « Abominable », conclut-elle. Le plus petit signe d'aversion à l'égard de Londres suffisait à inquiéter Flora, car elle comprenait cette aversion.

« N'allez pas imaginer que j'envisage de partir maintenant, alors que le bébé va arriver, assura Mrs. Lodge.

– Ni maintenant, ni jamais. Quand il sera né, j'aurai encore plus besoin de vous. »

Mrs. Lodge semblait avoir traversé les épreuves de l'accouchement, de l'éducation de son enfant, puis de la séparation, pour une seule et unique raison : apprendre comment conseiller et soulager Flora lorsque celle-ci les subirait à son tour.

« Tout ce que je demande, c'est de pouvoir croire à ma chance, reprit Flora. Ne plus avoir à toucher du bois constamment. » Elle refoula ses larmes d'un battement de paupières, et leva bien haut la cuillère qu'elle astiquait de peur que, si elle baissait la tête, elles ne se mettent à couler. Elle voulait entendre Mrs. Lodge lui dire qu'elle ne la quitterait jamais, mais Mrs. Lodge avait trop de bon sens. Ne pouvoir arriver à ses fins – même pour un pacte aussi dérisoire – provoqua en Flora une sensation inhabituelle et la contraria. Lorsque, tournant les yeux avec précaution, elle regarda la pendule, elle constata que Richard était très en retard. Il s'était rendu à West Ruislip avec le train de deux heures vingt, et elle avait pensé qu'il rentrerait beaucoup plus tôt, espérant le voir arriver pour le thé. Mrs. Lodge, qui était allée poster une lettre au bas de la rue, avait déclaré qu'il y avait beaucoup de brouillard. Peut-être les trains étaient-ils tous retardés, ce qui rendrait les choses éminemment déplaisantes. Flora haïssait le chaos.

La tête penchée de côté, Mrs. Lodge battait la crème pour la rendre bien ferme. Avant son mariage, elle avait travaillé dans ce qu'elle appelait une « bonne maison » en tant que femme de chambre. Elle cuisinait toujours avec un sentiment d'importance qu'elle aurait été incapable d'expliquer. Même lorsqu'elle se trouvait seule, elle réagissait comme si un public admiratif la regardait battre la crème ou tendre l'oreille vers la porte du four pour surveiller la viande qui rôtissait superbement à l'intérieur en laissant échapper de petits grésillements.

Elle aimait faire la cuisine et elle adorait Flora; mais Londres lui déplaisait. Il n'y avait presque rien à voir. Pendant qu'elle hachait les fines herbes et tournait les sauces, toutes les images qui lui revenaient à l'esprit provenaient du passé. La maison de son enfance se trouvait près d'un estuaire. Isolée, sous un ciel magnifique et sans limite, elle baignait dans une lumière splendide. Des sternes avaient coutume de se rassembler sur un banc de sable au bord de l'eau, et on aurait pu penser qu'ils dansaient sur leurs frêles pattes rouge corail. Lorsqu'ils s'envolaient, on croyait voir s'ouvrir un éventail. Ailes déployées, ils effleuraient la surface des eaux, comme un nuage de papillons. Quelle beauté. Elle pouvait les regarder des heures entières. Aujourd'hui encore ils étaient vivants devant ses yeux, ainsi que les hérons, immobiles dans les eaux peu profondes. Elle entendait aussi le merveilleux remue-ménage provoqué par les vols d'oies sauvages. Un taillis plein de rossignols, des bois hantés par les chouettes, des ormes criblés de nids de freux entouraient la grande maison où elle allait travailler, et les avant-toits abritaient des hirondelles. Une splendeur. Ici, à Londres, elle n'avait que des moineaux miteux, des sansonnets diaboliques, et son cœur fondait lorsque le rouge-gorge venait se poser sur le bord de la fenêtre. Deux mondes distincts, et un seul provoquait sa nostalgie. Elle se servait du mot « nostalgie » pour ces évocations intimes. Elle avait découvert que lui seul rendait compte de la souffrance et du regret qu'elle éprouvait, adoucis par la tendresse et le plaisir des souvenirs.

Flora enveloppait les cuillères étincelantes dans une peau de chamois lorsqu'elle entendit Richard marcher dans l'allée, puis gravir les marches du perron. Elle quitta la cuisine pour l'accueillir. Dès qu'il mettait la clé dans la serrure, Flora laissait toujours tout en plan pour se précipiter dans l'entrée. Sa mère lui avait vivement conseillé ce comportement car, selon elle, les maris en raffolaient.

L'odeur du brouillard entra avec lui.

« Je suppose que tous les trains sont en retard », dit-elle.

Il suspendit son pardessus. « Pas trop pénible, répondit-il.

– J'espérais tellement que tu rentrerais pour le thé ! »

Elle parlait d'une voix de petite fille, comme si elle jouait à être déçue ; et il pensa qu'elle était bien trop grande pour adopter un tel ton. Contrairement à elle, il lui arrivait d'avoir des pensées déloyales.

« C'était hors de question. Je te l'aurais dit, si tu me l'avais demandé. »

Il la suivit au salon, se servit du gin, y ajouta une pointe de vermouth, et avala une grande rasade, gardant la bouteille à la main comme s'il mourait de soif. Il se lança ensuite dans le récit assommant et verbeux du rendez-vous à West Ruislip, la façon dont il s'y était pris avec le client en colère... le contact personnel... l'huile dans les rouages... venir lui manger dans la main. Flora traversa nonchalamment la pièce et redressa un tableau sur un mur. À son air rêveur, il comprit qu'elle ne l'écoutait pas mais il ne put lui en vouloir. Au moment où il cessa de parler pour boire de nouveau une longue gorgée, elle lui lança son sourire éclatant, qui parut glisser sur lui tel le pinceau lumineux d'un phare. Puis disparut.

« Tu es vraiment futé ! conclut-elle, admirative. Tu arrives toujours à entortiller ces vieux grincheux. »

Je suis plutôt futé, en effet, songea-t-il. Il ne savait pourquoi il avait omis de mentionner le thé pris avec Elinor Pringle. Quelle absurdité de n'avoir rien dit –

une rencontre de ce genre, totalement due au hasard. Ne rien dire laissait croire à un arrangement secret. Maintenant il était trop tard, et si Flora venait à en entendre parler, ce qui semblait plus que probable, une petite ride de perplexité surgirait entre ses sourcils – l'expression qu'elle prenait lorsqu'elle était déroutée par des règles de conduite différentes des siennes. À nous deux, nous avons bien réussi à préserver son visage, songea Richard qui ne redoutait pas les rides mais la perte de l'innocence. Jusqu'ici, en tout cas, et de justesse, estimait-il. La responsabilité du visage lui incombait à présent, et s'il s'altérait – que le Botticelli vienne à perdre sa sérénité, ou le regard attirant à se voiler – ce serait sûrement par sa faute.

Elle s'assit et croisa les mains sur son ventre. « En tout cas, tu es là maintenant », déclara-t-elle avec satisfaction. Elle ressemblait toujours à la jeune fille des photos que chérissait sa mère. Même interrogateur, son regard espérait une réponse rassurante. Flora avait du mal à croire que les autres puissent la tromper ; mais que Richard lui mente l'aurait accablée. Selon les critères classiquement admis, Richard n'avait jamais estimé avoir une mauvaise conduite. Il gardait pour lui les pensées indignes, libertines ou déloyales qui, bien que fréquentes, ne duraient guère. Son irritabilité était d'origine gastrique.

Il se tenait près de l'âtre, un pied sur le garde-feu de cuivre. (Flora le remarqua, mais préféra ne rien dire, car mieux valait un garde-feu rayé qu'un mari agacé.) Son coude occupait, de façon précaire, un petit espace entre deux bergères de porcelaine au visage rose et souriant comme celui de sa femme.

Flora était assise, le regard fixe. Sur une table près d'elle se trouvait un tricot qui n'avait pas progressé depuis des jours, ainsi qu'un livre d'Henry Miller prêté par Patrick Barlow, et qu'elle lisait avec un discret étonnement. (« Richard, que veut dire ce mot-là? Vraiment? Ah bon. Il fallait bien, je suppose, trouver un nom. » Comment avait-elle fait son compte pour vivre si longtemps dans l'ignorance? se demandait-il.)

Être enceinte et porter son enfant semblait l'occuper entièrement. Un travail à plein temps. Il chassa une pensée de son esprit. Juste à ce moment-là, il entendit Mrs. Lodge commencer à gravir l'escalier : le signal qu'il attendait pour s'approcher rapidement du plateau aux alcools et remplir son verre comme s'il n'avait aucune idée de l'heure. Chaque soir il s'arrangeait ainsi pour avoir un verre plein au moment du dîner. Il marche sur les brisées de son père, estimaient certains. Marcher sur les brisées de quelqu'un est en général péjoratif pour les deux parties en cause; et, en l'occurrence, c'était bien le cas.

7

La petite maison était aussi froide qu'une grotte lorsque Meg rentra du bureau. Seule la salle de bains, encore embuée, conservait un semblant de chaleur. Elle ramassa sur le sol une serviette humide et resta plantée là, hébétée de fatigue, à se désoler sur son sort, la serviette au bout du bras. Kit avait consommé la totalité de l'eau chaude, laissé mourir le feu, jeté par terre sa serviette à elle, et était sorti. Il devait s'en vouloir pour se comporter de la sorte, elle le savait. Autrefois, il n'aurait jamais fait ça : il se conduisait en frère affectueux, essayant de lui faire plaisir. Il ne s'est même pas souvenu de mon anniversaire, pensa-t-elle, figée sur place comme dans une transe, paralysée par l'apitoiement sur soi. Il était allé prendre le thé chez Flora, et c'était probablement elle qui le lui avait rappelé. Le bouquet qu'il lui avait rapporté, entouré d'un bout de ficelle, ne venait pas de chez un fleuriste, et Meg imaginait Flora retirant les fleurs des vases de son salon, modifiant sa décoration, parce que les magasins étaient fermés. Patrick Barlow était également présent (Meg pensait parfois que Richard et elle étaient les seuls à aller travailler) et il devait avoir entendu toute la conversation, y avoir même pris part, considérant Meg comme un objet de pitié que tout le monde, sauf Flora, avait oublié. Elle était soulagée de voir que lui, au moins, n'avait pas essayé de réparer son oubli en lui faisant parvenir quelque chose avec ses excuses pour le retard. Meg avait détesté les chrysanthèmes envoyés par Flora et, dès que les feuilles avaient commencé à se flétrir, elle s'en était débarrassée.

Elle fit un mouvement et soupira, comme un malade exténué de souffrance. Sortant de sa transe douloureuse, elle suspendit la serviette. Puis elle alla chercher du petit bois dans la courette derrière la maison et, toujours vêtue de son manteau, s'agenouilla pour rallumer le feu dans le salon. *Il n'a rien à faire de la journée, et malgré ça...* Elle ressassait cette phrase en permanence, tout en sachant que c'était précisément parce qu'il n'avait rien à faire de la journée qu'il lui laissait tout le travail. À cause de l'état de morosité dans lequel il était tombé, d'après Patrick Barlow. Un affreux gâchis, de la faiblesse, une coupable absence de collaboration. Bien pire que de l'oisiveté : de l'autodestruction. Tout cela, Patrick l'avait dit, et Meg pensait qu'il exagérait – soit que son sort à elle l'indignait, soit que ses convictions religieuses l'y poussaient, elle ne pouvait trancher. Mais elle connaissait son frère mieux que lui. C'était tout simplement par orgueil qu'il refusait de coopérer. Rien ne lui aurait été plus facile que de ranger la maison, faire le lit de sa sœur, préparer le dîner. Il aurait pu économiser sur l'eau chaude et se passer de bacon au petit déjeuner. Mais tout cela l'aurait humilié en soulignant sa situation, comme si lui-même en avait vu le côté désespéré. Il aurait eu honte de deviner les pensées récurrentes de sa sœur – *c'est un raté, il n'a pas d'argent : je l'entretiens, mais au moins il fait ce qu'il peut.* Elle aurait percé à jour ses subterfuges (« J'adore prendre un bain froid, de temps en temps »; « Je n'ai pas faim ») et rétabli les bains chauds et le bacon. Il préférait passer carrément pour un sale type. C'était peut-être un rôle moins pathétique.

Toujours vêtue de son manteau, elle remuait le ragoût, se demandant où il était allé. Chez Liz Corbett? Au pub? Les deux? Pas très loin, en tout cas. Il ne rendait visite à Flora que dans l'après-midi, à moins d'être invité à l'une de ses soirées. Meg subodorait que Kit se sentait gêné d'être encore là lorsque Richard rentrait, fatigué par la bousculade des heures de pointe et sa journée de travail.

Elle tenta d'écraser un morceau de carotte contre le bord de la casserole pour en vérifier la cuisson mais, bien qu'elle ait fait mijoter le ragoût des heures la veille avant d'aller se coucher, les carottes n'étaient toujours pas cuites. Comme les choses se passaient régulièrement ainsi, elle ne fut pas surprise – seulement perplexe quant au pourquoi. La viande s'était désagrégée en lambeaux épais et les pommes de terre s'étaient évanouies.

Quelle piètre épouse je ferais, songea-t-elle. Mais elle ne se marierait jamais. Son existence se révélerait bien différente de ce dont elle avait rêvé dans son enfance : elle ressemblerait à celle de Miss Williams, au bureau, qui vivait avec une mère invalide et jamais ne partait en vacances ou n'avait d'amourette. Au fil des ans, ses lectures devenaient de plus en plus stupides – car la réalité s'avérait affligeante, la vérité dérangeante. Dans son enfance, Meg avait rencontré des femmes de ce genre – institutrices, vieilles filles à l'église –, et elle s'était demandé comment il était possible que des vies s'étiolent à ce point, convaincue que cela ne lui arriverait jamais, même si elle avait un visage ingrat et si sa mère ne pouvait lui offrir des vêtements aussi beaux que ceux de Flora. Elle se rendait compte que pour certaines femmes les choses tournaient mal, des choses sur lesquelles elles n'avaient pas de prise, telles que les difformités ou le manque de grâce, ou encore des parents âgés s'accrochant à la vie. Mais elle croyait que, même dans de telles circonstances, elle saurait lutter et s'en sortir. Cependant, depuis peu, elle remarquait qu'elle se laissait aller sur le plan vestimentaire. Les nouvelles modes lui semblaient absurdes. Elle pensait trop à son adolescence et, s'étant rendue un jour à son ancien pensionnat, elle se sentit inquiète et déprimée en voyant ce qu'étaient déjà devenues certaines de ses camarades, après leur scolarité. De nombreuses Miss Williams s'annonçaient. De leur part, j'aurais pu le prévoir, pensait Meg. Mais pour elle, non.

Miss Williams représentait une telle menace que presque tout ce qu'elle disait ou faisait rebutait Meg. Elle détournait les yeux de ce visage triste et ordinaire comme devant la tête d'un traître, empalée et exposée pour servir d'exemple aux autres, et à elle en particulier. Miss Williams avait dépassé la cinquantaine, et quand elle prendrait sa retraite Meg la remplacerait probablement, deviendrait l'indispensable Miss Driscoll pour le restant de ses jours de labeur – encore tellement nombreux –, installée derrière sa machine à écrire, bien considérée dans son bureau au sommet d'un immeuble de Regent Street. Des fenêtres, elle aurait une vue directe sur les toits, sur des douzaines de sortes de cheminées aux capuchons de tôle, sur des frontons et des parapets noirs de suie et de traces de pluie que personne ne voyait de la rue. Elle n'aurait pas d'autre horizon.

Elle rêvassait en tournant le ragoût lorsque des coups frappés à la porte d'entrée la firent sursauter. Cela ne pouvait être Kit. Ils ne possédaient qu'une clé et l'avaient suspendue par une ficelle dans la boîte à lettres, de façon à pouvoir l'utiliser tous les deux. Ouvrant la porte, elle se trouva face à Patrick, un livre à la main. Il observait les lumières sur la Tamise au bout de la rue sombre et, sans regarder Meg, fit un mouvement de la main pour lui désigner la scène. Elle sortit sur le perron. Avec lenteur, un grand bateau faisait route vers la mer, ses cheminées glissant au-dessus des toits.

« Oui, c'est magnifique », déclara Meg. Car, soudain, tout lui paraissait magnifique. Elle avait l'impression que le soleil venait de percer entre les nuages, tout en conservant le sentiment d'appréhension auquel personne n'échappe en Angleterre durant l'été, quand les jours oscillent entre la fraîcheur et la moiteur, au gré des disparitions et des apparitions du soleil. De peur que Patrick ne tourne brusquement les talons ou ne lui fourre le livre entre les mains pour déguerpir dans sa vieille voiture garée le long du trottoir, elle rentra rapidement dans la maison et laissa la porte ouverte. S'excusant pour l'odeur de ragoût, elle gagna le petit salon où brûlait maintenant un bon feu.

« Je me disais que nous pourrions dîner dehors, peut-être dans cet hôtel un peu plus bas sur le quai. Je suis sûr qu'on nous servira une jolie salade de crevettes surgelées, ou quelque pâté maison en conserve, et l'inévitable filet de bœuf. »

Tout cela sonnait merveilleusement aux oreilles de Meg.

« Je suis passé prendre un tableau chez Liz Corbett, ajouta-t-il.

– Kit était là?

– Il n'y avait personne. Tout était fermé, lumières éteintes. Je vous ai apporté ceci. »

Elle saisit le livre et l'ouvrit maladroitement, s'efforçant de paraître très intéressée en le feuilletant. C'était un essai sur Gwen John qu'il venait d'écrire, et elle ne lui aurait avoué pour rien au monde qu'elle s'était précipitée pour l'acheter dès sa sortie en librairie et l'avait déjà lu deux fois. « À Meg, avec l'affection de Patrick », avait-il écrit. Elle tourna rapidement la page sur laquelle on lisait *Pour F.* Elle savait qui était ce « F » et se demandait ce qu'il pourrait bien faire, lui, d'un tel ouvrage. Elle regarda de nouveau les splendides reproductions : des jeunes filles en train de lire, des religieuses à l'église, des dossiers de chaises, des chats. Lorsque, debout près de la cheminée, Patrick déclara en l'examinant qu'elle pourrait sortir d'un tableau de Gwen John, elle ne sut que penser et se demanda s'il lui trouvait l'air triste, ou solitaire.

« J'en ai envoyé un exemplaire à Flora par la poste, dit-il. Je sais qu'elle ne le lira pas. Elle ne lit jamais mes livres. Et elle utilise toujours la même technique pour s'en sortir. C'est amusant à observer. Elle commence par gagner du temps en accusant réception du paquet séance tenante; elle écrit la lettre avant d'avoir lu une seule ligne. " Je me réjouis de le lire et, vraiment, quel plaisir de l'avoir enfin, je l'attendais avec tant d'impatience. " Etc., etc. Ensuite, elle prend soin de m'éviter jusqu'à ce que paraissent les critiques, de façon à pouvoir en extraire une ou deux remarques sur le livre, ou s'indigner contre les jugements défavorables. " Quelle muflerie ! " dira-t-elle, " Quel grossier personnage ! " Un jour, elle est tombée sur moi par hasard avant d'avoir pu se préparer. Elle m'a raconté qu'elle dégustait le bouquin à petites gorgées, à petites doses ainsi que l'écrivait Henry James quand il employait le même stratagème – comme si c'était le plus précieux des vins. Autant dire qu'elle s'y était embourbée.

– Pauvre Flora, déclara distraitement Meg.

– Pas plus qu'une autre. Je dirais plutôt pauvres de nous.

– J'avais l'impression, naguère, que Perséphone lui ressemblait. Je l'imaginais, sous le soleil, cueillant des fleurs dans une prairie. Mais puisque c'était Flora que je voyais, les ténèbres, les enfers n'en paraissaient que plus redoutables. Comme si, à la suite d'un terrifiant malentendu, Flora s'était retrouvée dans la geôle de Holloway.

– Mrs. Secretan, en tout cas, fait une excellente Déméter, répliqua Patrick. Vous êtes prête, nous partons? Si Kit est sorti avec Liz, qu'il se débrouille. Laissez un mot. La guimbarde de Frankie nous attend. Il me l'a prêtée. »

Frankie, c'était « F ».

Bien que ni Meg ni Flora ne l'aient jamais vu, elles en avaient entendu parler. Percy s'était trouvé assis près d'eux dans un restaurant – Patrick et Frankie déjeunaient ensemble – et en avait rapporté une description que Flora avait écoutée avec gêne. Frankie, dans les vingt-cinq ans selon Percy, était doté de cheveux roux crêpus, de taches de son et d'un teint blanc. Tel un gamin boudeur, il avait repoussé son assiette sans la terminer et, s'adossant à sa chaise, avait bu son vin avec un air d'ennui, réclamant des fraises hors saison, sans cesser de regarder autour de lui en détaillant tous ceux qui entraient et sortaient. De plus, avait ajouté Percy, il avait louché sur le pourboire laissé par Patrick. « Et vous, vous avez fait un bon repas? » Meg se souvenait d'avoir entendu Flora poser sans malice la question à son beau-père.

Meg alla éteindre le gaz sous le ragoût et enfila son manteau. Après avoir verrouillé la porte, elle glissa la clé dans la boîte à lettres. Elle descendait l'allée d'un pas léger. Vingt minutes plus tôt, elle était au bord du désespoir.

Patrick n'était pas un bon conducteur, et la petite

voiture regimbait, ne cessant de démarrer pour caler aussitôt. Il se confondait en excuses, pour la conduite, pour l'état de la voiture – comme il le faisait probablement aussi avec Frankie, car Meg était certaine qu'il la lui avait offerte. Elle se représentait le visage du jeune homme, sombre et déçu en constatant que Patrick ne pouvait lui acheter mieux que ce vieux tacot déglingué. Nous avons tous des points vulnérables, pensait-elle en espérant que des sentiments de pitié ne viendraient pas gâcher sa soirée. Presque tout le monde conserve au fond de soi des zones aveugles et fermées au sens critique, férocement gardées et défendues – et Patrick abritait dans les siennes ce Frankie à la réputation détestable dont il ne pouvait s'empêcher de prononcer le nom, même s'il évitait de se montrer avec lui. Frankie lui avait installé des rayonnages pour ses livres. Frankie l'avait conduit en voiture à Glyndebourne, alors qu'il détestait ce genre de musique, et quand Patrick avait été grippé, Frankie était resté près de lui dans l'appartement, préparant force tasses de thé – un thé « aussi noir que l'encre », ajoutait Patrick avec indulgence.

Ce garçon lui en fait bien plus voir que n'importe quelle femme, songeait Meg. Patrick ne connaissait pas le repos : accès de colère et de souffrance, sentiment d'insécurité ; un amour tellement aveugle qu'il se trouvait exploité au même titre qu'un père trop indulgent par un sale gosse. De son aveuglement découlaient de pitoyables tentatives pour cultiver l'esprit de Frankie – Glyndebourne, les ballets, la visite des châteaux de la Loire. Ce voyage avait presque provoqué la rupture. À son retour, Patrick était souvent venu voir Meg. Il semblait ne plus savoir que faire de son temps, incapable de travailler ou de trouver le sommeil, avait-il dit. Quantité de vérités lui étaient apparues durant les deux semaines passées avec son ami. Très vite, Frankie avait commencé à s'ennuyer – se lassant non seulement de l'histoire et de l'architecture, mais aussi de Patrick. Il s'était refusé à visiter un château ou une église de plus, préférant passer la journée à bouder dans la voiture, dont il descendait uniquement pour, une fois au restaurant, dénigrer l'excellent déjeuner. Ces charmants travers étaient décrits à Meg comme s'il s'agissait des petites manies d'un génie, faciles à pardonner et même foncièrement amusantes. Durant ses conversations avec Meg, Patrick réorganisait la vérité selon un schéma moins douloureux, cherchant à se réconforter, dissimulant les moments d'abattement qu'il avait traversés. Il parvenait peut-être à se leurrer, mais tel n'était pas le cas de Meg. Elle l'avait écouté, puis s'était mise à penser à autre chose. Elle ne voulait pas entendre parler de Frankie et, ce soir-là, elle espérait que son nom ne serait plus mentionné. Le seul fait qu'il existe lui était une torture.

Kit, qui venait de se quereller avec Liz, déambulait le long du fleuve pour se calmer quand il aperçut sa sœur, attablée en compagnie de Patrick près de la fenêtre brillamment éclairée du restaurant de l'hôtel. La route menant à l'embarcadère passait entre le bâtiment et les jardins qui descendaient en pente douce jusqu'à la berge.

Lorsque Patrick, essoufflé d'avoir monté l'escalier, avait frappé à la porte, Kit se trouvait au lit avec Liz, dans l'obscurité. Ils venaient de faire l'amour. Depuis le lit, ils voyaient les lumières qui glissaient sur l'eau, et Kit – dans le noir – oubliait le caractère sordide de la pièce. Pendant que Patrick attendait sur le palier, ils se mirent à chuchoter sur l'oreiller chiffonné, et Liz l'enserra de ses jambes courtes et grasses. Leurs corps, étroitement enlacés, furent secoués d'un rire silencieux. Quand ils l'entendirent descendre d'un pas lourd, Liz sauta du lit pour aller épier par la fenêtre, en soulevant un coin du rideau. « Oui, c'était lui. C'est bien Patrick Barlow », déclara-t-elle. Elle le regarda traverser la chaussée pour rejoindre sa voiture, et rit en entendant les hoquets du moteur. « Pauvre vieux pédé », dit-elle.

Dès qu'elle se leva, elle devint une étrangère pour Kit, qui n'appréciait guère de se retrouver seul entre les draps froissés et trouvait insolite cette silhouette accroupie près de la fenêtre, gloussant sans raison. La lumière du réverbère, grâce à laquelle Liz voyait Patrick se colleter avec la voiture, se répandait sur ses seins et ses épaules, et dessinait sur la fenêtre ses cheveux en désordre aux mèches hérissées. Elle était oblongue. Exactement comme les bonshommes qu'il représentait quand il était enfant : un rectangle d'où partaient les bras et les jambes, avec des cheveux griffonnés sur la tête. Parfois, il ornait ces personnages d'une canne, ou d'un chapeau à plume; parfois aussi, en cachette, il osait leur ajouter entre les jambes ce que sa mère appelait toujours un « petit pompon » ou – essentiellement à partir de supputations – une paire de seins ronds et hauts, semblables à ceux de Liz.

« Il est parti », constata-t-elle. Elle frissonna et enroula le rideau autour de ses épaules. « C'est magnifique, dehors. » Elle regardait un grand bateau à plusieurs cheminées sortir des docks et glisser lentement devant elle, en route pour la mer. Les remorqueurs actionnaient leurs sirènes et un grand brouhaha, provoqué par son passage, régnait sur la Tamise.

Ils s'habillaient lorsque éclata leur dispute à propos de Flora. Liz ne l'avait jamais rencontrée, mais elle était au courant des réconfortantes invitations autour d'une tasse de thé, de son affectueuse influence. Peu à peu, Liz en était venue à la détester, sans pourtant en être jalouse, car elle n'était pas amoureuse de Kit. Elle aurait refusé de sacrifier la moindre petite demi-heure de travail sous la précieuse lumière du jour pour coucher avec lui. Simplement, Liz classait Flora dans la catégorie des femmes qu'elle avait toujours méprisées. Flora représentait à ses yeux le romanesque, le charme, la mode, les grands sentiments – autant de choses qu'elle considérait comme frelatées. C'était par pure curiosité, pour compléter le tableau, qu'elle posait tant de questions au sujet de Flora et des visites de Kit à St. John's Wood. Comment était-elle habillée? Il ne s'en souvenait jamais; tout juste capable, parfois, d'indiquer une couleur. De quoi parlaient-ils? Kit répugnait à répondre, se rendant compte qu'il était presque toujours au centre de la conversation. Elle voulait même savoir quelle sorte de délicats petits canapés accompagnaient le thé. Avec ou sans croûte? Et elle grognait, dédaigneuse.

Mais ce soir-là, alors que, les bras repliés dans le dos telles des ailes elle rattachait son soutien-gorge, elle passa les bornes. « Ça dure depuis pas mal d'années, remarqua-t-elle. Tu n'as jamais couché avec elle? »

S'il n'avait pas eu une jambe engagée dans son pantalon, Kit se serait rué sur elle et l'aurait secouée pour la faire taire. Debout dans la pièce, ils criaient en enfilant leurs vêtements, l'air totalement ridicule.

« Pas même un baiser? Elle ne serre pas ta tête sur sa poitrine? questionna Liz. Tant pis pour toi si elle te fait lanterner depuis si longtemps. C'est peut-être à elle que tu penses quand tu fais l'amour avec moi.

Mais ça n'est pas très efficace, je suis bien placée pour le constater. Il existe un mot qui convient sacrément bien aux femmes de son espèce. »

Elle le lui dit.

« Et tu t'imagines que je vais remettre les pieds dans ton gourbi ? s'écria Kit en achevant de s'habiller à toute vitesse.

– Je te parie que oui ! La prochaine fois que tu reviendras de chez elle.

– Tu ne sais rien d'elle. Tu ne l'as jamais vue, et je m'arrangerai pour que tu ne la voies jamais.

– Je sais tout d'elle. Suffit d'interpréter ce que tu racontes. Et Dieu sait que tu aimes parler ! Comme Meg ne t'écoute pas, je suis bien obligée de le faire. Tu adores prononcer son nom. C'est une gâterie que tu t'accordes, comme si tu te tripotais. Et puis, lorsque tout est dit, tu te précipites dans mon lit, après avoir soigneusement éteint la lumière – très révélateur, ce geste. »

Il était parti en claquant la porte, nouant sa cravate en dévalant l'escalier branlant, et avait arpenté le quai à grandes enjambées, trop furieux pour rentrer chez lui.

« Il n'y a que la vérité qui blesse, lui avait lancé Liz. Si Flora t'attire tant, c'est que tu ne crains rien avec elle. Elle ne risque pas de te blesser, elle ! »

Il était troublé et avait mal à la tête. Il s'était déjà disputé avec Liz lorsqu'elle avait taché sa veste avec ses pinceaux, s'était emportée parce qu'il voulait l'empêcher de travailler, ou parce qu'elle lui avait dit – une fois de plus – de chercher du travail. Mais il ne l'avait jamais connue perfide. Il ne retournerait jamais chez elle. Elle était épouvantable. Vulgaire, brutale, et elle ne se lavait jamais les cheveux. À peine avait-il pris cette décision que l'avenir qui l'attendait lui apparut : des jours d'atroce solitude, où il lui faudrait lutter pour ne pas aller trop souvent voir Flora, de peur qu'elle puisse penser qu'il accaparait trop de son temps; il fainéanterait dans la maison; entreprendrait de longues promenades, maussade, la tête vide, sans penser, sans rien à quoi penser; il tuerait le temps; se livrerait à ses petits jeux obsédants : compter les piques des grilles ou les pas qu'il effectuerait avant qu'une voiture ne passe, toucher chaque boîte à lettres, allant même jusqu'à traverser les rues dans ce but, à sa grande confusion, et totalisant les résultats. Je deviens fou, complètement fou, constaterait-il en faisant appel à d'autres capacités de raisonnement. Ce soir-là, par un grand effort de volonté, il s'obligea à ne pas compter ses pas et à s'interdire toute idée de ce genre; il voulait réfléchir le plus sérieusement possible à sa situation, s'efforcer d'affronter la réalité. Peut-être qu'aimer Flora, par exemple, équivalait seulement à s'aimer lui-même? Parce qu'elle était seule à lui dire ce qu'il voulait entendre. Elle représentait son bouclier et son masque.

Il était évident que s'il avait tant besoin d'elle, c'est que ses ambitions étaient insensées. Il ne serait jamais acteur. Vaillamment, il laissa cette pensée ramper hors du recoin de son esprit où elle se tapissait depuis longtemps, tel un animal dans sa tanière. Passant en revue le passé, il n'arrivait pas à savoir s'il avait été induit en erreur par le désir qu'il ressentait pour ce mode de vie, ou par l'espoir d'échapper à une existence tout autre – qui impliquerait d'aller au bureau chaque jour comme Richard, par exemple. Ainsi que tout le monde le pensait depuis longtemps (sauf Flora et lui), il lui fallait chercher un emploi sans délai; un travail que même lui serait capable de faire devait bien exister quelque part. Il en avait assez des jours de solitude, avec ses seules pensées en guise de compagnie. Il décida de rentrer rapidement pour annoncer sa décision à Meg : ensuite, il serait obligé de s'y tenir. L'hibernation était terminée.

Il avait atteint les jardins de l'hôtel au bord du quai. Il tourna les talons et, d'un pas décidé, prit la direction de son domicile. À côté de la grille fermée donnant accès aux jardins se trouvait une boîte à lettres, et cette fois il traversa pour l'éviter. C'est à cet instant qu'il eut la surprise de voir Meg assise dans le restaurant, souriant à Patrick Barlow qui lui faisait face. Elle arborait un air de gaieté et de vivacité qu'il ne lui avait pas vu depuis longtemps. Il se sentait tellement revigoré par ses résolutions nouvelles qu'il prit le temps de lui accorder une pensée, ce qui lui arrivait trop rarement; il parvint même à compatir devant le tour qu'avait pris sa vie.

Il passa devant la baie vitrée, sans se faire voir, et poursuivit son chemin. Cette gaieté fugitive, ce discret rayonnement qu'elle irradiait l'avaient douloureusement touché. Pauvre petite sœur! se répétait-il.

8

Mrs. Secretan avait trouvé les jours d'hiver pénibles, et elle se réjouissait de l'arrivée de Noël, sachant que Flora et Richard seraient là. L'année prochaine, il y aurait aussi le bébé. Elle s'imaginait devant le sapin illuminé avec, dans ses bras, une petite au visage aussi émerveillé que l'avait été jadis celui de Flora. Si Dieu me prête vie, avait coutume de penser Mrs. Secretan lorsqu'elle se laissait aller à ces rêves d'avenir. Elle n'avait pas envie de mettre la Providence au défi et, depuis peu, sa santé la tracassait. De peur qu'un épouvantable diagnostic ne vienne gâcher les fêtes de Noël, elle avait repoussé la visite chez son médecin. Elle se voyait dans cette atmosphère joyeuse chargée d'horreurs dissimulées – une caricature –, s'efforçant de cacher la vérité, installant les guirlandes avec le sentiment d'être condamnée, osant à peine songer à sa petite-fille. Je ne suis pas assez courageuse pour courir ce risque, avait-elle conclu. Aussi, jour après jour tâchait-elle de ne pas trop s'inquiéter, arrivant presque à oublier son anxiété lorsqu'elle était occupée ; mais la nuit, dans l'obscurité, des accès de panique l'envahissaient.

La conduite de sa dame de compagnie-gouvernante ajoutait à ses soucis quotidiens. Depuis que Miss Folley disait avoir retrouvé un paquet de vieilles lettres d'amour, Mrs. Secretan passait des soirées aussi douloureuses qu'embarrassantes. Les messieurs qui avaient adressé ces missives à Miss Folley dans un si lointain passé étaient décrits avec éloquence, et les lettres lues à haute voix, souvent deux fois de suite, puis minutieusement épluchées – une différente chaque soir. Mrs. Secretan se trouvait gênée non seulement par le texte de ces messages, mais aussi du fait qu'elle reconnaissait l'écriture et le papier moucheté bleu pâle. Au début, elle avait écouté par pitié; à présent elle ne se prêtait à l'opération qu'avec répugnance, assise en silence et les yeux baissés. Elle utilisait différents subterfuges pour échapper à son rôle de victime : soit elle s'enfermait dans sa chambre en feignant un mal de tête (mais avec de réelles douleurs dans la poitrine), soit elle allait rendre visite à des amis, soit encore elle faisait des comptes devant son bureau; dans ce cas, elle se concentrait tellement, comptant sur ses doigts, vérifiant chaque colonne à voix basse, que Miss Folley, lassée de rôder autour d'elle sa lettre à la main, finissait par quitter la pièce avec un soupir.

Lui échapper n'était pas facile. Par exemple, les lieux de visite se raréfiaient. Il y avait eu tant de changements. Lorsqu'elle traversait le village, Mrs. Secretan constatait que les maisons où elle avait été invitée des années durant appartenaient maintenant à des étrangers. Ils ignoraient son nom. Ils n'avaient pas connu Flora enfant. Et puis, plus personne ne laissait de cartes de visite. Celles de Mrs. Secretan suscitaient toujours la surprise, et ne recevaient jamais de réponse. Par quel autre moyen pouvait-on nouer des relations? se demandait-elle. C'était le pire aspect de la vieillesse – la mort de ses amis. Certains mouraient jeunes. Une fois entré dans la vieillesse, les coups pleuvaient : on osait à peine consulter la rubrique nécrologique; mais, en fin de compte, on la lisait quand même. Et comme on ne se faisait plus de nouveaux amis, il ne restait pas grand monde à qui rendre visite. D'année en année, il y en aurait de moins en moins.

Noël, la venue de Flora – et de Richard – apporteraient une éclaircie dans les nuages, un grand soulagement. Ils devaient arriver pour le réveillon. Toujours la même histoire, pensait Mrs. Secretan : Richard ne pouvait pas se libérer plus tôt. De bonne grâce, sachant son répit proche, elle se résigna, la veille de leur arrivée, à subir les caprices de Miss Folley. De toute façon elle était obligée de rester assise, ayant de la couture à terminer, ce qui la rendait fort vulnérable. Elle devait achever de broder une petite bourse qu'elle offrirait à Flora pour Noël, et s'efforçait de se concentrer sur son ouvrage.

« Je viens de trouver celle-ci par hasard, cet après-midi », annonça Miss Folley en s'asseyant à distance, assez loin pour que Mrs. Secretan, pensait-elle, ne puisse reconnaître l'écriture – mais l'aisance avec laquelle Mrs. Secretan enfilait son aiguille aurait dû l'alerter. « Il y avait des violettes entre les pages, mais elles sont tombées en poussière dès que je les ai touchées. Je me demande bien pourquoi j'ai gardé cette lettre. À cause de la poésie, sans doute. Cet homme ne représentait rien pour moi. Ce qu'il dit est vraiment exagéré. Pourtant cela risque de vous amuser. »

Mrs. Secretan pensait : Pauvre créature, ce sera sa récompense pour avoir préparé ces montagnes de farce aux marrons. Ce soir, elle était décidée à se montrer patiente.

« Il avait un sacré penchant pour l'exagération, ce Clive, poursuivit Miss Folley. Tout le monde a ses faiblesses. »

En effet, pensait Mrs. Secretan en observant Miss Folley qui s'apprêtait à lire. Elle avait la vivacité et la nervosité d'un oiseau, et scrutait même le plafond d'un regard inquiet, comme si elle craignait d'y voir planer un faucon.

« *Mon enchanteresse* », déclama-t-elle.

Mrs. Secretan, qui brodait à points réguliers, était certaine que cette lettre atteindrait des records dans l'épouvantable. Les textes devenaient de plus en plus bizarres. Miss Folley, qu'aucun mot désagréable, aucune expression d'incrédulité sur le visage vide de Mrs. Secretan ne rebutaient, laissait chaque soir plus de champ à son imagination. La situation risque de devenir vraiment impossible, se disait Mrs. Secretan : elle va finir par perdre la boule. Et moi aussi.

« *La façon dont tu chemines à travers les sphères éternelles de mon firmament* », lisait Miss Folley.

Et, en plus, ça n'a aucun sens, pensait Mrs. Secretan. Elle prit une paire de ciseaux en forme de cigogne et coupa un fil de soie.

Tout allait bien; savoir que Flora et Richard arrivaient le lendemain lui permettait de supporter la soirée; mais ensuite – l'affreuse période du Nouvel An, de nouveau solitaire, patraque, effrayée... Elle repoussa cette perspective avec la fermeté venue d'une longue pratique. Elle s'adressait à son moi intérieur comme à un enfant. De telles pensées ne te font pas de bien, se disait-elle, et elle serrait les lèvres.

« *Mon impératrice* ! » (Impératrice ! Miss Folley ! Mon Dieu, quelle affreuse drôlerie, quelle absolue tristesse !) « *Je ne peux écrire plus longtemps, car les larmes me coulent des yeux. Pourtant je suis heureux – heureux de te connaître, de t'adorer.* »

Miss Folley plia enfin la lettre. Mrs. Secretan évita de la regarder, redoutant de voir des larmes couler également des yeux de Miss Folley.

« Je ne l'ai jamais revu. Je me suis parfois demandé ce qu'il était devenu. »

Il plana un instant, tel un fantôme, entre elles deux, puis disparut à jamais. Clive. Même pas de nom de famille.

Mrs. Secretan murmura : « Très joli », d'une voix polie mais peu encourageante. À une époque, au début des séances de lecture, Miss Folley avait espéré que sa patronne montrerait davantage d'intérêt, poserait des questions sur les auteurs des lettres. Elle avait préparé des petits détails et des souvenirs lointains. Aujourd'hui, elle n'en prenait plus la peine : Mrs. Secretan ne semblait pas avoir saisi les règles du jeu.

Le silence s'installa. Miss Folley se sentait fatiguée ; elle s'adossa au fauteuil et ferma les yeux. Elles étaient l'une et l'autre épuisées. La maison reluisait et sentait bon, le garde-manger « regorgeait », comme disait Miss Folley : les travaux des jours, l'œuvre de l'amour et d'une ardente participation. Dehors, dans le jardin, la pluie chuchotait au travers des feuilles. Toutes deux l'écoutaient, déçues, ayant espéré la neige et les cloches qui sonnent dans l'air glacé.

À l'aube du matin de Noël, Richard se réveilla avec une indigestion, l'estomac grouillant de borborygmes sonores et acides. Un rayon de lune entrait dans la chambre et baignait Flora qui dormait dans son lit de jeune fille. Son édredon avait glissé au sol. Richard se leva et s'approcha du lit de sa femme. Ses mains, les doigts joints, reposaient entre sa tête et l'oreiller dans la posture traditionnelle du sommeil, et de ses lèvres légèrement ouvertes s'échappait un souffle léger. Le bas de Noël rempli de cadeaux était suspendu, mais discrètement, à la tête de son lit. Mrs. Secretan l'y avait placé avant de partir avec Flora à la messe de minuit ; et Flora, au retour, avait fait semblant de ne pas le voir. Même si elle tenait à respecter la tradition du bas de Noël, on ne pouvait s'attendre à ce qu'elle dorme au moment où les cadeaux y étaient déposés.

Richard aussi en avait un – chargé d'objets de toilette, d'après ce qu'il apercevait à travers les mailles. Richard était difficile à satisfaire, il le savait, n'ayant ni hobby, ni passions. Tout à l'opposé d'Elinor Pringle. Durant ces dernières semaines, il n'avait cessé de voir des objets qui l'auraient enchantée. Une pelote à épingles datant du jubilé de la reine Victoria, par exemple, ornée d'une vue des jardins d'hiver de Blackpool, et piquetée d'épingles dont les têtes de porcelaine formaient les mots : *Celui que j'aime.* La pelote perdait un peu sa sciure mais, de toute façon, il ne l'aurait pas achetée.

Des nuages traversèrent rapidement la chambre pendant qu'il se tenait devant le lit de Flora. Son visage s'obscurcit, puis s'éclaira de nouveau; une lumière argentée baignait son front et sa chevelure. Il est impossible de recouvrir une personne endormie sans ressentir une profonde tendresse. Après avoir remis l'édredon sur Flora, il resta immobile, rempli de cette fragile émotion : elle le rendait heureux malgré son mal d'estomac, malgré les contrariétés de la veille – puis il retourna se coucher.

Allongé dans son lit, les contrariétés l'assaillirent de nouveau. Mrs. Secretan s'était confiée à lui pendant que, à l'étage supérieur, Flora se préparait pour la messe. Elle lui avait raconté les bizarreries croissantes de Miss Folley, dont il fallait éviter de parler à Flora pour ne pas l'inquiéter. Séparez-vous de cette femme, avait dit Richard. Vivre avec une cinglée n'est pas bon pour vous, avait-il ajouté. Instantanément, Mrs. Secretan lui avait énuméré une demi-douzaine de raisons pour n'en rien faire. Miss Folley était une excellente cuisinière; lui trouver une remplaçante serait quasiment impossible; elle adorait Flora; elle ne saurait où aller. La raison principale (on pouvait lui faire confiance pour s'occuper de Mrs. Secretan en cas de longue maladie) ne fut pas évoquée. Ils n'avaient pris aucune décision lorsque Flora redescendit, avançant à pas mesurés, avec le balancement des femmes enceintes, le ventre en avant, résolue. Richard trouvait difficile de s'y habituer. Cela la transformait tant.

Il ne les accompagna pas à l'église car, selon lui, enterrements mis à part, c'était un endroit pour les femmes. Flora ne semblait s'y rendre que pour des occasions agréables et heureuses : dimanche de Pâques (elle avait renoncé à la lugubre retraite du Vendredi saint, qui la bouleversait), messe de la fête des Moissons, et elle disait adorer les mariages, les cloches et les cantiques. Richard imaginait la façon dont elle se représentait le Christ : semblable aux illustrations en couleurs d'un livre d'Histoire sainte destiné aux enfants, il était doté d'un visage à l'ovale insipide, avec de longs cheveux blonds et bouclés lui tombant mollement sur les épaules, arborait une tunique blanche, et portait un gentil agneau dans les bras. Un personnage anglais, sans rien de byzantin.

Flora et sa mère s'étaient rendues à l'église à pied. Cela faisait partie intégrante, disait Flora, de la nuit la plus magique de l'année. Richard, lui, s'était installé, sa serviette sur les genoux, pour feuilleter les dossiers qu'il avait apportés avec, à portée de la main, la carafe de porto déposée par Mrs. Secretan – raison, peut-être, de son insomnie présente. Suçant une pastille à la menthe, il souhaitait, abattu, que Noël soit passé.

Le lendemain, nouvelle messe dans la matinée. Mais une messe plus mondaine, avec des chapeaux. Richard se retrouva en tête à tête avec Miss Folley, qu'il surveillait d'un œil las, s'efforçant de l'éviter. Elle ne cessait de lui proposer des douceurs : une tartelette aux fruits confits, un verre de sa liqueur de prunelle, des fraises en pâte d'amandes.

Il n'avait pas envie de sortir sa serviette pour se remettre à travailler le jour de Noël, et chercha de quoi lire. Pas de journaux : pas de cours du marché. Mrs. Secretan lisait en ce moment *Elizabeth et son jardin allemand*, d'Elizabeth von Arnim – pour la énième fois, avait-elle précisé. Un roman tellement magnifique. On aurait vraiment aimé connaître l'héroïne.

Richard pensait que, confronté à un tel risque, il aurait pour sa part préféré partir en courant. Il avait « pioché » dans ce livre, selon sa propre expression, et en avait éprouvé une vague répulsion ; mais, comme il n'était jamais en mesure d'expliquer ses réactions devant la peinture ou la littérature, il s'était abstenu de tout commentaire. Je suis un homme d'affaires, songeait-il. Et, de nouveau, il avait gardé pour lui cette réflexion réconfortante. Mais il redressa le dos et se leva fièrement, assuré d'avoir sa place dans l'univers.

Des ouvrages de vieilles dames remplissaient les rayons de la bibliothèque : *Une vie consacrée à ceci ou cela* (il sauta rapidement le titre) ; *Le jardin de rocaille anglais* ; *Du romarin en guise de souvenir ; En suivant les allées du jardin; Trois règnes de bordures herbacées.*

« Si vous cherchez un bon livre, bien prenant... », l'entreprit Miss Folley, revenue le persécuter avec des pruneaux d'Elvas.

« Non, non », répondit-il en s'éloignant de la bibliothèque. « Je ne lis jamais. »

Il plaisante, évidemment, se dit Miss Folley en riant d'un air entendu.

« Je ne lis ab-so-lu-ment jamais », insista-t-il.

Cette fois, cela la fit tant rire qu'elle resta sur place, l'assiette de pruneaux dans une main et, de l'autre, s'essuyant les yeux de son mouchoir.

« Oh là là! Oh là là! s'exclama-t-elle entre deux hoquets. J'ai connu un gentleman, dans le temps, qui avait le même genre d'humour que vous. Je prenais de ces crises! Malcolm », ajouta-t-elle pensivement, le regard soudain assombri par des souvenirs ou des inventions. « C'était dans le Warwickshire », reprit-elle, comme si cela expliquait tout. Elle considéra l'assiette de pruneaux et s'avança vers lui. Il en prit un, pour parer l'attaque, et l'enfourna tout entier dans sa bouche.

« Oui, Malcolm », répéta Miss Folley en le regardant mâcher.

Dès qu'il fut en mesure de parler, il annonça qu'il allait mettre son pardessus pour attendre ces dames à la sortie de l'église.

« Mais les cloches viennent tout juste d'arrêter de sonner, dit-elle. Elles sortiront dans une heure, pas avant.

– Dans ce cas, ça me laisse le temps d'une petite promenade. »

Il fila dans l'entrée, décrocha son manteau et ouvrit la porte. Un délicieux fumet de dinde rôtie filtrait de la cuisine. Miss Folley, sur le seuil, lui adressa des signes de la main pendant qu'il descendait l'allée de graviers mouillés, puis retourna à ses fourneaux, un sourire aux lèvres.

Richard détestait se promener seul dans les villages de la campagne anglaise; il avait l'impression d'être le point de mire. Ce village, en outre, avec sa série de magasins, son atroce monument aux morts et ses villas victoriennes d'un rouge vif marbré de taches d'humidité sombres, était particulièrement ennuyeux. En été, il était envahi de voitures, de bicyclettes et de promeneurs qui, leurs affaires de bain roulées sous le bras, léchaient des glaces en attendant le car. Ce matin-là, tout était désert : stores tirés sur les devantures des boutiques; pas un pub ouvert. Les sapins illuminés dans les petites maisons, les couronnes de houx suspendues aux portes d'entrée paraissaient déjà vieux. Noël tournait court. Un ou deux pères promenaient leurs enfants – pour leur ouvrir l'appétit, les éloigner de leurs mères, ou leur permettre d'arborer des cadeaux tels que des gants en peau ou des moufles. Des fillettes poussaient des landaus de poupées flambant neufs.

Les pubs, malheureusement, ouvrirent au moment précis où les portes de l'église s'écartaient pour laisser sortir le flot des fidèles.

« Il vous a probablement ratées, déclara Miss Folley lorsque Flora et sa mère rentrèrent. Mais comment avez-vous pu ne pas vous voir? »

Mrs. Secretan, s'obligeant au silence, gagna l'étage en retirant ses gants.

Lorsque Richard arriva (avec seulement trois quarts d'heure de retard, pas plus, n'avait-il cessé de se répéter, essoufflé, sur le chemin du retour), elles étaient dans le salon, attendant pour boire un sherry. Attendant Richard. Pourquoi s'y croyaient-elles obligées? se demandait-il. Miss Folley avait ôté sa blouse à fleurs et s'était jointe à elles. Mrs. Secretan parlait d'un ton égal. Flora était énervée. C'était terrible pour elle d'imaginer que les deux êtres qu'elle aimait le plus au monde puissent ne pas s'entendre. Rien ne lui paraissait plus épouvantable, sinon peut-être qu'ils se querellent avec elle; mais cette éventualité ne lui était pas venue à l'idée et semblait peu vraisemblable.

Ils se souhaitèrent mutuellement un joyeux Noël et dégustèrent leur sherry. Richard, requinqué par la compagnie masculine du pub, s'efforça d'être agréable et de correspondre à l'image de l'invité idéal selon Miss Folley. L'anxiété de Flora s'évanouit; et Mrs. Secretan, qui savait reconnaître les mérites quand il le fallait, se détendit en constatant à quel point son gendre se donnait du mal. Miss Folley, elle, semblait tellement transportée de plaisir qu'on l'aurait crue ivre. Tous les Clive et les Malcolm imaginaires du passé devenaient soudain superflus tant elle se délectait du moment présent.

Chez Mrs. Secretan, l'ouverture des cadeaux avait traditionnellement lieu après le déjeuner : on s'installait devant la cheminée du salon et on traitait l'événement avec panache. Richard et son père, eux, réglaient la question de façon désinvolte, allant au plus simple. Dans le passé, Richard avait coutume de déchirer les emballages, seul, au lever du jour. Il préférait cette façon de faire. C'était moins élégant, mais demandait moins d'efforts.

Il ouvrit ses paquets de savonnette et de lotion après-rasage, admira les jolis boutons de manchettes offerts par Flora et la canne-siège par Mrs. Secretan, qui ne réussissait apparemment pas à admettre que son gendre était un Londonien qui ne fréquentait jamais les steeple-chases ou les manifestations de ce genre. Richard regardait les deux femmes déballer leurs cadeaux, aussi excitées que des gamines. Lui ne parvenait pas à se conduire comme un enfant s'extasiant devant les jolis emballages, poussant des cris de joie et de surprise. Tellement de choses, dans cette maison, le faisaient se sentir vieux. Vieux et gagné par l'ennui : ce qui pouvait arriver de pire. Il avait fourni assez d'efforts pendant le déjeuner, estimait-il.

Il s'était senti exclu dès le début du séjour, lorsque, à peine les valises défaites, Flora et sa mère s'étaient mises à parler de leurs amis communs. Richard ne parlait pratiquement jamais des autres, et jugeait regrettable que Flora trouve ce sujet passionnant. Il connaissait déjà les nouvelles qu'elles échangeaient et se fichait pas mal d'entendre une fois de plus que le travail enfin déniché par Kit Driscoll le rendait très malheureux, ou que le petit livre prétentieux de Patrick Barlow sur la peinture recevait un accueil fort médiocre. L'unique potin inédit – trop délectable pour passer après les cadeaux – concernait la victoire que venait de remporter Flora : grâce à des manœuvres incessantes mais subtiles, elle avait réussi à convaincre Ba de convoler avec Percy, et à persuader Percy qu'il le souhaitait. Ce n'est pas trop tôt, songea Mrs. Secretan ; mais, comme Richard était présent, elle se borna à déclarer : « C'est magnifique ! »

Flora, qui avait plus de cadeaux que les autres, continuait à les ouvrir tandis que Mrs. Secretan, l'air ravi, remettait un peu d'ordre, et que Richard, bien calé dans son fauteuil, les observait.

« Que c'est gentil de sa part ! » s'exclama Flora en dépliant une chemise de nuit en mousseline de soie noire que Mrs. Secretan trouva consternante de vulgarité. « Le cadeau de Percy », ajouta Flora. Manifestement choisie par cette femme, pensa immédiatement sa mère. Richard, lui, connaissait suffisamment son père pour l'imaginer enchanté et très à son aise parmi les vendeuses des magasins de lingerie féminine. Faire ses courses était probablement devenu une aventure grisante, car il était doté d'une vitalité exubérante dont Mrs. Secretan n'avait pas conscience et qui, si elle l'avait perçue, lui eût paru impardonnable chez un homme de sa condition sociale. Elle tolérait cette caractéristique seulement de ceux qu'elle appelait les « gens bien nés ». Et, même dans ce cas, elle préférait qu'ils en soient dépourvus.

« Ravissant », murmura Mrs. Secretan en regardant la chemise de nuit. Toujours sa bonne éducation, songea Richard. Il était obligé d'admettre que son père l'avait souvent mis dans des situations fort embarrassantes, notamment pendant son adolescence ; et il frémissait à l'idée que Mrs. Secretan puisse rencontrer certains de ses vieux oncles et tantes. Jusqu'à présent, il avait réussi à l'éviter, au prix d'efforts épuisants et compliqués – rien de plus exténuant que de devoir snober ceux qui n'ont rien à vous envier. Il jalousait les êtres tels que sa belle-mère, tellement à l'aise que c'en était presque injuste : merveilleux d'être serein, de ne pas avoir de honteux secrets de famille, de considérer tous les privilèges comme allant de soi –, l'éducation, les loisirs (grâce aux Miss Folley et aux Mrs. Lodge qui les rendaient possibles). La sécurité qu'apporte une « bonne naissance » lui semblait le simple fait du hasard.

« Vraiment si jolie ! » murmura Flora avant de remettre la chemise de nuit dans le papier bruissant.

Percy avait gagné beaucoup d'argent au début de sa carrière, juste à temps pour envoyer Richard dans le collège privé qui, selon Mrs. Secretan, allait évidemment de soi, bien qu'elle eût préféré un établissement plus coté. Mais Richard se souvenait du petit pavillon mitoyen de son enfance, sans même un garage. Il se souvenait aussi de la nervosité de sa mère le jour où elle avait engagé sa première femme de ménage. Il n'avait pas accès à l'assurance de Flora. La génération suivante s'en sortirait mieux, de même que lui se débrouillait mieux que son père. Si tout se déroulait correctement, comme ce serait sans doute le cas. S'il travaillait suffisamment dur.

« Et voilà ! » s'écria Flora. Elle venait d'ouvrir le dernier paquet en poussant les dernières exclamations de plaisir ému. Elle s'adossa à son fauteuil et enroula un ruban autour de son doigt, des papiers froissés jusqu'aux chevilles. « Je me demande où en sont les autres. Ce serait merveilleux, non, qu'ils passent tous un Noël aussi réussi que le nôtre? J'espère que le pauvre Patrick ne se sent pas trop seul. Ce doit être affreux d'être seul le jour de Noël.

– Patrick? reprit sa mère. Ah oui! Il est plutôt nul, n'est-ce pas, chérie? »

Patrick se sentait effectivement seul. Il était allé à l'église dans la matinée et, ensuite, s'était efforcé d'oublier la nature particulière de la journée. Il devait être possible, se disait-il, d'ignorer les mornes festivités ambiantes, les groupes de personnes pressées de rentrer chez elles ou d'aller retrouver papa et maman et se claquemurer dans leurs familles, laissant les rues désertes. Ce genre de tâche, assorti d'ennui et d'un caractère obligatoire – cette seule pensée le suffoquait. Ses disques suffiraient sans doute à étouffer le silence mortel de la journée qui passait; les rideaux de soie parcheminée masquaient déjà l'aspect terne du ciel et le toit d'ardoise de l'église congrégationaliste – celle qu'il ne fréquentait pas. Que tout le monde soit en congé n'était pas une raison suffisante pour éviter de se mettre au travail, ou pour passer la journée à lire dans son lit.

À l'idée du travail, du livre qu'il était en train d'écrire, qu'il lui fallait terminer, il eut un haut-le-cœur, comme s'il venait de tomber par hasard sur quelque chose de dégoûtant. Et puis, il avait peur. À présent, il redoutait tellement de s'asseoir à son bureau qu'il devait lutter pour s'y contraindre.

Il prit le déjeuner le moins adapté à Noël qu'il put

imaginer – deux œufs coque avec de minces tranches de pain beurré –, et lava soigneusement sa vaisselle avant de se mettre au travail. Il était très ordonné et sur sa table s'alignaient des feuilles méticuleusement empilées, des fiches attachées par un trombone, et les cahiers reliés de toile dans lesquels, de sa belle écriture, il recopiait ses manuscrits au propre. L'acte physique d'écrire le calmait et l'apaisait, mais depuis quelque temps faire appel à son imagination l'énervait. Il avait l'impression d'être au cœur d'un labyrinthe et de ne plus savoir quel chemin prendre.

Il avait eu trop de succès, trop tôt. *Un écrivain à suivre*, avaient pour titre les articles à son sujet. Toute la profession le surveillait comme un poulain de deux ans susceptible de gagner un jour le Derby; il ne l'avait pas gagné. Plus tard, les critiques qui s'obstinaient à comparer ses derniers ouvrages à son premier roman le lui rendirent odieux. Il se crispait lorsqu'on le mentionnait, et affirmait n'aimer que ses échecs. Il le répétait sans cesse – à tous ceux qui lui en parlaient, mais surtout à lui-même. La nuit du réveillon, il avait rêvé que, pendant qu'il rédigeait tant bien que mal son nouveau livre, il y découvrait des éléments familiers. Il avait déjà entendu les noms des personnages, reconnaissait des situations, et bientôt des phrases entières lui semblèrent faire écho à quelque événement passé. Au dernier moment, juste avant le réveil, il comprit avec un sentiment de profond désespoir qu'il s'agissait à nouveau de son premier roman, bien plus qu'une ressemblance, une similitude trop poussée pour qu'il puisse espérer s'en sortir.

Devant lui, sur le bureau, se trouvait une photographie de sa mère. Une femme coiffée dans le style net et plat des années vingt, dont les sourcils épilés formaient une ligne mince, et qui portait un sautoir sur le thorax : impossible de parler de poitrine. De grands yeux attachants, et une bouche au sourire en coin, comme si elle s'efforçait de ne pas rire d'une plaisanterie osée. Sa mère avait été très belle et il l'avait profondément aimée. Lorsqu'il essayait de se souvenir d'elle avant la guerre, il trouvait, là encore, que c'était un exercice d'imagination difficile. Trop souvent les souvenirs récents venaient occulter les moments heureux du passé. Il revoyait avec tellement plus de précision le visage cireux, les yeux creusés qui se tournaient vers lui quand il entrait dans sa chambre; la tête immobile sur l'oreiller; la main décharnée qui s'élevait de quelques centimètres sur le couvre-lit en guise de salut.

Il cessa de regarder le portrait et ouvrit un carnet. Il utilisait toutes sortes de petites astuces pour s'aider à reprendre le travail : s'interrompre la veille au beau milieu d'une phrase, par exemple, ou mettre au propre des pages de brouillon afin de retrouver progressivement l'atmosphère du livre.

Ç'aurait été bien que Frankie puisse venir, songea-t-il. Il avait même osé s'imaginer avec lui dans l'appartement clos, devant des toasts à la pâte d'anchois, dans une délicieuse intimité – deux rescapés de Noël. Il aurait laissé Frankie passer tous les disques qu'il lui avait offerts, aussi insupportables fussent-ils. Gerry Mulligan, Dave Brubeck : un amoncellement de bruits, selon Patrick. Il avait pourtant tenté, sans trop de conviction, d'y comprendre quelque chose.

Il chassa Frankie de son esprit et reprit le fil de son travail. Il écrivit un moment de façon régulière, le coude sur le bureau, la main protégeant ses yeux fragiles de l'éclat vif de la lampe, penché en avant comme un non-conformiste priant dans une chapelle anglicane.

Un sentiment de satisfaction l'envahit peu à peu, la satisfaction d'avancer, et un jour de Noël par-dessus le marché. C'était un petit extra, inattendu de sa part : une prime de bonne conduite.

Il est facile de comprendre, songeait-il à présent, pourquoi Frankie ne peut venir. Sa mère se serait trouvée seule et la période de Noël la rendait sentimentale. Il admirait Frankie de la faire passer en premier, de rester auprès d'elle. J'aurais agi de la même façon, se disait-il pour se réconforter. Mais non, c'est faux, pensa-t-il ensuite. Il posa son stylo et se mit à marcher dans la pièce. Il aurait voulu qu'il fasse déjà nuit.

C'est ma faute, s'accusait-il, rien ne m'oblige à rester seul. Il avait des amis qui auraient été enchantés de l'accueillir. Il aurait pu inviter Meg, ou aller la rejoindre. Il se raisonnait en arpentant la chambre, s'arrêtant pour redresser un tableau ou incliner un abat-jour. L'ennui, c'est qu'il n'avait pas cessé d'espérer que Frankie viendrait malgré tout. Cela se produisait souvent, ces temps derniers. Sa vie se déroulait sous le signe de l'attente, une caractéristique négative. Mais des miracles avaient parfois lieu et c'est pour cette raison que, refusant les invitations, il restait chez lui, consultait la pendule, écartait les rideaux pour jeter un coup d'œil dans la rue, et écoutait les bruits de pas. Il avait aussi tendance à gâcher de la nourriture : il commandait des plats recherchés pour le cas où Frankie passerait – et Frankie ne passait pas.

À cinq heures, un bruit de pas imprévu résonna sur le palier. Patrick resta assis, immobile, réunissant ses forces pour affronter la déception, sachant qu'il lui faudrait bien s'en accommoder, même si cela durait toute la soirée ; et sachant aussi dans quel état il serait.

L'incroyable se réalisa. La sonnette retentit et quand, les jambes flageolantes, il ouvrit la porte, Frankie apparut sur le seuil, l'horrible néon du palier illuminant ses cheveux roux et leur donnant un reflet verdâtre.

Frankie arborait la chemise en soie que Patrick lui avait expédiée pour Noël, et il offrit à Patrick la cravate dont son oncle lui avait fait cadeau – cravate bien trop ennuyeuse et vieillotte pour qu'il ait envie de la garder.

Patrick en fut indiciblement enchanté. En souriant, Frankie le regarda l'admirer, puis se lever, ôter celle qu'il portait et aller nouer la nouvelle devant le miroir, rayonnant.

Nous n'avons pas fini de la voir, songea Frankie. À chacune de nos rencontres, jusqu'à ce qu'elle soit élimée.

Patrick mettrait la cravate pour faire plaisir à Frankie qui, lui, s'en moquait éperdument.

« Je ne t'attendais vraiment pas, déclara Patrick d'un ton animé. Je n'avais pas envie que tu fasses de la peine à ta mère.

– Mon oncle a débarqué, j'en ai profité pour faire un saut. »

Frankie était venu de Clapham Common – un très long trajet.

« Je suis tellement content de te voir, mon petit vieux. Rien n'aurait pu me plaire davantage. »

Patrick avait des principes stricts au sujet de l'alcool et estimait qu'à cinq heures de l'après-midi il était encore trop tôt pour boire ; mais comme c'était Noël et que Frankie était là, il alla chercher une bouteille de vin – pour fêter le miracle, en fait. Sa main, encore tremblante d'émotion, frôla l'épaule de Frankie lorsqu'il passa derrière son fauteuil.

« Comment s'est déroulée la journée ? » demanda-t-il de la pièce voisine.

Frankie était content d'entendre tinter les bouteilles.

« On a mangé tout le temps », lui cria-t-il.

Sa mère avait respecté les traditions. Même s'ils n'étaient que tous les deux, elle avait préparé une dinde, un pudding de Noël et des tartelettes aux fruits confits. C'était touchant, un peu triste aussi, estimait-il. Ils avaient fait craquer un diablotin et il s'était coiffé du chapeau en papier que contenait la papillote. C'était le premier Noël qu'ils passaient seuls ensemble.

Le père de Frankie était sorti de leur vie, tout simplement. Au terme d'une dispute avec sa femme au sujet de Frankie, il avait quitté la maison et n'était plus revenu. Depuis des années, les disputes portaient sur l'insolence de Frankie qui, disait son père, prenait des grands airs. Il accusait sa femme de l'avoir trop gâté et, bien entendu, Frankie soutenait sa mère. Tous deux faisaient systématiquement bloc contre Mr. Parsons qui, incapable de le supporter plus longtemps, était parti s'installer dans un meublé. On peut parfaitement se passer de lui, avait affirmé Frankie à sa mère; mais elle perdit par la suite tout entrain.

Frankie était un garçon intelligent. Il se souvenait toujours des bonnes répliques et pouvait imiter n'importe qui. Il soigna son élocution et perdit l'accent nasillard des faubourgs de Londres. Il était ambitieux. Courageux, aussi. Au grand dam de son père, il abandonna son emploi de voyageur de commerce pour entrer dans une agence de publicité. Il gagnait moins, mais ce n'était qu'un début. Il était vigilant, enregistrait tout. Il avait environ vingt-cinq ans et apprenait vite.

Entamer une soirée de Noël devant la cheminée de cette pièce emmaillotée contre le bruit lui paraissait étrange. À cette heure-là, lors des autres Noëls dont il se souvenait, tous s'attablaient dans la salle à manger : sa mère, son père et des parents du côté paternel, parmi lesquels une cousine de son âge qui travaillait chez Selfridges. (Aucun d'eux n'avait été invité cette année.) Une lumière vive aurait inondé la nappe blanche, les papillotes-pétards en papier rouge, les gelées aromatisées aux fruits dans les moules habituels, la bûche au chocolat ainsi que, au milieu de la table, le gros gâteau nappé de sucre glace orné du Père Noël, du rouge-gorge et des Esquimaux en plastique qui seraient ensuite lavés et rangés pour servir l'année suivante.

Frankie s'était regardé devenir trop grand pour ces agapes de Noël que, depuis des années, il supportait avec déplaisir. C'était véritablement pour sacrifier à la fête dont sa mère tentait de maintenir l'esprit que, chaque année, il tendait une papillote-pétard à sa cousine. Elle en prenait une extrémité et détournait la tête en fermant les yeux, prête à pousser un petit cri lorsque le pétard éclaterait. Il avait l'impression qu'elle jouait son rôle, elle aussi. D'un air las, son sourire de Noël figé sur les lèvres, il lisait à haute voix la devise cachée dans la papillote et posait le chapeau de papier sur sa tête. Il ne se sentait pas à sa place.

Il ne se sentait pas non plus très à l'aise dans l'appartement de Patrick, mais espérait au moins y parvenir un jour. Il n'avait jamais lu les livres rangés sur les étagères, par exemple, estimant qu'écouter Patrick en parler avec d'autres le dispensait de cet effort. Même lorsqu'ils se trouvaient en tête à tête – ce qui était habituellement le cas – Patrick parlait beaucoup de littérature, faisant comme si Frankie y connaissait quelque chose; mais si quelques amis se trouvaient là par hasard, Patrick menait la conversation de façon à protéger Frankie, intervenant rapidement et répondant à sa place, l'air de rien. Parfois il réussissait même à lui prêter des opinions. Très habilement, se disait toujours Frankie. Je suis sans doute le seul à me rendre compte de son manège. C'est une façon de me montrer qu'il connaît mon ignorance. Et, lorsque nous sommes seuls, il essaie de m'apprendre. Frankie appréciait le tact. Très délicat à utiliser, le tact. Il faut bien manœuvrer, sinon c'est un désastre.

Patrick ne se pressait pas d'apporter le vin et les verres. Il faisait durer, heureux de suivre son petit train-train sans se presser, et chantonnait en se répétant : celui que j'aime est dans la pièce d'à côté. Plus il traînerait, plus Frankie resterait longtemps.

Il avait acheté une boîte de marrons glacés au cas où se produirait le miracle qui venait d'avoir lieu. Dans le magasin, en attendant sa monnaie, il n'avait pas osé s'avouer que cet achat avait quelque chose à voir avec Noël.

« Il y a des cigares sur la table », dit-il en réapparaissant avec un plateau qu'il portait avec prudence. Il ne fumait pas, et détestait particulièrement l'odeur des cigares préférés de Frankie. Le lendemain matin, l'air confiné et l'odeur de tabac froid imprégnant les rideaux le rendaient presque malade. Il était alors contraint d'ouvrir toutes les fenêtres et de laisser entrer le vacarme de la rue.

« Tu n'as pas l'air de faire grand cas de Noël », remarqua Frankie d'un ton admiratif en regardant autour de lui. Sa mère, à la maison, avait suspendu des guirlandes de papier et glissé des rameaux de houx derrière les tableaux.

« Même si je faisais cas de Noël, comme tu dis, je n'aurais guère envie de décorer un sapin pour moi tout seul. Ce n'est pas mon genre.

– Navré que tu sois resté seul. »

Patrick lui tourna le dos pour déboucher la bouteille. Il détestait se sentir blessé dans son amour-propre, mais, ayant conscience de cette faiblesse, il la traitait par le dédain. Il craignit d'avoir rougi, et feignit d'avoir des problèmes avec le tire-bouchon pour donner le change.

« En fait, je n'aurais pas dû rester seul, dit-il en tendant un verre à Frankie d'une main qui, espérait-il, ne tremblait pas. Il y avait Meg Driscoll et son frère, tu sais. J'aurais vraiment dû leur proposer quelque chose. Je me sens un peu coupable.

– Ah! Tout ce que j'aime! » déclara Frankie en se calant dans son fauteuil avant de boire une gorgée du pouilly fumé que Patrick avait mis dans le seau à glace avant le déjeuner, plein d'espoir, pour l'en retirer ensuite, désespéré.

Patrick s'assit en face de lui sur le bord d'un divan. Entre deux gorgées, il jeta à Frankie un regard on ne peut plus révélateur, puis, accordant ses paroles à son regard, déclara : « Ce sont des mensonges, tu sais. Je ne me sens pas du tout coupable envers Meg. Puisque tu ne pouvais pas venir, j'ai préféré rester seul; au cas où, par miracle, tu passerais quand même. Imagine combien j'aurais été contrarié si j'étais allé chez Meg et que tu ne me trouves pas. Ou même si je l'avais invitée ici. »

Frankie, lassé d'être idolâtré – rien de plus fatigant, avait-il découvert –, acheva son verre de vin en plusieurs longues gorgées. « Je ne peux pas rester très longtemps », dit-il.

Patrick était déjà debout et s'emparait de la bouteille. Ensuite, après avoir rempli le verre de Frankie, il songea que son ami devait conduire pour rentrer et, inquiet, partit chercher quelques biscuits.

« Mais oui, je sais. Je comprends », répondit-il en

sortant. Même si Frankie ne restait que dix minutes de plus, il se coucherait heureux. Car Frankie était venu, contre tout espoir; il avait donc eu envie de venir. Il était naturel de passer avec sa mère une soirée telle que celle-ci. Patrick était ému de voir que Frankie avait tant d'égards pour elle. Il chérissait ces traits positifs de son caractère.

9

Après leur mariage, Percy et Ba allèrent passer quelques jours à Brighton. Ils s'y étaient souvent rendus auparavant, notamment au début de leur liaison. Flora avait tenté de les convaincre de se montrer plus aventureux, mais elle ne réussit qu'à s'attirer les foudres de Percy.

« Je déteste ces gens qui partent à l'étranger, déclara-t-il. Quand ils reviennent, ils vous cassent les oreilles parce qu'ils ont grimpé sur un chameau, la belle affaire ! Tenez, par exemple, ce Geoffrey Pringle l'autre soir chez vous, Flora. N'arrêtait pas de se vanter des hôtels minables qu'il fréquente en Espagne. Le clou de ses vacances, c'est d'être allé dans un bouge répugnant manger du poisson plein d'arêtes avec un zigoto du cru. Si c'est pour ça qu'on va à l'étranger, autant rester chez soi ! »

De sorte qu'ils étaient partis pour Brighton, comme d'habitude, et dans le même hôtel. Ba portait la même alliance que du temps de leur liaison.

« Je commence à me sentir coupable dans cet endroit », dit-elle en considérant la chambre, avant de défaire les bagages. Et, pour la première fois, elle était mal à l'aise de se trouver seule avec Percy. Leur relation avait débuté sur des bases différentes, plus intimes. Mais oui, songea-t-elle, nous sommes socialement intégrés, à présent. Auparavant, ils étaient dans la clandestinité (relative), l'anonymat, l'égoïsme. Pourvu qu'il ne s'imagine pas que, étant donné le mariage, je m'attends à ce que nous fassions l'amour, se dit-elle. Sur ce plan au moins, elle estimait qu'on devait les laisser agir à leur guise. Personne, après tout, n'était censé savoir ce qu'ils faisaient, ou ne faisaient pas.

Dès leur arrivée Percy ronchonna énormément. La sole qu'il commanda pour dîner n'était pas cuisinée comme il l'espérait – une erreur due au fait que le menu était rédigé en français. Il fit là-dessus les commentaires habituels, que Ba parut trouver aussi amusants que d'habitude.

Il pestait encore au sujet de la sole en se couchant.

« S'il y a quelque chose que je déteste, c'est bien le fromage. Le fromage cuit. Ça me reste toute la nuit sur l'estomac.

– C'est ce que tu as commandé, chéri.

– Tu aurais dû m'en empêcher. Tu sais que je ne parle pas la langue des mangeurs de grenouilles. Comment veux-tu que je sache que mornay veut dire avec du fromage? J'aime les choses simples. Très simples.

– Nous n'en sommes peut-être qu'à notre voyage de noces, mais je t'assure que je sais exactement quel genre de plats tu aimes.

– Pas de sauce. Rien que du poisson. Comme tu le prépares.

– Merci, mon ange. »

Elle se passait de la crème sur le visage, le teint aussi jaunâtre qu'une icône.

« Je préférerais le lit près de la fenêtre, dit-il.

– Oui, chéri. Je sais. »

Il noua la cordelière de son pyjama orné de larges rayures bleues et blanches comme celui d'un écolier. « Mais tu peux le prendre, si tu veux », ajouta-t-il d'un ton hésitant.

Elle hocha négativement la tête, et il se coucha sur-le-champ en remontant les couvertures sur ses épaules.

Ba, qui aimait faire un peu de lecture avant de s'endormir, alluma sa lampe de chevet et ouvrit un livre. Son visage blanc luisait, et elle avait de larges cernes sous les yeux. Ses cheveux étaient noués en une mince queue de cheval.

« Navré d'avoir fait tant de salades, vieille branche, lança Percy, à demi endormi, depuis son oreiller.

– Quelles salades ?

– À propos de ce satané poisson infect.

– Ah oui, le poisson. Sans importance.

– Ce n'est pas mon genre, je crois bien, d'être doux comme un agneau.

– Non, chéri. »

Elle tourna paisiblement une page. Quelques instants plus tard, il ronflait.

À leur retour de Brighton ils donnèrent une petite soirée. Les choses s'étaient améliorées après le début de leur séjour. Un soleil pâle et hivernal fit son apparition ; le ciel était agréable à regarder et les maisons de style regency avaient fière allure. Percy dénicha un salon de thé qui, pour quatre shillings et six pence, servait à midi un potage à la tomate, une tourte au hachis de bœuf et un quatre-quarts à la confiture ; il trouva pour le soir un pub qui offrait des tranches d'aloyau froid, des œufs durs enrobés de chair à saucisse, du jambon d'York et d'autres denrées britanniques. Il acheta à Ba un collier d'ambre dans l'une des rues piétonnières et, tandis qu'ils musardaient sur la Promenade, il fut enchanté de rencontrer l'un de ses vieux amis, franc-maçon comme lui et membre de son club de bowling. Ba ne se sentit pas du tout blessée de le voir rechercher avec un tel empressement une autre compagnie que la sienne. Cela le requinquait et elle en était heureuse. Les journées se passèrent de façon plus agréable qu'elle ne l'avait imaginé. Mais elle fut contente de rentrer.

Il fallait s'occuper du vieil appartement si laid de Percy, et s'en occuper sérieusement. Ba avait loué le sien à une gérante de magasin. Percy et elle regrettaient tous deux les soirées douillettes qu'ils y avaient passées.

L'appartement de Percy était vaste et sombre. Les sols étaient recouverts d'un linoléum gris ardoise qui semblait toujours poussiéreux; les murs étaient peints en gris. Plein de courants d'air, il sentait pourtant le renfermé et empestait le cigare. De la fenêtre de leur chambre, ils voyaient un mur de briques rouge sombre et une échelle d'incendie. Des années durant, Ba avait tenté de l'égayer avec de nouveaux rideaux et des housses différentes pour les bergères. Mais Percy n'était pas décidé à aller au-delà de ce léger toilettage. Il adorait ses fauteuils de cuir noir et le sofa en brocart grenat qui semblait sorti du château de Knole. Autant que les voyages à l'étranger, il exécrait les meubles modernes. (« Ces petits pieds qui partent dans toutes les directions! On dirait un buisson d'épines posé sur le sol! ») Quelques grands vases chinois rouge sang remplis de joncs constituaient l'essentiel des éléments décoratifs : pas de tableaux, sinon une version de *Léda et le cygne* dégoulinante de mièvrerie, et une photo colorée de Percy, beaucoup plus jeune, arborant une chaîne de maire sur la poitrine. Sa première femme l'avait fait encadrer pour l'accrocher au mur.

Il s'agissait de s'y prendre avec tact, se disait Ba; mais il était difficile de savoir par où commencer sans causer ni bouleversement ni malaise. Elle retira les joncs des vases chinois – le temps de la réception, assura-t-elle – et les remplaça par des chrysanthèmes de couleur crème. Dès qu'elle toucha les joncs, ils semblèrent exploser, puis se désintégrèrent, et leurs graines s'éparpillèrent dans la pièce. Percy faillit exploser, lui aussi. Il était au piano lorsque cela se produisit, s'exerçant à jouer l'une des *Quatre études progressives à deux mains.* Les graines duveteuses voletèrent jusqu'à lui, le firent tousser et se déposèrent sur les cordes du piano ouvert. Et puis, il aimait beaucoup ces joncs. On n'en voyait pas si souvent à Londres, affirma-t-il. Il les avait rapportés du Dorset, non sans mal. Tant pis si cela faisait rire Ba ! Il trouvait d'ailleurs que rire était puéril de sa part.

« Puéril ! » s'exclama-t-elle en s'essuyant les yeux et en chassant le pollen amassé sur sa poitrine.

« Et pas du tout gentil », ajouta-t-il.

Ses doigts étaient raides. À son âge, il ne pouvait se permettre d'abandonner les exercices, même pour passer quelques jours à Brighton ; de sorte que s'il se trompait, c'était la faute de Ba. Et s'il aimait avoir du public lorsqu'un morceau était au point, il détestait qu'on le voie faire ses gammes. Il n'en avait pas l'habitude. Il ne cessait d'accumuler les fausses notes, en grommelant des « Désolé ! » « Zut ! » et un autre mot, beaucoup plus impoli, qu'il semblait affectionner au grand étonnement de Ba et de Richard.

La réception était destinée à fêter à la fois l'anniversaire de Ba et leur récent mariage – raisons insuffisantes aux yeux de Percy, bien résolu à rester dans un coin pour boire du whisky avec ceux qu'il appelait ses vieux potes. Leurs épouses pourraient parler de leurs petits-enfants près de la cheminée, selon leur habitude.

Ba avait préparé un buffet dans la salle à manger : un grand poisson farci et décoré, un gigot d'agneau en gelée, de la poitrine de bœuf au sel, des travers de porc, ainsi que des savarins, des tartelettes et des babas. Les épouses des vieux potes s'extasièrent. Flora, son assiette à la main, rejoignit son beau-père.

« Vous mesurez votre chance ? demanda-t-elle. Avoir épousé une cuisinière aussi parfaite que Ba ?

– Elle m'a toujours préparé de bons repas », répondit Percy, maussade. Il n'avait nullement l'intention d'exprimer de la gratitude à Flora ou à quelqu'un d'autre. « Et nous ne recevions pas, à l'époque, ajouta-t-il. Je déteste les réceptions.

– C'est très vilain », murmura Flora, hochant la tête en souriant.

Comme il aimait la taquinerie, il lui rendit son sourire. « Permettez-moi de vous dire que vous portez une bien jolie tenue », déclara-t-il en contemplant les plis de sa robe de maternité qui ressemblait à un abat-jour.

« Merci.

– Je trouve toujours les mots qui conviennent, chère petite. »

Il lui pardonnait d'avoir téléphoné pour demander si elle pouvait venir en compagnie de Patrick. D'après elle, il était passé boire un verre et semblait assez désemparé. « Mais bien sûr ! » s'était écriée Ba, vraiment ravie. Percy, qui écoutait, avait levé les yeux au ciel en faisant claquer sa langue, et Ba l'avait regardé en posant son index sur ses lèvres, tout en hochant la tête avec satisfaction, le récepteur contre l'oreille.

Sous les hauts plafonds de l'appartement, les bruits de voix étaient assourdis. Les grands-mères papotaient, buvaient du champagne et examinaient les cartes d'anniversaire de Ba exposées sur la cheminée. Des cartes fort convenables, ornées de chatons ou de clairières parsemées de jacinthes. Pas de plaisanteries douteuses, car elle n'était plus d'âge à apprécier les commentaires taquins sur les anniversaires et leur accumulation. On devait à présent la réconforter grâce à de jolis paysages et de gentils poèmes richement calligraphiés.

Ba se montrait une hôtesse énergique, pour compenser l'attitude de Percy. Grondeuse, persuasive, elle s'inclinait pour remplir des verres, exposant son profond décolleté, et lançait à travers la pièce : « Pour l'amour du ciel, ne fume pas tes cigares habituels, chéri ! »

Patrick se sentait assez mal à l'aise parmi tant d'étrangers venant tous d'un univers inconnu. « Voici Patrick Barlow, l'écrivain », avait annoncé Ba en le présentant aux dames ; elle voulait bien faire. Les maris, comme d'habitude, s'étaient regroupés dans une autre partie de la pièce.

« Vraiment ? Et quel genre de choses écrivez-vous ? » demanda-t-on à Patrick. Personne n'avait entendu parler de lui.

« Des romans, des essais sur la peinture », bafouilla-t-il, malheureux.

« Des histoires d'amour ?

– Non. Pas d'histoires d'amour, non.

– Des aventures réalistes, alors ?

– Je ne sais pas si on... peut-être... j'espère que...

– C'est merveilleux ! Avoir la capacité d'exprimer ainsi ce que l'on ressent !

– Vous savez, ce n'est qu'un travail comme un...

– Citez-moi quelques titres, je vous en prie. »

Seigneur ! songea Patrick, horrifié à l'idée d'une énumération de ce style. En outre, il détestait prononcer à haute voix le titre de ses livres. En s'entendant, il éprouvait une crainte quasi superstitieuse.

« Patrick, lança Flora en s'avançant avec un plateau, voulez-vous seconder Ba ? »

Pendant qu'il s'exécutait, soulagé, elle renseigna les invitées sur ses livres – sans les avoir lus en entier elle-même – et en fit force compliments.

« Nous nous les procurerons à la bibliothèque », promirent les dames.

« Merci Flora, déclara Patrick plus tard. Et quelle merveilleuse soirée ! » ajouta-t-il pour lui rendre sa gentillesse. En réalité, la soirée l'avait plutôt épuisé.

« Ba semble heureuse, non ? demanda Flora. Ils ont l'air radieux tous les deux. J'ai toujours su qu'ils devaient se marier, mais aucun d'eux ne semblait persuadé que c'était préférable.

– Je n'arrive pas à concevoir comment on peut supporter l'idée de ce que sera le mariage. La seule perspective d'être avec la même personne, jour après jour, de partager le même lit, passer toute une vie enfermés ensemble, ou même la moitié d'une vie ! Songez à l'enfant auquel l'on annoncerait que, un jour, il devra appartenir à quelqu'un d'autre, dont seule la mort le séparera. On comprendrait que le pauvre petit éclate en sanglots à cette seule pensée. Vivre sous le même toit jusqu'à la fin des temps ! »

Il était un peu surpris par sa propre véhémence, dont les mots résonnaient encore dans sa tête : *sous le même toit, sous le même toit*. Ces paroles lui faisaient mal et l'énervaient. Il se demanda s'il n'avait pas bu trop de champagne.

Flora répondit simplement : « Mais j'aime Richard, et c'est exactement ce que je veux. Être sous le même toit que lui. »

Elle s'assit sur l'accoudoir de l'un des fauteuils en cuir noir de Percy. Elle était assez gauche, à présent, et déjà très volumineuse. J'aimerais bien avoir un enfant, songea Patrick. Quelqu'un de jeune qui s'occupe de vous, vous aime, ce devait être merveilleux.

« Et j'aime aussi Mrs. Lodge, poursuivait Flora. Je voudrais la garder elle aussi sous le même toit, pour toujours. Si seulement je pouvais en avoir la certitude ! »

Lorsque les invités furent rassasiés, Ba mit quelques disques. Richard les choisit avec elle. Tous dataient d'une époque lointaine.

« *Le trèfle à quatre feuilles qui m'a porté bonheur* », chantonna Ba en esquissant quelques pas d'une danse des années 30.

« C'étaient de belles chansons en ce temps-là, hein ? » murmura une grand-mère nostalgique à une autre.

« Si vous voulez danser, ne vous gênez pas », déclara Ba en relevant le tapis d'un coup de pied. Mais personne n'en avait envie et, quelques instants plus tard, elle le remit en place.

« Vous avez vu Meg ? » demanda Flora à Patrick, qui reconstitua l'association d'idées l'ayant menée à poser la question.

« Nous sommes allés ensemble à un ballet.

– Ah oui. Elle me l'a dit. Je suis contente. Elle n'a guère l'occasion de sortir, pauvre chère Meg. N'est-ce pas un être merveilleux ?

– Une très gentille fille.

– Beaucoup plus que ça, voyons ! Je la connais mieux que personne. Une gentille fille, c'est peu dire !

– Je l'aime beaucoup. Je me plais en sa compagnie. Je l'admire. Que puis-je dire d'autre, chère Flora ? »

Que dire d'autre ? songea Flora, indignée.

« Vous comptez énormément pour elle, vous savez, souligna-t-elle.

– Et elle compte énormément pour moi », assura Patrick d'un ton léger.

D'une certaine façon, c'était exact. Il regarda sévèrement Flora et songea : Tu es venue à mon secours ce soir. Était-ce uniquement pour m'exposer à un péril plus grand ?

« Mon vœu le plus cher, reprit Flora, c'est de savoir Meg heureuse et installée. Mon plus grand désir. Ainsi que Kit, bien sûr. Quand je pense à cet horrible travail qu'il a trouvé.

– Il a l'air de s'y faire, d'après Meg.

– Peut-être, mais quel gâchis ! N'est-ce pas, Richard chéri ? » dit-elle en glissant la main dans celle de son mari qui s'était approché. « Je disais combien Kit perdait son temps avec ce travail stupide. Si seulement on pouvait trouver le moyen de l'aider.

– Mieux vaut ne pas s'en mêler, répondit Richard. Et, à mon avis, Meg me donnerait raison. »

Sur le chemin du retour, après avoir déposé Patrick, Flora murmura à Richard : « Je n'arrive pas à comprendre pourquoi Patrick ne demande pas à Meg de l'épouser. Ils vont si bien ensemble. Ce serait idéal.

– Réfléchis donc un peu, chérie.

– Je ne crois pas un mot de tout ce qu'on raconte. Je ne l'ai jamais cru. Les gens adorent faire des ragots et imaginer des choses bizarres, c'est tout.

– Alors explique-moi ce que vient faire là-dedans l'abominable Frankie.

– Impossible de te répondre : je ne connais pas Frankie. »

« Ça fait drôle, Ba, de ne pas rentrer le soir dans ton appartement », murmura plus tard Percy, allongé dans son lit.

10

La fille de Flora naquit sous le signe du Verseau, un peu plus tôt que prévu. Richard dut conduire sa femme à la clinique en toute hâte. Ce soir-là ils recevaient à dîner Geoffrey et Elinor Pringle, Meg et Kit. En fin de repas, Flora monta dans sa chambre en compagnie d'Elinor et de Meg, et ne redescendit pas. Meg courut prévenir Richard.

Flora avait estimé qu'elle avait encore le temps d'assurer ce dîner, et y avait presque réussi. La défaite survint au moment où elle servait le café, dont Elinor se chargea pendant que Meg préparait une petite valise.

Lorsque Flora regagna enfin la salle à manger, vêtue d'un manteau de fourrure, elle s'efforçait d'être impassible. « Restez, je vous en prie, dit-elle. Richard sera vite de retour. Je suis vraiment navrée. Kit chéri, tu veux bien t'occuper du cognac? »

Kit se dirigea vers la table chargée du plateau des alcools, incapable de la regarder, empli d'une fébrilité envieuse. Elle allait vivre une expérience dont il était exclu; rien ne serait jamais plus pareil; la séparation était dans l'air. Il aurait préféré qu'elle parte vite, avant qu'il n'ait à remplir les verres de sa main tremblante.

Elinor, qui n'avait pas d'enfant, s'était adossée à son fauteuil après avoir servi le café, comme si cette interruption ne présentait aucun intérêt. Son mari se tenait debout près d'elle, très droit, les mains posées sur la poitrine, le regard aux aguets. Il donnait toujours l'impression d'avoir passé son enfance et sa vie d'adulte au plein air, à escalader des montagnes ou à parcourir la lande. Il portait des costumes de tweed flottants – un parfait camouflage pour la campagne, mais qui ne convenait pas du tout à St. John's Woods ni à la Chambre des communes. C'était le type même de l'Anglais que l'on reconnaît immédiatement à l'étranger.

« Si nous pouvons être utiles, dit-il. Avez-vous suffisamment de lecture ? »

Flora, qui n'avait pas songé à cela, ramassa un numéro de *Vogue*.

« Au revoir, murmura-t-elle, tandis qu'elle pâlissait puis reprenait un peu de couleurs. Et pardonnez-moi.

– Haut les cœurs », lança Geoffrey en lui adressant un sourire d'encouragement.

« Encore merci pour le dîner. C'était vraiment délicieux », déclara Elinor, de peur qu'on oublie la raison de leur présence.

Dans l'entrée, Mrs. Lodge étreignit Flora, incapable de dire un mot. Elle regarda la voiture s'éloigner, puis referma lentement la porte.

« Eh bien, voilà », conclut Elinor d'un ton tout à la fois amusé et réprobateur en parcourant la pièce du regard.

« Il s'en est fallu de peu », dit Geoffrey.

C'est moi qu'il vise, songea Kit, qui avait failli renverser le verre de cognac destiné à Elinor.

À peine quelques jours plus tôt, Flora, surexcitée, avait annoncé à Richard : « Une merveilleuse nouvelle, Richard chéri ! J'ai rencontré Elinor Pringle en achetant du café, et elle m'a appris que Geoffrey avait écrit une pièce qui allait être jouée à Londres !

– Oui, je sais.

– Tu le savais?

– J'ai vu Elinor, moi aussi.

– Tu ne me l'avais pas dit.

– Je la croise souvent, quand je rentre du bureau.

– Mais pourquoi ne m'as-tu rien dit, pourquoi? Il reste si peu de temps. Il faut absolument les inviter à dîner très vite, dès qu'ils auront une soirée de libre. Il est fort possible qu'il y ait un rôle pour Kit dans la pièce. Geoffrey pourrait le recommander, j'en suis sûre. »

Sur le chemin de la clinique, malgré les vagues de douleur et l'appréhension qui l'envahissaient, Flora se demanda si le dîner avait servi ou non à quelque chose. Kit (qu'elle avait pourtant décrit à Geoffrey comme un jeune acteur plein de talent) semblait mal à l'aise et n'avait pas ouvert la bouche. Et, pour tout aggraver, pendant qu'ils parlaient de la pièce, Elinor avait déclaré d'un ton neutre que Geoffrey cessait de s'en occuper à l'instant même où il avait fini de l'écrire : d'autres personnes prenaient la relève. Autrement dit, à l'heure actuelle, la pièce ne lui appartenait plus.

Malgré la rapidité du transport à la clinique, le bébé ne vint au monde qu'assez tard le lendemain – une journée terrible pour Mrs. Secretan, qui resta postée près du téléphone, incapable d'avaler quoi que ce soit. « C'est bien plus affreux que d'accoucher soi-même », confia-t-elle à Miss Folley. Lorsque Richard appela enfin, elle tombait d'épuisement; mais elle récupéra rapidement et consacra le reste de la soirée à prévenir ses voisins par téléphone. Au bout du compte, elle passa l'une des soirées les plus agréables de sa vie.

La naissance du bébé provoqua une intense activité téléphonique. Elinor appela Richard et lui proposa de venir dîner le soir qui lui conviendrait. « N'importe quel jour, dit-elle. Je suis toujours là, même si Geoffrey doit sortir. »

Meg téléphona à Patrick pour lui apprendre la nouvelle.

« Superbe ! dit-il. Et pour Flora, comment ça s'est passé ?

– Elle était sous anesthésie.

– Elle l'a toujours été. »

« Alice. Oui, comme moi », répétait Mrs. Secretan au téléphone, d'un ton ravi.

C'est le plus beau jour de ma vie, songeait Flora, extasiée. Ce jour particulier, parmi les millions d'autres, généralement heureux, qu'elle avait déjà vécus. Elle tenta d'en calculer le nombre exact et s'embrouilla.

Il lui semblait un peu étrange de passer cette journée hors du commun dans un lit, et pratiquement seule. Des infirmières allaient et venaient ; la surveillante lui rendit visite ; à intervalles réguliers, on sortait le bébé de son berceau pour le déposer dans les bras de Flora. Une telle légèreté ! Le châle qui recouvrait les épaules de Flora semblait peser plus lourd. Pendant qu'elle donnait le sein au nouveau-né, Flora examinait avec une grande attention ce qui entrait dans son champ de vision : le crâne fragile et nervuré recouvert d'un duvet sombre, une étroite menotte marbrée qui se détachait des couches et oscillait maladroitement dans l'air, les doigts délicats écartés, avec un ongle fin comme un flocon de gaze s'accrochant aux mailles du châle.

Flora adorait s'occuper du bébé ; mais il y avait aussi une beauté inattendue dans le fait d'être couchée dans la chambre silencieuse en sachant la petite toute proche dans son berceau – le plus souvent elle dormait mais, de temps en temps, elle remuait, émettait de très légers bruits de chiot, ou tentait furieusement de téter son poing.

Flora passa l'essentiel du plus beau jour de sa vie dans les douleurs. Spasmes, crampes et contractions de l'utérus ; flatulences et gênes diverses, seins douloureux – autant de tracas qu'elle n'avait pas prévus, tiraillements du retour au terre à terre. Mais rien de tout cela ne comptait pour elle. Elle avait l'impression d'être en rade, désertée, paisible ; comme un bateau délabré rejeté sur le rivage après la tempête.

Richard n'occupa qu'une part infime de cette journée. Elle pensait à lui par moments, se demandait ce qu'il faisait, l'imaginait pénétré de son importance, téléphonant tant et plus, offrant tournée sur tournée. Elle avait le sentiment de s'être mieux débrouillée qu'on ne s'y attendait, et espérait qu'il serait fier d'elle.

La béatitude, songeait-elle. Elle ne cessait d'avoir ce mot merveilleux dans la tête.

Adossée à ses oreillers, Flora contemplait placidement ses fleurs, au fil des heures. On livra des gerbes toute la journée. « Comme pour une actrice de cinéma », déclara l'infirmière irlandaise. Elle le disait toujours. Elle gardait un stock de phrases toutes faites, qu'elle servait automatiquement aux mères et à leurs bébés. Elle s'estimait également douée pour arranger les bouquets et appréciait beaucoup les gypsophiles et les fougères.

Dehors, au-dessus des roses thé de Richard qui trônaient à la place d'honneur sur la fenêtre, le ciel s'était épaissi et commençait à prendre les tons de bronze qui colorent l'obscurité londonienne. Richard arriva. C'était sa deuxième visite. Flora se souvenait à peine de celle de la veille au soir – très lasse, elle lui avait pris la main et, bientôt fatiguée de la tenir, n'avait pas eu la force de la lâcher.

Cette fois l'infirmière irlandaise lui fit une beauté – comme s'il se fût agi d'une poupée. Elle noua les rubans de sa liseuse et tint le miroir pendant que Flora se coiffait. « Et voilà! Deux jolies mignonnes pour papa », dit-elle en remettant la main d'Alice sous la couverture.

Elle se montra encore plus pétulante lorsque Richard entra, l'appelant « papa » en sa présence et ne cessant de revenir dans la chambre pour de menues tâches qui, selon lui, auraient pu attendre. « Nous n'autorisons pas les papas à s'asseoir sur les lits », affirma-t-elle en le délogeant.

« Bon sang! Elle ne te rend pas cinglée? demanda Richard.

– Pas du tout, elle est adorable », répondit Flora.

Planté sur une chaise parmi toutes ces fleurs, et bâillant à n'en plus finir, il paraissait mal à l'aise. Il avait passé une journée un peu folle, et avait trop bu le midi. Il s'était senti d'humeur loquace, sans aucune envie de travailler. Et, pour couronner le tout, Percy était venu à l'usine lui exprimer sa sympathie parce qu'il n'avait pas eu le bonheur d'avoir un fils. « La prochaine fois, s'obstinait-il à répéter. Tu auras plus de chance la prochaine fois. » Mais Richard ne pensait qu'au moment présent, à cette fois-ci, à sa fille. Il l'imaginait à dix-huit ans, grande et blonde comme Flora, se promenant à son bras. Et où allaient-ils donc? se demandait-il. Ils remontaient l'allée centrale d'une église? Mon Dieu, non! Pas ça! Quelque part, dehors, et ses cheveux volaient au vent. Elle riait. Ou alors il l'emmenait dîner au restaurant. Il dissémina plusieurs de ses amis dans le restaurant, pour avoir un public. Et Alice préférait la compagnie de son père à celle des jeunes vauriens qui lui tournaient autour. Ils sortent toujours ensemble, disaient les gens. Flora n'apparaissait dans aucun de ces tableaux. Peut-être était-elle restée à la maison, avec leurs autres enfants – des fils. Richard ne s'était plus laissé aller à ce genre de rêverie éveillée depuis son mariage, et il en retrouva le plaisir comme une bonne surprise.

Flora le regarda en souriant. Il a l'air différent, songea-t-elle; pas aussi soigné que d'ordinaire : l'apparence vaguement négligée, un rien *farouche* *, que l'on trouve chez certains veufs. Seulement deux jours qu'il est séparé de moi, se dit-elle placidement.

« À quoi penses-tu, chéri? » demanda-t-elle. C'était l'une de ses questions favorites, car elle n'aimait pas qu'il pense à des choses qui l'éloignaient d'elle.

« Je pensais à... » dit-il en désignant le berceau de la tête. Il avait failli dire « Alice », mais il était encore trop tôt pour appeler le bébé par son nom. Elle n'avait dix-huit ans que dans son imagination.

« Au bébé, reprit-il. J'espère qu'elle sera aussi belle que toi en grandissant. »

En réponse au compliment, Flora laissa échapper un soupir désapprobateur. C'était la première fois qu'il la voyait réagir ainsi. Sa grâce coutumière, sa façon ravie de recevoir les hommages l'avaient abandonnée. Elle

* En français dans le texte.

se jugeait soudain loin d'être belle, sans rien qui puisse convenir à sa fille, qu'un nez plus droit avantagerait davantage, par exemple; et des mains plus petites.

Elle réfléchit un instant à la question, examinant ses imperfections, espérant que cela s'arrangerait.

« Tu sais, en une seule journée j'ai compris au sujet de maman des tas de choses qui ne m'étaient jamais venues à l'idée », dit-elle ensuite. Des choses qui lui auraient fait secrètement plaisir, songea-t-elle (et d'autres qui l'auraient peut-être inquiétée, mais Flora n'avait pas encore conscience de cette éventualité).

Elle détacha quelques grains de la grappe posée sur la table de chevet et lui en lança un. « Des raisins pour les mourants, c'est comme ça que Meg et moi on appelle ces raisins noirs. Bravo! Bien joué, chéri. » Il venait d'attraper avec sa bouche le grain qu'elle lui avait lancé.

Ils font un peu les fous, songea Miss Murphy, l'infirmière, en les entendant rire; mais elle ne trouva pas de prétexte suffisamment plausible pour retourner dans la chambre.

Richard, enchanté par la bonne humeur de Flora, se remémora la soirée de la veille, ses murmures ensommeillés tandis qu'elle tournait la tête sur l'oreiller, emmêlant ses cheveux. Elle était très pâle, le visage luisant; elle sentait les produits anesthésiants. Mais elle demeurait toujours aussi touchante, d'une beauté troublante.

« Est-ce que Mrs. Lodge a utilisé les restes du poulet? » demanda Flora. Ce dîner semblait avoir eu lieu un an plus tôt – une soirée vraiment désordonnée, sabotée. Elle préféra ne plus y penser.

« Oui. Je ne sais plus très bien comment, mais c'était excellent, répondit Richard.

– Et pour ce soir?

– Je pensais aller dîner chez les Pringle.

– Mais oui, dit Flora. Elle m'a envoyé des gentianes. Plutôt insolite, non? »

Le lendemain, sa mère lui rendit visite. Mrs. Secretan se sentit intimidée et gênée lorsque Miss Murphy la fit entrer. Elle avait apporté des petits gâteaux aux épices préparés par Miss Folley, que Flora dévora sur-le-champ. Elle en offrit un à l'infirmière, qui le glissa dans la bavette amidonnée de son tablier.

Après avoir embrassé sa fille, Mrs. Secretan s'approcha du berceau. Elle se pencha, émettant de petits claquements de langue, les sourcils levés comme si elle espérait une réponse. Elle repoussa délicatement la couverture et caressa du doigt l'une des menottes mauves. La déception, voire la consternation, l'envahit. Elle s'obligea à sourire malgré tout, pour Flora, et d'un ton faussement heureux susurra à sa petite-fille : « Et alors? Et alors? On est un joli poupon, dis-moi. »

L'enfant ne ressemblait nullement à Flora bébé. Les sourcils à peine marqués, la forme du crâne, tout était radicalement différent. Le duvet sombre serait remplacé par des cheveux noirs, Mrs. Secretan en était certaine. L'enfant ressemblerait à son père : la lèvre supérieure étirée et les oreilles en pointe de Richard. Miséricorde!

Mrs. Secretan s'écarta du berceau et alla s'asseoir sur une chaise. Nous voilà dans de beaux draps, songea-t-elle. Elle n'avait pas envisagé une éventualité de ce genre. Mais il faut se réjouir, se réjouir, se répéta-t-elle; l'enfant aurait pu naître avec une malformation.

« Elle est mignonne, non? demanda Flora.

– Adorable. Si seulement ta grand-mère était encore de ce monde! Elle n'a pas connu la joie d'avoir des petits-enfants. Elle m'a tellement manqué quand tu es née. J'avais envie qu'elle te voie. “ Elle n'a jamais vu Flora, jamais vu notre Flora chérie ”, c'est ce que je disais à ton père. Et lui, comme il aurait aimé connaître la petite Alice ! »

Des larmes de compassion mouillèrent les yeux de Flora. Lorsque, après avoir mangé son petit gâteau dans les toilettes, Miss Murphy revint, elle les trouva toutes deux sur le point de sangloter. Elle eut beaucoup de mal à leur remonter le moral.

« Un bébé vraiment superbe, vous ne trouvez pas? demanda-t-elle à Mrs. Secretan. Le portrait craché de son papa, pas vrai ? » insista-t-elle, sans se douter de ce qu'elle disait.

Alice émit de paisibles petits bruits de succion. Elle tourna ses yeux dépourvus de cils vers la fenêtre et contempla la surprenante lumière du dehors.

D'autres visites se succédèrent dans les jours qui suivirent. Ba vint un après-midi, seule, car Percy ne voulait pas mettre les pieds dans une clinique. Un de ses amis venait de mourir dans une institution de ce genre – d'une cirrhose du foie. Percy en avait été très affecté. Il s'efforça de réduire sa consommation d'alcool, et de penser à d'autres choses qu'aux taux de mortalité. Il était profondément déprimé ; il lui venait des idées tellement impossibles, tellement monstrueuses et angoissantes qu'il lui fallait boire un whisky pour s'en remettre.

« Ce sont de véritables diamants, chérie ? demanda Ba en se penchant pour admirer le bracelet de Flora.

– Je ne sais pas, Ba.

– Vous ne savez pas ?

– Richard vient de me l'offrir. Difficile de lui poser

la question. Et je n'y ai même pas pensé. D'ailleurs, je ne connais pas grand-chose aux bijoux.

– Ce sont des diamants, aucun doute, déclara Ba en se redressant.

– Vous voulez bien être l'une des marraines d'Alice, chère Ba? demanda Flora.

– C'est très gentil, mais puis-je vous rappeler que je suis juive?

– Ça ne fait rien. Vraiment aucune importance », répondit Flora.

Lorsque Meg vint lui rendre visite, Flora lui posa la même question. Meg parut stupéfaite.

« Ce n'est pas possible, répondit-elle. Je ne crois pas en Dieu.

– Mais si, tu y crois, chérie », répliqua Flora, très à l'aise.

Dans la soirée, elle confia à Richard : « Tellement lamentable de leur part. Je croyais leur faire plaisir en le leur proposant. Ça m'aurait fait plaisir à moi, en tout cas. Et si j'étais à leur place, je ferais n'importe quoi pour éviter de me faire de la peine. »

Pour la première fois depuis la naissance d'Alice, elle se sentait un peu déprimée, comme si la réalité lui infligeait une douche froide. Richard la quitta pour aller dîner chez les Pringle. Ils sont vraiment très gentils avec lui, songea-t-elle.

Elle jeta un coup d'œil à l'*Evening Standard* qu'il lui avait apporté, mais n'y trouva que des informations ennuyeuses ou horrifiantes. Elle aurait préféré ne pas l'avoir ouvert.

Elle fut soulagée de voir arriver le repas du soir. « Goûtez-moi ça! » déclara Miss Murphy d'un ton excité en retirant le dessus-de-plat de l'assiette, comme s'il s'agissait de l'ultime lingerie d'un strip-tease. Une odeur de chou-fleur au fromage se dégagea.

Flora incita Miss Murphy à rester et, avant d'emporter les fleurs pour la nuit, l'infirmière détacha quelques pétales fanés, les gardant dans le creux de sa main pendant qu'elle dissertait sur l'amour.

« Il y a une arête de poisson dans mon chou-fleur ! s'écria Flora, plus étonnée que furieuse.

– Vous ne le croiriez pas, mais c'est pourtant vrai », poursuivit Miss Murphy, sans lui accorder la moindre attention.

Le dessert consistait en une crème anglaise froide accompagnée de gelée rouge. Flora la mangea lentement. Elle ne laissait jamais rien.

« Et finalement, ce garçon et moi, nous avons retrouvé Miss Blackie et son ami de l'Amicale de rugby et nous sommes tous allés au Bal de la police. Vraiment de toute beauté, comme bal, avec des femmes en robe du soir, et tout. »

Flora posa sans bruit sa cuillère dans l'assiette vide et, adossée à ses oreillers, écouta comme une petite fille. Miss Murphy, passionnée par son propre récit, finit par s'asseoir – sur le lit, nota Flora.

11

« Je sais bien que tout serait plus simple si je cédais, disait Elinor. Cela éviterait beaucoup d'ennuis à Geoffrey; et m'éviterait à moi de... » Elle haussa les épaules et reprit : « Cela signifierait pouvoir voyager ensemble de temps en temps, rencontrer des gens. J'imagine que j'aurais pu l'accompagner à Prague, être avec lui en ce moment. J'aimerais assez. J'ai besoin d'être toujours occupée, voyez-vous. »

Richard l'avait trouvée installée devant une carte de l'Angleterre et un horaire des chemins de fer. Elle ne se morfondait pas dans sa solitude : elle faisait des projets.

« Mais ce serait une capitulation tellement dénuée de sens, dit-elle. Je ne crois pas pouvoir m'y résoudre. Je suis trop timide pour adopter des attitudes artificielles. Ou alors pas assez humble. Alors voyons, où pourrais-je aller ? »

Elle ferma les yeux, fit tournoyer sa main au-dessus de la carte et laissa retomber un doigt tendu. « Quasiment dans la mer, déclara-t-elle en posant sur la carte un regard myope. Cromer. Disons Cromer.

– Ma chère Elinor, vous allez geler dans le Norfolk à cette époque de l'année.

– Je ne veux pas tricher. Et je dois partir quelque part me changer les idées. J'en ai plutôt assez des villes à cathédrales, encore qu'elles soient plaisantes en hiver. On y trouve en général des librairies, des antiquaires, des salons de thé agréables et des pubs très bien. »

Elle redoutait de broyer du noir, seule dans une maison vide. Il s'en rendait compte. Alors elle multipliait les excursions, visitait infatigablement les sites touristiques, toujours seule, parfois sans prononcer une parole de la journée – mais occupée. Il lui arrivait même de se fourvoyer dans les réunions hippiques.

« Comment allait Flora aujourd'hui? » demanda Elinor en constatant soudain qu'ils n'avaient parlé que d'elle-même jusqu'à présent.

« Heureuse de rentrer demain à la maison. Je crois qu'elle se sentait un peu morose; elle a pleuré quand je suis parti. Le bébé avait été malade.

– Probablement rien, déclara distraitement Elinor. Elle doit être un brin cafardeuse.

– Oui. »

C'est la dernière soirée, ne cessait de se répéter Elinor. Demain, elle serait de nouveau seule. Elle se leva et passa à la cuisine pour retourner les pommes de terre sautées. Richard avait proposé d'aller dîner dehors, mais elle s'y était refusée. Elle ne pouvait lui expliquer que son code personnel l'autorisait uniquement à déjeuner au restaurant avec des hommes. « Dîner » faisait jaser. Elle avait causé beaucoup d'ennuis à Geoffrey, simplement en étant absente; elle ne tenait pas à lui infliger en outre des commérages et des supputations.

Pendant la quinzaine que Flora avait passée à la clinique, Richard était venu presque chaque soir chez Elinor, avec l'air de s'y réfugier, car l'atmosphère feutrée de la clinique était oppressante et Miss Murphy l'exaspérait. Il rapportait ses abominables propos à Elinor, qui en riait.

« " C'est oui ou c'est non? " Voilà ce qu'elle demande chaque matin à la pauvre Flora.

– Oui ou non quoi?

– Transit intestinal, déclara Richard. Enfin, je crois. Et le plus étonnant, c'est que Flora pige tout de suite ce qu'elle veut dire. Elle est remarquablement intelligente, non? Mais je ne sais pas comment elle arrive à supporter d'être là-bas. »

Il découpait l'épaule d'agneau; elle s'assit en face de lui, derrière les chandeliers, et le regarda. Le décor était beaucoup plus intime, songea-t-elle, que dans n'importe quel restaurant; mais au moins cela ne ferait aucun tort à Geoffrey, ou à son parti.

« Flora a mangé de la morue bouillie à la sauce persillée », murmura Richard. Il glissa dans sa bouche un petit morceau de viande grillée, comme s'il était dans sa propre salle à manger. « On la lui a servie au moment où je partais. Une odeur épouvantable. Peut-être pour ça qu'elle pleurait. Pauvre chère Flora. Mrs. Lodge a prévu des faisans pour demain. Ça devrait lui remonter le moral. »

Il l'adore. Il passe son temps à se demander comment lui faire plaisir, songeait Elinor; juste au moment où ses pensées se déplaçaient vers Geoffrey, Richard la fit sursauter en prononçant son nom. « Vous avez des nouvelles de Geoffrey? demandait-il.

– Non. Il n'est pas du genre cartes postales et il n'a guère le temps d'écrire des lettres. En fait, très franchement, il est tellement occupé que je doute qu'il ait le temps de penser à moi. »

Richard comptait lancer une protestation de pure forme, ou une exclamation du même type dès qu'il n'aurait plus la bouche pleine, mais, avant qu'il en ait eu le temps, elle le regarda fixement à travers la flamme des bougies et murmura : « Nous ne sommes pas comme vous et Flora, vous savez. »

Il baissa les yeux. Cette façon aussi personnelle de s'exprimer ne correspondait pas à l'idée qu'il se faisait d'elle. Le côté paisible de leur camaraderie s'en trouva bousculé. Les autres soirs, elle n'avait parlé que de choses, pas de personnes : cours des porcelaines, et personnages gisant dans leurs tombeaux dont la vie, si turbulente qu'elle fût de leur vivant, offrait l'avantage d'être étrangère à celle de Richard. C'est ce qu'il appréciait en elle : une conversation sans risque, mais intéressante.

« Nous nous disputons, reprit-elle d'un ton de défi. Il existe entre nous une amertume latente. Peut-être parce que je n'ai pas eu l'astuce d'avoir un enfant, comme Flora. »

Elle savait qu'elle venait de commettre une erreur, s'en rendait compte à l'expression découragée de Richard. Il ne reviendra pas me voir, songea-t-elle en guise de signal d'alarme. De toute façon, il ne serait plus venu, conclut-elle.

« Il y a tellement de traquenards, murmura-t-elle. Et se disputer est probablement l'un des plus redoutables, parce qu'on y prend plaisir sur le moment; on a l'impression qu'il se passe au moins quelque chose. » Devant le morne silence de Richard, elle se sentit obligée de déverser un torrent de mots. « Il nous reste tant à apprendre, notamment des choses qu'on ne veut pas savoir. Comment ne pas se chamailler trop longtemps, par exemple, pour éviter le moment fatal et définitif. Lorsque je garde mon sang-froid, j'en suis parfaitement capable. Comment présenter ses récriminations sur un mode personnel, en évitant les généralisations, de façon à pouvoir les abandonner au bout d'un moment, au lieu de les graver pour l'éternité. Je m'efforce toujours d'être juste. Lorsque je m'entraîne, je suis juste. Je répète la scène quand je suis seule, en attendant. “ Je trouve que tu as été plutôt injuste envers moi ce soir, chéri. ” J'ai bien en tête ce qu'il faudrait dire d'un ton raisonnable, mais, au lieu de m'y tenir, je lance brusquement : “ Ça, évidemment, dès qu'il s'agit d'être injuste, on peut te faire confiance ! ” d'une voix horrible, déformée par le mépris et l'apitoiement sur soi. Affreux.

– Franchement, je doute fort que vous en arriviez là, déclara Richard avec assurance. Je vous coupe une autre tranche ?

– Vous ne vous disputez jamais avec personne, vous ?

– J'ai parfois des prises de bec avec mon père. »

Elinor marqua un temps d'arrêt.

« J'ai peut-être exagéré, en effet, reprit-elle. Mais il vaut certainement mieux que Geoffrey parte si souvent en voyage. C'est quand nous restons trop longtemps ensemble que les ennuis commencent... Les vacances, par exemple. Misère ! Quelles vacances on a connues ! Depuis trois ans, il refuse de renouveler l'expérience, et je ne peux pas le lui reprocher.

– Avant son départ pour Prague, il m'a confié qu'il aurait aimé vous emmener, inventa Richard. Il m'a dit combien vous lui manquiez, quand il voyage. Vous êtes sûre que vous ne voulez plus de viande ?

– Servez-vous, je vous en prie, répondit-elle en hochant négativement la tête. Mais non, il ne pense jamais à moi. Je le sais parfaitement. Il pourrait partir le matin en me laissant agoniser sur le plancher. Et dans la journée, si par hasard quelqu'un lui demandait comment je me porte, il répondrait : “ Elle est en pleine forme, merci. ” Et puis, au cas où il se souviendrait, il ajouterait : “ En fait, non, elle est morte. ” »

Richard, qui se coupait une autre tranche de viande, éclata de rire. Il était très soulagé que la conversation ait pris un tour plus léger.

Mrs. Secretan avait mal partout : un jour quelque part, le lendemain ailleurs. Elle n'avait pas trouvé le courage d'aller consulter son médecin, et l'évitait soigneusement, lui tournant le dos au cours des petites réceptions du village, traversant rapidement la cour de l'église après le service du matin s'il y assistait. Lors d'un mariage, il l'avait coincée, une assiette de canapés à la main, et lui avait demandé (avec un regard perçant, selon elle) comment elle se portait. Il avait compris au premier coup d'œil, songea-t-elle. *Envahie par le cancer*. Tandis qu'elle prenait un canapé, il l'examina d'un regard clinique, puis s'arrêta pour ramasser le morceau de saumon fumé qu'elle avait laissé choir.

« Je vais très bien, avait répondu Mrs. Secretan d'un ton assuré. Et vous-même? Gertrude? »

Une question de pure politesse, s'était-elle dit ensuite. Il s'attendait à une réponse joyeuse ou neutre, semblable à celle qu'il lui avait faite même si, comme Mrs. Secretan le savait fort bien, Gertrude souffrait affreusement de ses rhumatismes. Ils étaient invités à un mariage, après tout, et personne n'était censé dresser le catalogue de ses petites misères.

Dernièrement, une douleur au creux des reins s'était ajoutée à ses autres maux. C'était déprimant et débilitant, mais elle n'en parla pas à Miss Folley, de peur de rendre sa souffrance encore plus réelle en la mentionnant. Mrs. Secretan aimait à s'imaginer que toutes ses douleurs se révéleraient d'origine psychosomatique; mais elle ne se laissait aller à ces séduisantes rêveries que les jours où elle se portait mieux.

À présent, la moindre activité l'épuisait et la démoralisait – même se rendre à la boîte aux lettres toute proche, ou couper une branche de forsythia; coudre lui donnait vite des crampes. De plus, le temps s'était mis de la partie : presque toute la journée, et quotidiennement, une pluie terne tombait obstinément sur les sapins sombres du jardin.

Sa vie entière allait de travers, et s'amenuisait. À l'image d'une réception qui aurait bien débuté, puis deviendrait soudain interminable et ennuyeuse. Non, plus redoutable que n'importe quelle réception : un épuisement dépassant ce qu'on pourrait supporter en une nuit, une accumulation d'anxiété et de fréquents moments de panique.

Seul son bain lui apportait un relatif soulagement. Elle cessa de se baigner le matin, préférant garder ce moment apaisant pour plus tard, quand elle se sentait fatiguée, énervée et au plus bas. Vers six heures, au début; et ensuite plus tôt, de plus en plus tôt. Apaisée et détendue, hors d'atteinte de Miss Folley, elle restait allongée dans l'eau, somnolait un peu, douleurs et souffrances atténuées, ayant l'impression d'être plus légère, lavée, amollie; elle finissait par se sécher et s'habiller pour descendre en souhaitant, contre tout espoir, que Miss Folley serait en panne d'imagination ce soir-là. Le stock de lettres d'amour ne fondait pas. Il devait y en avoir un bon kilo à présent.

Pas question de monter avant cinq heures, décida Mrs. Secretan avec cette même rigueur qui lui interdisait de prendre un verre de sherry avant sept heures. La salle de bains commençait à être liée à un sentiment de culpabilité. Mais les après-midi étaient si longs, si sombres. Le moins pénible de tous était celui où elle s'installait devant son secrétaire, près de la fenêtre de sa chambre, pour écrire à Flora. Son stylo à la main, elle contemplait de temps à autre la Tamise couleur de boue au-delà des arbres, la pelouse verte et mouillée, et les colombes de Flora sautillant sur le gravier, avec leurs pattes roses qui semblaient surgelées. Un étourneau décapitait des crocus et, ouvrant la fenêtre, elle tapa dans ses mains pour le chasser. Moi qui les ai si bien traités, songea-t-elle : elle leur avait donné de la graisse de bœuf tout l'hiver.

« Ces oiseaux sont des ingrats », déclara-t-elle à Miss Folley qui, après avoir frappé, passait la tête dans l'encadrement de la porte. Elle entra dans la chambre, une lettre à la main.

« C'est une invitation chez le docteur Wilson, dit-elle. Une grande réception, d'après le facteur. »

Le seul nom du Dr. Wilson paraissait à présent presque aussi redoutable à Mrs. Secretan que les noms des maladies.

Miss Folley traînaillait, feignant de regarder par la fenêtre, et Mrs. Secretan, après avoir décacheté l'invitation, posa soigneusement l'enveloppe sur la lettre qu'elle venait d'écrire. Elle savait que Miss Folley avait le regard fureteur et s'identifiait à elle au point d'estimer normal de lire sa correspondance.

Je n'irai pas, décida Mrs. Secretan. C'est hors de question. Je trouverai une excuse. Je prétendrai que je suis malade. Non, impossible de dire ça. N'importe quoi d'autre.

Elle remit la carte dans l'enveloppe et resta assise, les mains posées sur la lettre de Flora, attendant que Miss Folley quitte la pièce.

« Cette pluie ! » s'exclama Miss Folley avec un soupir.

Le temps s'était beaucoup détérioré depuis le départ de Flora.

« Consternant, confirma Mrs. Secretan. Et la Tamise commence à monter. » Elle voyait la surface du fleuve criblée de gouttes de pluie, et les amas de brindilles chargés d'écume qui y flottaient. « Elle était si claire quand j'étais enfant, un vert olive transparent, et ça sentait si bon. »

Tout ce qui l'entourait allait de mal en pis – non seulement la Tamise polluée, mais aussi les affreux réverbères de ciment qui avaient remplacé les becs de gaz victoriens dans les rues du village, le nouveau supermarché criard, les logements sociaux derrière l'église et l'immeuble collectif planté là où s'élevait naguère la villa de sa vieille amie lady Britherhood. Ce n'était plus un village; c'était une banlieue bruyante et surpeuplée. Il fallait bien loger les gens. Elle ajoutait toujours cette phrase, à contrecœur, quand elle se mettait à ronchonner sur l'état actuel des choses. Mais pourquoi les loger ici? Pourquoi ne partaient-ils pas en Écosse, où elle avait entendu dire qu'on trouvait des cottages vides, à l'abandon? Ou dans les îles Orcades, par exemple, qui souffraient d'une sérieuse dépopulation? Et puis les gens avaient bien trop d'enfants. Le monde se démultipliait dangereusement. On aurait dû créer une loi limitant la procréation : interdiction à toute personne de se reproduire plus d'une fois. Les couples sans enfant ou non mariés pourraient céder leur quota à ceux en mal de progéniture. Peut-être même le leur vendre. Il y a des problèmes, songeait-elle pensivement en regardant par la fenêtre; mais aucun – elle en était persuadée – qui ne puisse être résolu.

Miss Folley ne partait pas. Elle regardait maintenant un petit tableau suspendu au-dessus de la commode, le contemplant comme si elle le voyait pour la première fois.

« J'aime beaucoup ça, déclara-t-elle, même si c'est tellement moderne, presque futuriste. »

C'était un paysage *pointilliste* * qui datait de la fin

* En français dans le texte.

du siècle dernier. L'époux de Mrs. Secretan l'avait acheté bien des années auparavant : un bon placement, avait-il estimé à l'époque.

« Cette terre rouge me rappelle le Devon », commenta Miss Folley, mains croisées, tête penchée en arrière, yeux plissés. (Le tableau était intitulé *Champ de coquelicots.*) « C'est l'une de mes régions favorites. La vallée de la Tamise y ressemble, notez bien. »

Qu'elle s'en aille! pensait Mrs. Secretan, qui avait momentanément fermé les yeux mais gardait les mains posées sur la lettre.

« C'est fait en quoi?

– Fait en quoi? » répéta Mrs. Secretan, perplexe.

« Oui... » Miss Folley désigna le tableau d'un geste vague, incapable de trouver d'autres mots.

« À l'huile, répondit Mrs. Secretan. C'est une peinture à l'huile. » Elle profita du moment où Miss Folley lui tournait le dos pour presser les poings contre ses reins douloureux.

« C'est vraiment bien. J'ai toujours cru que c'était de la tapisserie. »

Mrs. Secretan garda un long silence, comme si ses pensées l'entraînaient loin, très loin de tout cela, et, après un dernier coup d'œil aux mains qui dissimulaient la lettre, Miss Folley s'en alla enfin.

Mrs. Secretan reprit immédiatement son stylo. Elle se remit à écrire, un sourire aux lèvres : « Je sais bien que c'est mal de se moquer des gens simples, mais il m'arrive souvent de me demander ce que Miss F. va encore sortir. » Pour l'heure, elle lui portait néanmoins une certaine reconnaissance car il n'était pas toujours facile de savoir que raconter à Flora.

Elle acheva sa lettre et, impulsivement, ajouta un post-scriptum : « Je serai à Londres le 27 pour une visite chez le dentiste (hélas!!). Puis-je passer te voir en fin d'après-midi, début de soirée? »

Elle cacheta l'enveloppe et décrocha le récepteur de sa table de chevet pour téléphoner à son dentiste. La réception du Dr. Wilson avait lieu le 27.

Lorsqu'elle gagna le rez-de-chaussée, Miss Folley s'attarda dans l'entrée, feignant d'arroser une plante.

« J'ai des lettres à poster, moi aussi, dit-elle. J'irai dès qu'il pleuvra moins. » Elle tendit la main en direction de l'enveloppe.

« Rien ne presse, affirma Mrs. Secretan. D'ailleurs, je n'ai pas de timbre.

– Moi, si. »

Impossible d'éviter de lui tendre l'enveloppe et d'aller chercher de la monnaie.

« Ce n'était pas la peine », affirma Miss Folley lorsque Mrs. Secretan lui apporta l'argent.

La pluie ne cessa pas avant l'heure du thé. Mrs. Secretan monta prendre son bain et, lorsqu'elle redescendit, Miss Folley était sortie. Il ne tombait plus qu'un léger crachin auquel se mêlaient les gouttes d'eau des feuillages sous le vent.

Dans la cuisine, les vitres des fenêtres étaient couvertes de buée. Une bouilloire fumait sur la cuisinière.

Je commence à avoir des soupçons, se dit Mrs. Secretan. Elle ouvrit une fenêtre et s'assit sur une chaise, soudain troublée et contrariée. Un déconcertant sentiment de gêne l'envahit, même si elle se répétait que la plus gênée des deux aurait dû être Miss Folley – pour autant qu'il y eût des raisons d'être gênée.

Mon Dieu ! songea-t-elle en se remémorant des mots, des phrases entières. *C'est mal de se moquer des gens simples*. Ne l'avait-elle pas écrit ? C'était mal, en effet, et elle l'avait pourtant fait. Moi qui bénéficie de tout ce qu'on appelle les privilèges, se reprocha-t-elle sévèrement.

Elle referma la fenêtre et partit s'installer au salon,

ne sachant trop comment affronter Miss Folley à son retour. La cohabitation n'est désormais plus possible, se disait-elle, avec entre elles deux cet incident embarrassant et dont on ne pouvait parler. Ou alors – au mieux – Mrs. Secretan devrait accorder à Miss Folley le bénéfice du doute, ce qui ne serait pas facile, et elle se demanderait toujours si...

À sept heures moins vingt, Mrs. Secretan transgressa l'un de ses principes et se servit un verre de xérès afin de se calmer les nerfs.

Miss Folley mettait un temps fou à rentrer. Elle fait peut-être une promenade pour dissiper sa colère, se disait Mrs. Secretan; ou pour être en mesure d'afficher un air innocent et nonchalant.

De toute façon, qui écoute aux portes entend toujours plus qu'il ne voudrait, et c'est la même chose, se répétait Mrs. Secretan, presque à haute voix : ses lèvres remuaient. Un demi-verre de xérès l'avait rendue arrogante. Elle releva le menton, regardant de haut ce qui l'entourait. Deux taches roses marbraient ses joues pâles.

Toute bravade la quitta lorsqu'elle vit Miss Folley remonter lentement l'allée, tête courbée, une écharpe sur les cheveux pour se protéger de la bruine.

Si elle a pleuré, je ne le supporterai pas, se disait Mrs. Secretan. Qu'ai-je fait ? se demandait-elle. Ce que tout le monde fait un jour ou l'autre, rien de plus, raisonna-t-elle. C'était Miss Folley qui avait fait ce que personne ne fait – ou n'ose faire.

Elinor se sentait seule en East Anglia. À présent, elle avait promené sa solitude dans toute l'Angleterre. Ici, dans le Norfolk, les nuages imposants au sombre reflet sur l'eau, le paysage austère et les maigres bosquets noirs ressemblaient tant aux aquarelles de John Sell Cotman et aux tableaux de John Crome qu'elle commençait à les aimer.

Se trouver là, malgré le mauvais temps, constituait un changement, un acte bien plus positif que de rester enfermé chez soi. Elle ne cessa de se le répéter durant les brèves excursions qu'elle effectua sous le vent et la pluie, en s'efforçant de regarder à travers les vitres embuées et marbrées d'éclaboussures des autocars qui parcouraient l'intérieur du comté.

La plupart du temps, en fin d'après-midi, le ciel s'éclairait et un pâle soleil faisait une brève apparition. Elle en profitait pour se promener sur l'esplanade en contemplant la plage en contrebas – aux tons brun, gris et beige, mouillée et luisante, ridée comme une nageoire de raie – et l'étain foncé de la mer du Nord. Les hôtels, en surplomb, dressaient dans l'ombre leurs façades de briques rouges.

Et maintenant, que faire? se demandait-elle avant de regagner l'un de ces hôtels dès que le soleil se cachait.

Dans le salon, des vieilles dames à lunettes, drapées dans leurs châles, lisaient *The Illustrated London News* ou tricotaient. Toutes convoitaient et guettaient la place devant le petit secrétaire.

Dans la salle à manger, elles disposaient sur leur table leurs propres paquets de céréales et d'aliments diététiques : *Bemax*, *All-Bran* et biscuits vitaminés. Leurs journées s'écoulaient sans grande agitation, mais semblaient exemptes du désespoir qui s'accumulait en Elinor durant ses longues promenades, ses visites solitaires dans les pubs, ses moments passés assise sur le lit, se demandant au fil des heures : et maintenant, que faire?

Mieux valait rentrer à Londres. Richard avait raison. En Angleterre, cette époque de l'année n'était pas propice à la villégiature. Ce qu'elle en avait espéré? Elle l'ignorait. Certains jours, elle n'adressait la parole qu'aux serveuses ou aux chauffeurs de car. Pour les vieilles dames de l'hôtel, elle représentait un sujet de conjectures : elles la regardaient pensivement pardessus leurs lunettes lorsqu'elle quittait la salle à manger. Après avoir avalé rapidement son repas, un livre ouvert sur sa table dont elle ne levait pratiquement pas le nez, elle était toujours parmi les premières à s'éclipser.

Au bout de quelques jours, elle se sentit à bout de forces ; avant de rentrer, elle envoya une carte postale. « Vous aviez raison, terriblement raison. C'est vraiment trop sinistre », écrivit-elle. Mais elle l'adressa à Richard *et* à Flora.

Flora montra la carte à Ba. Elle a l'air contente de l'avoir reçue, se dit Ba, aussi inquiète que lorsqu'elle avait appris que Richard rendait visite à Elinor. Durant le séjour de Flora à la clinique, il n'avait consacré qu'une seule soirée à son père. Je vois les Pringle, répondait-il quand on l'invitait – ce qui n'était pas un mensonge délibéré, avait pensé Ba. Voir « les Pringle » signifiait peut-être aller *chez* les Pringle, même si Ba savait que Geoffrey se trouvait alors à l'étranger.

Elle rendit la carte postale à Flora, en songeant qu'une épouse délaissée représente le plus grand des dangers. Elle berçait le bébé. Flora était une hôtesse pleine d'attentions. Elle ne manquait jamais d'aller chercher Alice quand Ba ou Meg venaient, avec la générosité un peu gauche d'une gentille enfant qui consent à prêter sa poupée.

Miss Folley se trahit par ses bouderies. Elle était incapable de se comporter autrement. Les mots dont elle se souvenait corrodaient sa fierté comme des gouttes d'acide. Des phrases lui revenaient sans cesse à la mémoire : *Miss Folley, aussi folle que son nom l'indique.* Car Mrs. Secretan possédait une verdeur d'expression, orale et écrite, qui plongeait parfois sa fille dans la perplexité ; Flora réglait la question en se reprochant d'avoir mal interprété les paroles de sa mère.

Une gêne profonde et une attitude circonspecte se développèrent entre Mrs. Secretan et Miss Folley. Elles évitaient d'échanger des regards, prenaient la tangente et appréciaient toujours la présence d'un tiers. Il leur était impossible de formuler ce qui les préoccupait. Mrs. Secretan se creusait la cervelle pour retrouver ce qu'elle avait exactement écrit dans sa lettre et, plus elle s'en souvenait, plus sa confusion augmentait. Miss Folley n'était pas en mesure d'afficher une amabilité de commande. Elle était choquée, ulcérée, et le laissait paraître. Il lui fallait revoir toutes ses vieilles théories concernant sa patronne et leur relation. Mais elle ne se sentait aucunement responsable.

Parfois, un bref mouvement d'optimisme perturbait Mrs. Secretan. Miss Folley ne serait pas restée si elle avait réellement lu la lettre, se disait-elle. Mais alors, comment expliquer ce visage lugubre, ces silences pesants, ces regards fuyants? Et Miss Folley ne lui imposait plus ses fameuses lettres d'amour. Aussi bizarres qu'aient été ces moments, ils semblaient préférables aux soirées actuelles. Miss Folley trouvait désormais de quoi s'occuper dans sa cuisine. Avec un air de martyre, elle préparait de la sauce épicée aux fruits, ou de la crème de citron, et plus de confitures qu'elles ne pourraient en consommer pendant toute une vie de petits déjeuners, constatait Mrs. Secretan.

Elle comptait les jours qui la séparaient de son rendez-vous chez le dentiste. Ce serait une agréable diversion et elle se réjouissait d'aller ensuite prendre le thé chez Flora. Elle se remit à coudre. La robe de batiste qu'elle confectionnait pour sa petite-fille était bordée de véritable dentelle; Mrs. Secretan n'aimait pas la dentelle à la machine, et rien n'était trop beau pour Alice. Puisqu'elle était dotée d'un physique désavantageux, pauvre petite chose bizarre si peu semblable à Flora, il fallait soigner particulièrement ses vêtements.

« J'ai bien peur qu'il ne reste plus de safran », déclara Miss Folley quelques jours plus tard, pendant le déjeuner, du ton de quelqu'un qui n'a plus peur de rien. Elle posa le plat de riz devant Mrs. Secretan et recula rapidement. « Vous pourriez peut-être en acheter à Londres, quand vous irez chez le dentiste. On n'en trouve jamais ici. »

Mrs. Secretan, qui commençait à se servir, s'empourpra brusquement. Ce détail était également dans ma lettre, songea-t-elle. Elle n'avait jamais mentionné le rendez-vous à Londres. Voilà qui règle tout, songea-t-elle, c'est définitif. Mais elle souhaitait ardemment qu'il n'en soit rien.

Elle représentait tout ce que Miss Folley possédait et, par des interventions déplacées, elle avait détruit sa propre image. Jamais, quels que soient les moyens utilisés, elle ne parviendrait à la restaurer.

Je la coucherai sur mon testament, décida-t-elle. Je lui laisserai une jolie somme, et aussi cette montre de gousset qu'elle admire tant. Elle comprendra ainsi qu'en dépit de mes moqueries, je lui étais reconnaissante.

À présent, tous les biens de Mrs. Secretan lui semblaient destinés à un sort différent après sa mort. Elle répartissait mentalement ses divers bijoux entre ses amies et sa famille – les diamants iraient à Flora, naturellement –, mais elle possédait des pièces de moindre valeur, des perles et des grenats, qui feraient un plaisir inattendu à d'autres, par exemple la pauvre Meg Driscoll.

Humblement, elle promit de rapporter du safran, et Miss Folley, qui avait abandonné sa vieille habitude de s'attarder auprès d'elle, sortit aussitôt en refermant la porte doucement, très doucement. Comme elle ignorait tout de la montre de gousset, elle continuait à bouder.

12

Flora ne voyait plus beaucoup Kit. Il avait cessé de venir prendre le thé. Depuis qu'il était représentant chez un éditeur, ses journées s'étaient considérablement allongées. Il effectuait son travail avec un mélange d'ennui et de soulagement, et ne pensait presque plus à devenir acteur, même lorsque la pièce de Geoffrey Pringle fut montée (sans la participation de l'auteur) puis, peu de temps après, retirée de l'affiche.

Le printemps arriva, et Flora coulait des jours heureux. Le bébé grandissait. Ses parents s'extasiaient devant sa frimousse de lutin malicieux et brun, qui consternait plutôt leur entourage. Avec une telle beauté dans la famille! disait-on derrière leur dos.

À son habitude, Flora se souciait principalement des ennuis d'autrui; infatigable, elle en faisait une affaire personnelle, et si elle s'emportait devant l'attitude de la plupart des autres personnes, celle de Patrick Barlow avait le don de l'indigner. Car Meg, l'air triste et souvent mal fagotée, prenait avec l'âge quelques traits de vieille fille. L'essentiel de son charme d'antan avait succombé au fait que Patrick, lui, n'y avait pas succombé. Une sorte d'égoïsme, estimait Flora, le rendait obstiné. Depuis Noël, il emmenait Meg tous les vendredis soir voir des ballets ou des films en version originale, sans jamais modifier le jour ou la fréquence de ces sorties. Quand d'aventure le vendredi s'avérait impossible – si Meg avait la malchance d'être enrhumée –, Patrick ne proposait jamais un autre soir.

Il passait parfois chez Flora en fin d'après-midi. Après de longues heures devant son bureau, son dos et ses épaules étaient douloureusement tendus; il avait envie de se dégourdir les jambes, un verre à la main, mais pas seul dans la pièce. Flora semblait toujours contente de le voir.

« Inutile de téléphoner d'abord, dit-elle, je suis généralement disponible à cette heure-là. Alice est au lit et Richard pas encore rentré.

– Je téléphonerai quand même, répondit Patrick. Ça ne vous dérange pas que je marche un peu? Je me sens un peu raide.

– Mais pas du tout, voyons. »

Flora déplaça un petit fauteuil afin qu'il ait plus d'espace.

« Pour ma part, je déteste que les gens me tombent dessus à l'improviste, reprit-il d'un ton aigre. D'autant qu'il n'est pas toujours facile de dissimuler ses réactions. À quoi sert le téléphone, sinon à permettre de dire oui ou non? D'ailleurs, les personnes que l'on supporterait de voir débarquer sans prévenir sont précisément celles qui ne se conduisent jamais ainsi. Dans l'un des romans de Robert Liddell, un personnage dit qu'il n'imagine pas Bernard Shaw ou Virginia Woolf sonner à une porte et repartir bredouilles. Moi, je ne réponds même pas. » (Il avait appris à reconnaître les grandes enjambées de Frankie dans l'escalier et son coup de sonnette appuyé, mais parfois il lui arrivait aussi de se tromper.)

« Je suis toujours ravie quand quelqu'un vient, affirma Flora. Mais, dites-moi, Bernard Shaw est mort, non? »

Patrick acquiesça.

« Le ballet vous a plu, vendredi? demanda-t-elle.

– Oui. Oui, c'était très bien, très allègre.

– Meg a apprécié aussi ?

– Encore plus que moi, je crois. Elle connaît ça en détail, vous savez, le nom des figures qu'ils exécutent, tout ça.

– Nous suivions des cours de danse, en classe, expliqua Flora. J'étais plutôt lente et un peu lourde, mais maman préférait me voir danser que monter trop souvent à cheval – même si j'aimais beaucoup plus l'équitation. J'avais un gros poney du nom de Silver... et des cochons d'Inde... et puis mes merveilleuses colombes. Je les retrouvais tous pendant les vacances, les grandes vacances. Meg venait chaque été, et nous partions pique-niquer au bord de l'eau. Le temps était toujours superbe à cette époque. Je suppose qu'on oublie délibérément les moucherons et les moustiques. »

Les innocents plaisirs champêtres d'un univers de toile de Jouy, songea-t-il, remuant presque les lèvres tandis qu'il déambulait dans la pièce. Il imaginait les jeunes filles habillées en bergères, l'une poussant une balançoire sur laquelle l'autre s'envolait vers le ciel, rubans au vent. Un monde très différent de celui d'aujourd'hui, avec un climat différent.

« Pauvre Meg », murmura Flora en soupirant.

Patrick ne répondit pas.

« Tout a basculé pour elle à la mort de sa mère. Si peu d'argent, et Kit obligé de prendre des emplois qui ne lui conviennent pas.

– Kit est enfin raisonnable, lança Patrick d'un ton sec.

– C'est affreux de le voir gâcher son talent ! Et c'est un travail sans avenir.

– Pas nécessairement, s'il s'accroche ; de toute façon, il n'avait pas non plus d'avenir avant, à part devenir cinglé à force d'être seul et de n'avoir rien à faire.

– Il n'était pas seul. Il savait bien qu'il pouvait toujours venir ici.

– On ne construit pas vraiment une carrière en prenant le thé chez des femmes mariées. »

Flora parut perplexe et blessée.

« Que je sois ou non mariée n'a rien à voir, dit-elle doucement.

– Non », admit Patrick, qui le répéta une seconde fois d'un ton ferme. « Non. En tout cas, Meg est soulagée depuis qu'il a réagi.

– Elle n'a pas l'air plus heureuse pour autant », répliqua Flora. Elle lui lança un timide regard de reproche, puis détourna les yeux.

« Flora... » murmura Patrick. Puis, posant son verre vide, il ajouta d'un ton différent : « Je dois partir. »

Patrick ne restait jamais bien longtemps, ce que Richard, quant à lui, appréciait. Il n'aimait pas trouver la maison pleine de monde, selon son expression, lorsqu'il rentrait fatigué du bureau.

« Ne me raccompagnez pas », dit Patrick. Il s'arrêta pour embrasser Flora sur la joue, la regarda un instant et murmura : « La compassion, c'est bien, mais la raison c'est mieux, vous savez. »

La voix ténue de la raison, songeait-il en dévalant les marches du perron.

Comme Percy ne daignait pas consentir aux voyages à l'étranger, Ba partit seule pour la France passer une semaine chez des parents. Percy n'aimait pas non plus la famille des autres. Il conduisit Ba à l'aéroport dans sa grosse voiture sombre qui, disait Richard, aurait dû arborer toute l'année sur son capot le coquelicot des mutilés de guerre du 11 novembre.

C'était trop émouvant, se dire au revoir. Percy

décida qu'il ne le ferait plus jamais. Et Ba, qui attendait qu'on appelle son numéro de vol, eut soudain les larmes aux yeux et se sentit coupable. Percy restait tellement sur son quant-à-soi qu'elle trouvait cela insupportable. Elle se tamponna les yeux de son mouchoir, puis le rangea dans son sac à main dont le fermoir émit un bruit sec et luxueux.

« N'attends pas, chéri, dit-elle. Rentre vite. Prends soin de toi et n'oublie pas le ragoût que je t'ai laissé dans le frigo. Si Flora t'invite, tu pourras encore le manger demain.

– Je n'irai pas chez Flora. Je préfère rester chez moi, merci. J'y ai déjà vécu seul, répondit-il, irrité. Et je n'aime pas la façon dont les autres cuisinent. » Il était sidéré qu'elle puisse l'abandonner ainsi. « Je vais faire un peu de piano. Il y a longtemps que je n'ai pas eu la maison pour moi seul.

– Oui, bonne idée, murmura-t-elle d'un ton apaisant, nullement blessée.

– Tu es sûre d'avoir assez d'argent ? »

Déjà atroce d'être à l'étranger, estimait-il, mais s'il faut en plus dépenser au compte-gouttes leur monnaie barbare ! C'était un cauchemar qu'il ne souhaitait à personne, pas même à Ba pour la punir.

Le bâtiment de l'aéroport lui donnait l'impression que le monde entier partait en voyage, les mots *Départ* et *Arrivée* résonnant de façon menaçante à ses oreilles. On avait presque l'impression que rester dans son propre pays constituait une excentricité. Il n'aimait pas cela. Il acheta quelques revues pour Ba, s'efforçant de lui pardonner, de peur de ne plus la revoir. Comme il ne voulait pas que ces derniers instants donnent lieu à des souvenirs amers, il préféra partir. Il l'embrassa, lui rappela en bougonnant de vérifier l'hygiène des toilettes étrangères et s'éloigna tristement, d'un pas lent qui, espérait-il, exprimait à la fois son courage et la douleur qu'il éprouvait.

Ba le regardait, se demandant combien de temps il mettrait à récupérer. Elle ressentait l'optimisme de commande des parents qui conduisent pour la première fois leurs enfants en pension. (*Ils s'habituent en un rien de temps. C'est bien connu.*)

Tandis qu'il rentrait à Londres, sa voiture remplie de fumée de cigare, Percy se sentit peu à peu de meilleure humeur et il décida d'aller enquiquiner Richard à l'usine. Il dérangea son fils aussi longtemps qu'il le put, donnant libre cours à ses critiques, puis se demanda comment s'occuper. Ordinairement, il rentrait se plaindre et déverser de sombres pronostics aux oreilles de Ba. Mais, ce jour-là, seule Flora pouvait tenir ce rôle. Il roula en direction de St. John's Woods, se disant qu'elle l'inviterait probablement à dîner.

Mrs. Lodge vint lui ouvrir. Il n'était que cinq heures et demie, mais un délicieux fumet de viande rôtie s'échappait de la cuisine en sous-sol. Sans doute un énorme gigot, pour être déjà au four, se dit-il. J'aurai largement de quoi manger; pourvu qu'ils n'aient pas du monde à dîner. Ils ne se refusent rien, conclut-il distraitement en ôtant son pardessus pour le tendre à Mrs. Lodge, qui vacilla presque sous le poids.

Patrick Barlow se leva lorsque Percy entra dans le salon. Encore là, celui-là ! constata-t-il en se demandant pourquoi Richard n'y mettait pas bon ordre. Flora était assise sur le canapé, Alice sur ses genoux, et changeait le bébé.

Seigneur ! pensa Percy.

Flora enferma dans sa main les deux petons et souleva le petit derrière rouge, le détachant des couches souillées.

« Quel plaisir de voir grand-papa ! Asseyez-vous, cher Percy. Là où vous vous sentirez le plus à l'aise.

– Je viens de passer voir Richard », dit Percy en s'installant dans un fauteuil près de la cheminée, évitant soigneusement de regarder le bébé. La changer dans le salon, se disait-il. Et en public!

Flora poussa un soupir dans sa tête – c'était le seul espace où elle pouvait se permettre de soupirer. Elle redoutait les visites de Percy à l'usine, ou plutôt redoutait leurs conséquences. Elle commença à talquer Alice. Ensuite, elle lui mit une couche propre et la tendit à son grand-père. Puis elle sortit avec le linge sale, laissant Percy avec Patrick. Une longue coulée de salive s'échappa de la bouche du bébé et se colla sur l'épaule de Percy. La tête d'Alice dodelinait maladroitement sur son cou fragile. Percy craignait qu'elle ne s'endorme. Un peu de talc se déposa sur sa manche. Comme il la tenait de ses deux mains, il ne pouvait se protéger. Il gardait la tête en arrière, rigide, aussi loin d'elle que possible, mais le visage du bébé s'approchait de plus en plus et, après un mouvement saccadé, lui tomba brusquement dessus, la bouche ouverte et baveuse se pressant contre le menton de Percy.

« Voulez-vous que je la prenne, monsieur? » proposa Patrick.

Malgré son soulagement, Percy n'apprécia pas le « monsieur ». Il a à peine une douzaine d'années de moins que moi, songea-t-il avec irritation (en se trompant lourdement dans son estimation), tandis qu'il se brossait et s'essuyait. Et il lui reste déjà moins de cheveux. Sera complètement chauve à mon âge. Il travaille trop du ciboulot. L'herbe ne pousse pas sur les routes trop fréquentées, comme on dit. Les hommes d'action ont généralement des chevelures fournies.

Patrick allait et venait dans le salon, le bébé contre sa poitrine. Il ne cessait de poser ses lèvres sur la joue douce, et de respirer cette odeur légèrement aigre, aux relents de talc. La bouche d'Alice explorait en vain le visage et le cou de Patrick. Elle avait faim et se mit à pleurer.

« Les jours rallongent, déclara Percy.

– Oui, ce n'est pas trop tôt », répondit Patrick d'un ton prudent, en se demandant si la remarque du vieil homme ne constituait pas un commentaire sarcastique sur son propre silence, sa façon de s'occuper du bébé.

« Comment va Richard? demanda-t-il.

– Richard se fait trop de bile. » Il n'en dit pas davantage, préférant attendre le retour de Flora pour ajouter d'autres remarques sur son fils.

« Et comment se porte votre épouse? persévéra Patrick.

– Bien. Très bien. Partie en France. »

Un sujet qui pouvait également attendre le retour de Flora. Elle prenait son temps. Elle a dû aller prévenir Mrs. Lodge, songeait-il lorsqu'elle revint enfin et lui proposa de rester dîner.

« Nous n'aurons que des côtelettes », précisa-t-elle d'un ton d'excuse.

Patrick, qui avait également senti l'odeur du rôti en arrivant, fut lui aussi surpris. Mais pas aussi déçu que Percy, car il ne comptait pas dîner là. À part le vendredi, quand Frankie emmenait sa mère au cinéma, il sortait rarement le soir. Ils ont l'intention de garder le rôti pour le manger froid demain? se demanda-t-il. Percy demeura quelques instants abasourdi, et c'est d'une voix lugubre qu'il reprit la parole.

« Merci, ma chère, j'accepte volontiers. Je viens d'accompagner cette pauvre Ba à l'aéroport. Ma femme est partie et m'a abandonné », ajouta-t-il en tournant son corps massif vers Patrick qui poursuivait ses allées et venues, le bébé dans les bras.

« Seulement pour une semaine, précisa Flora.

– C'est le fait d'être mariés, déclara-t-il d'un air accusateur. Elle ne m'a jamais quitté avant. Nous partions toujours en vacances ensemble, à l'époque. Et elle se contentait de Brighton ou de Torquay, des endroits où on trouve au moins un petit verre de whisky à un prix raisonnable. Si elle avait envie d'aller à l'étranger, elle ne m'en a jamais rien dit.

– Elle sera bientôt de retour, affirma Flora pour le consoler.

– Qu'est devenue cette vieille photo de moi devant l'usine? Elle a disparu du bureau de Richard.

– Je ne m'en souviens pas.

– J'étais dehors, devant l'usine, répéta-t-il. Ça date de l'époque des débuts.

– Je ne crois pas l'avoir vue.

– Mais bien sûr que si! Elle était accrochée audessus du meuble de classement.

– Navrée, cher Percy, je ne m'en souviens pas. Demandez à Richard. »

Il s'en était abstenu par fierté, et seule son irritation croissante lui permettait à présent d'aborder la question. En outre, il était blessé. Richard était probablement trop snob pour permettre à ses employés de constater combien l'usine avait été modeste à l'origine, ou n'avait pas envie qu'ils voient son père se pavaner, une casquette sur la tête, devant l'entreprise qui portait son nom.

« Je crois que je ne vais pas rester dîner, finalement, dit-il. Je suis toujours très énervé le soir, à présent.

– Quel dommage; mais faites comme vous voudrez, naturellement », répliqua Flora du ton apaisant que Patrick admirait. « Je sais que Richard sera déçu, mais je comprends très bien.

– Je passais des soirées très agréables, avant, reprit Percy. On dirait que je n'arrive pas à m'adapter. »

Il se hissa lourdement hors de son fauteuil.

« Je dois partir aussi », dit Patrick en déposant délicatement Alice dans les bras de Flora.

Si j'avais su qu'il s'en allait, celui-là, je serais peut-être resté, songea Percy. Trop tard pour changer d'avis. Il esquissa une vague caresse sur la tête du bébé, qui se remit à pleurer. Les coins de sa bouche s'affaissèrent, son visage s'assombrit et un vagissement de colère retentit.

« Déjà sa petite personnalité, hein ? murmura Percy.

– Je vais lui donner son lait et la coucher », déclara Flora.

Elle les raccompagna dans l'entrée, leur dit au revoir, puis monta Alice dans la nursery, où Mrs. Lodge avait allumé le radiateur à gaz. Flora s'assit dans le vieux fauteuil à bascule – celui de sa mère – et déboutonna son corsage. Alice pressa son visage mouillé de larmes contre elle et les pleurs cessèrent ; mais, malgré ses lèvres voracement rivées au sein de sa mère, elle émettait toujours de menus bruits de hoquet, un écho de sanglots, comme si son ressentiment persistait.

La pièce, au dernier étage, était silencieuse ; on n'entendait que les bruits de succion du bébé et le chuintement du radiateur à gaz. Adossée à son fauteuil, Flora pensait à Percy, un sourire amusé aux lèvres.

L'appartement de Percy, lorsqu'il y pénétra, semblait aussi déserté que s'il s'en était absenté des jours durant. Un robinet gouttait mélancoliquement dans la cuisine, et lorsqu'il ouvrit la porte du salon, la soudaine arrivée d'air provoqua l'effondrement de l'un des gros chrysanthèmes hérissés de Ba ; sa masse de pétales glissa doucement sur le sol.

« Elles font un travail insoupçonné, les fleurs », déclara Percy à haute voix en contournant les pétales pour s'approcher du poste de télévision. Il s'installa et attendit que l'image apparaisse, les mains croisées sur le ventre, une expression patiente sur le visage. Le chat assommant que Flora lui avait donné vint se frotter contre ses jambes, mais il le repoussa. Percy était prêt à critiquer. Succédant au son, l'image surgit brusquement du néant. Un jeu de questions et réponses. Deux rangées de concurrents se faisaient face, et un présentateur pontifiant comme un maître d'école les interrogeait. Quand il connaissait les réponses, Percy les lançait à voix haute, rapidement ; lorsqu'il les ignorait, il feignait (comme s'il n'était pas seul) de n'avoir pas bien entendu, se mouchait pour éviter de répondre, ou allait se servir un whisky.

Il apostrophait également le meneur de jeu, de façon plutôt grossière, et l'accusait de commettre des erreurs. Comme tant d'autres choses à présent, le présentateur l'irritait. « Articule, pauvre abruti. Quoi? Mais tu n'as jamais dit ça! Le premier imbécile venu s'en rendrait compte. À la semaine prochaine, c'est ça, mais sans moi! J'en ai soupé de ton émission idiote. »

Il se leva pour remplir son verre et allumer un cigare. Une affreuse musique retentit – « une insupportable cacophonie »! s'écria-t-il, furieux, comme s'il parlait à quelqu'un – et trois jeunes gens en pantalons collants se pressèrent autour d'un micro, prenant des poses, chantant un tas d'inepties dans le seul but d'énerver Percy, contraint de se lever à nouveau pour changer de chaîne : un groupe d'adolescents parlait de sexualité avec un clergyman. Il éteignit la télévision. Incroyable. C'est pour de tels programmes qu'il payait une taxe! On le bassinait jour et nuit avec cette sacrosainte jeunesse. Qu'y avait-il de tellement merveilleux dans le fait d'être jeune? Ça arrivait à tout le monde. Mais vieillir, non.

« Délinquants! Voyous! » s'écria-t-il. Et la bombe, toujours la bombe : belle excuse! Ça les perturbait, disait-on. Ils en parlaient tout le temps. Ils en avaient peur. Et nous, alors? Et moi? se demandait Percy. La bombe ne tomberait pas seulement sur les adolescents. Il ne supportait plus ce mot. Ils ne valent pas un pet de lapin, les jeunes, aucun d'eux.

Il souleva le couvercle du piano, le fixa et s'assit sur le tabouret. En fait, je ne connais pas d'adolescent. Tout au plus le jeune Driscoll, le frère de Meg. Un vrai numéro, celui-là, songea-t-il, mécontent, en tournant les pages de son livret d'études. Il choisit *Pour l'harmonie*. C'était ce qu'il aurait voulu ressentir. Il se mit à jouer, déchiffrant les notes sur la partition à travers la fumée de son cigare, martelant les arpèges de ses doigts épais et tachés de nicotine – le cigare se consuma dans le cendrier à la fin de la clé de sol – et laissant échapper un juron de temps en temps.

« Qu'est devenue la vieille photo de ton père devant l'usine? » demanda plus tard Flora, qui venait de s'en souvenir, alors qu'elle était au lit avec Richard.

« Je l'ai fourrée dans un tiroir, je crois.

– J'ai l'impression qu'il a été blessé que tu la retires du mur. »

La voix de Richard, lorsqu'il répondit, avait certaines des intonations irritées de son père.

« Écoute, chérie, c'est moi qui dirige l'usine désormais. Personne ne l'a obligé à se retirer, c'est lui qui l'a décidé, il ne peut pas tout avoir. Il fait déjà assez de dégâts comme ça quand il débarque et dérange tout le monde en évoquant le passé avec les vieux ouvriers. Il me rend fou. Et la seule idée de ce bon vieux temps étouffant me fait suffoquer. Regarder derrière soi n'est jamais bon.

– Probablement... déclara doucement Flora. Pauvre vieux Percy. Il était tellement mal luné, aujourd'hui. »

Mais Richard n'avait pas envie de parler de son père. Il préféra se retourner et la prendre dans ses bras. « Nous avons de la chance, nous », dit-il. Elle était couchée sur le côté et il plaqua son corps contre le sien, aussi étroitement qu'une carapace.

13

Geoffrey Pringle disait souvent que, plus on disposait de temps, moins on faisait de choses. Sa vie était organisée de façon radicalement contraire. Il n'avait pas besoin d'ajouter cette précision, sachant que tout le monde pouvait s'en rendre compte.

Il avait encaissé l'échec de sa pièce avec bonne humeur, voire un certain amusement – peut-être légèrement factice d'après les continuelles allusions qu'il y faisait –, même si son visage s'assombrissait un peu et s'il abandonnait son air badin au profit d'un ton grave et inquiet lorsqu'il mentionnait les acteurs et le reste de l'équipe, qui devaient gagner leur vie.

Il n'hésita pas une seconde, cependant, à compromettre de nouveau leurs moyens d'existence en écrivant une autre pièce, traitant cette fois de l'univers actuel des parlementaires. Comme il n'y avait aucun personnage féminin, Elinor estima que ce serait ennuyeux.

« En dehors de toute autre considération, les hommes sont tellement monotones, désespérément uniformes », fit-elle remarquer à son mari. Elle n'était pas de très bonne humeur et, tandis qu'il continuait à prendre des notes, son sourire placide l'irritait.

« On croirait qu'il n'existe pas de femmes parlementaires, ajouta-t-elle.

– On sait parfaitement que si.

– Tu vois bien.

– Dès l'instant où une femme entre en scène, le public pense à l'amour : De qui est-elle amoureuse?

Qui va tomber amoureux d'elle? Je ne peux pas permettre à une femme, fût-elle membre du Parlement, de faire ça à ma pièce. Je ne prendrais même pas le risque de laisser Edith, ou Bessie, traverser le plateau.

– Quand même, une salle de commission parlementaire, dit-elle en soulignant les derniers mots avec dédain. Quel sinistre décor à contempler! »

Elle aimait que la scène déborde d'atmosphère, que le décor attire l'œil : causeuses et panneaux ornés, lourdes draperies, lampes à huile, quelqu'un qui passe en portant un samovar; ou alors des toiles d'araignée et une vitre cassée.

« Des gens assis autour d'une table, reprit-elle. Ça ne marchera pas.

– Ils se lèveront de temps en temps », affirma Geoffrey comme s'il s'adressait à une enfant qui comprendrait mieux plus tard.

« Mais la lutte pour le pouvoir, protesta Elinor d'un ton dégoûté. On connaît tout ça par cœur, chéri. On l'a déjà vu mille fois, les mêmes intrigues, et les mêmes conclusions. C'est un thème tellement éculé, Geoffrey.

– Pas plus éculé que l'amour, la mort, et tous les autres thèmes qui reviennent sans cesse. »

Cette fois il ne releva pas la tête, et il ne souriait plus. Il écrivait rapidement, s'arrêtait, puis regardait droit devant lui, les sourcils froncés, l'air d'avoir perdu le fil.

Elle le laissa seul, comme il le souhaitait, et gagna l'étage.

La discussion ne concernait pas le sujet choisi par Geoffrey, mais quelque chose de totalement différent. Elle l'avait compris et pensait qu'il en avait conscience aussi. Il ne s'agissait pas de savoir de quoi devait traiter la pièce, mais s'il devait ou non en écrire une. C'était un dimanche après-midi et elle se sentait seule.

Geoffrey n'ignorait nullement qu'elle avait le moral au plus bas le dimanche, ou plus exactement quand, une fois le déjeuner achevé, elle avait fait la vaisselle. La journée basculait alors dans un terrifiant océan d'ennui. Elle y pataugeait puis, au fil des heures, se laissait couler avec découragement, le bruit des carillons de l'église dans les oreilles.

L'égoïsme des pratiquants la consternait. Ils s'octroyaient un jour de congé par semaine – et toutes les semaines – qu'ils transformaient en calamité pour les autres. Même à l'étranger, même dans des pays non chrétiens, Elinor avait toujours reconnu ce jour-là. Où qu'elle aille, son odeur de renfermé la poursuivait. Seul l'amour, être follement amoureux, rendait ce jour supportable – comme d'ailleurs bien d'autres choses.

Elle se lava les mains, qui parurent frémir d'impatience lorsqu'elle les essuya. Elle passa une veste, prit un livre sur la table de chevet, noua un foulard sur ses cheveux et redescendit.

« Je sors, dit-elle en ouvrant la porte du bureau.

– D'accord, répondit joyeusement Geoffrey.

– Je ne sais pas à quelle heure je rentrerai. J'irai peut-être au cinéma.

– Entendu. Ne t'en fais pas pour moi.

– Ne t'en fais pas pour moi », grommela-t-elle entre ses dents en claquant la porte d'entrée.

Le quartier était presque désert. Pratiquement aucune voiture ne montait ou ne descendait la rue. Quelques personnes promenaient leurs chiens. Les pas d'Elinor résonnaient comme une mélopée sur les pavés, à l'égal des pensées qui résonnaient dans sa tête. J'aurais pu lui dire de cesser d'écrire. J'aurais pu supplier. J'aurais pu tenter d'expliquer ce que je ressens. J'aurais même pu suivre un chemin différent depuis longtemps. À présent, il est trop tard.

Elle ne savait pas très bien où aller. Les cinémas n'ouvriraient que dans une heure. Elle se demanda s'il faisait assez doux pour s'asseoir dans Regent's Park avec son livre. C'était une après-midi venteuse. Dans les jardins de St. John's Wood, les lilas agitaient leurs branches, lourdes de grappes malmenées. Étonnant ce que ces fleurs pouvaient supporter – ou devaient supporter – de tension et de pression. Mais oui, bien sûr, encore Dieu! se dit-elle amèrement. (Je passerai mon dimanche à martyriser les lilas créés par Moi.) Ils n'ont même pas de libre-arbitre, songea-t-elle lugubrement. De sorte que nul ne peut utiliser cette excuse pour justifier ce qu'ils endurent.

Pour passer le temps, elle gagna Regent's Park, s'assit près du lac et ouvrit *La Princesse Casamassima*. Chez Henry James, le « décor attirait l'œil. »

Mais elle fut incapable de lire. Le temps ne s'y prêtait vraiment pas, et elle se sentit mal à l'aise. Tiens, regarde, c'est la pauvre Mrs. Geoffrey Pringle, chuchotaient en la voyant, dans son imagination, les passants qui flânaient. Vraiment étrange de venir s'asseoir sur un banc un dimanche après-midi, toute seule, alors que tout le monde a de la compagnie.

Car ils avaient de la compagnie. Tous. Dans le parc, ce dimanche-là, personne ne se promenait seul. Entrelacés comme du chèvrefeuille, les amoureux qui ne cessaient de glousser l'agaçaient – comme ils agacent tous ceux qui ne sont pas amoureux; l'ont été, mais ne le sont plus. Les familles en promenade l'irritaient : elles paraissaient si placides, si endimanchées qu'elle n'avait pas l'impression d'avoir raté grand-chose. Papa et maman déambulaient d'un pas lourd, en silence, ayant déjà tout dit, tout fait. Ce genre de camaraderie, est-ce vraiment ce que j'attends de Geoffrey? se demanda-t-elle, envahie par la dérision et les sarcasmes.

Elle constata qu'elle ne pouvait s'empêcher de parler toute seule, en silence ou à voix haute, lorsqu'elle était amère et troublée; et, fixant d'un œil furieux l'allée qui menait au lac, elle poursuivit la conversation qu'elle savait ne jamais pouvoir entreprendre avec Geoffrey. Car il ne s'agit pas d'un dramaturge de grand talent dont les œuvres sont un enrichissement pour l'humanité, se disait-elle. C'est au nom de pièces presque nulles qu'il laisse notre couple se défaire.

Elle consulta sa montre, ainsi qu'elle le faisait souvent à présent. Elle pouvait se promener à pas lents, inutile de rester plus longtemps assise sur ce banc. La perspective de faire la queue devant un cinéma n'était pas de nature à l'enthousiasmer. Si le film était mauvais, elle s'ennuierait; s'il était bon, elle serait encore plus malheureuse de n'avoir partagé son plaisir avec personne.

Elle fit quelques pas dans Baker Street en contemplant les magasins ou, parfois, son propre reflet dans les vitrines; ensuite, elle monta dans un bus. Piccadilly Circus était envahi de touristes; certains, épuisés, s'étaient assis sur les marches de la statue d'Eros.

Elinor prit la queue devant un cinéma et se remit à lire. Mais, comme un mouvement s'amorçait dans la file, elle se dit brusquement qu'elle ne supporterait pas de passer deux heures solitaires, ou davantage, devant l'écran. Elle hésita, se demandant que faire d'autre, où aller et, tandis qu'elle réfléchissait, le mouvement l'entraîna à l'intérieur.

Elle ne pouvait pas lire en attendant le début du film, car les caractères étaient trop petits et la lumière trop faible. Les couleurs se modifiaient sur les rideaux à ruches qui masquaient l'écran et le vacarme d'un orgue électrique envahit la salle.

Elle n'était donc pas l'unique personne seule à

Londres ! Au fur et à mesure que la salle se remplissait, elle aperçut deux ou trois spectateurs solitaires. Un jeune homme se déhanchait sur son fauteuil afin de capter suffisamment de lumière pour lire son journal du dimanche. *Le trafic du vice,* disaient les grands caractères noirs de la manchette. Une jeune fille, un peu plus loin, fumait une cigarette, jambes croisées et tête baissée ; peut-être cherchait-elle un refuge intérieur pour échapper au tapage de l'orgue. Elle était plutôt jolie, semblait intelligente et portait des vêtements intéressants. Elle a probablement choisi d'être seule, songea Elinor, mais elle avait du mal à imaginer que l'on puisse faire un tel choix, et se demandait quelles questions on se posait sur son propre compte.

Lorsque la musique de l'orgue s'interrompait, un murmure la remplaçait, conversations décousues et mornes qui servent à passer le temps. Les rideaux s'écartèrent enfin dans un mouvement satiné, et un dessin animé débuta. Divers animaux mal dessinés, dotés de voix nasillardes, se poursuivaient méchamment, étaient catapultés dans l'espace, puis ricochaient, les yeux agrandis de surprise en laissant leurs langues pendre crûment tandis qu'ils débitaient des commentaires insipides et populaires. Pour autant qu'Elinor pût en juger, pas un enfant ne se trouvait dans la salle et elle se demanda à qui était destiné cet absurde dessin animé. Elle ferma les yeux en attendant la fin, regrettant de ne pouvoir aussi se fermer les oreilles.

Avoir été prise dans un cocon, isolée par l'obscurité et les émotions ressenties par procuration, la rendit d'autant plus vulnérable lorsqu'il fallut refaire surface. Mais elle ne tira rien de cet état de chrysalide : aucun changement n'avait eu lieu et c'était la même Elinor qui se faufilait parmi la foule sortant à pas lents du cinéma – elle avait tué le temps, rien de plus.

Cette partie de Londres la déprimait, surtout le dimanche et surtout sous un ciel lourd de nuages de pluie. Des pigeons sales déambulaient parmi les ordures qui entouraient les voitures chargées de fruits des marchands des quatre saisons ; une odeur de hot dogs flottait dans les rues et des échos de musique enregistrée, des cliquetis de machines à sous et des relents d'air vicié s'échappaient de quelques salles de jeux.

Les pubs commençaient à ouvrir et se remplissaient rapidement. Elle entra dans l'un d'eux, au coin d'une petite rue, commanda un verre au comptoir et le transporta à une table. Elle sortit de son sac cigarettes et briquet, s'installa, avala une gorgée de son *gin and tonic* et ouvrit son livre.

Pauvre Mrs. Geoffrey Pringle, disait l'inconnu imaginaire. Je l'ai vue dans un pub l'autre dimanche, en fin d'après-midi, toute seule et feignant de lire.

Elle alluma une cigarette et jeta un regard de défi autour d'elle. Mais nul ne lui parut susceptible de ressembler à l'inconnu sans visage de son imagination, celui auquel elle prêtait ces propos.

À la table voisine, un homme d'un âge certain, vêtu sans recherche, blazer bleu marine couvert d'insignes et souliers à bouts pointus, était également seul. Une main devant la bouche, il inventoriait de l'autre avec un cure-dents ses dents en or ou cariées, tout en dévisageant chaque femme qui entrait.

« Vilain temps, je trouve », dit-il lorsque Elinor leva le nez de son livre.

Elle acquiesça assez froidement et, au lieu de se replonger dans son livre, décida de boire une gorgée.

Il mit le cure-dents dans sa poche, croisa les bras de façon désinvolte sur sa poitrine, s'adossa à son siège et déclara : « Je me demande quelle sorte d'été nous aurons cette année. »

Elinor dédaigna de préciser qu'elle se le demandait aussi et ne trouva rien d'autre à répondre. Silencieuse, elle considérait pensivement la cendre de la cigarette qu'elle venait de secouer.

« Il paraît que c'est général, dit-il. Ce sale temps, je veux dire. Un de mes copains vient de rentrer de la Côte d'Azur. Catastrophique, d'après lui. Et on raconte que c'est pareil sur la Costa Brava. Si on peut même plus compter sur du beau temps là-bas, qu'est-ce qui reste ? »

Rien de ce qu'il avait déclaré jusqu'à présent ne semblait à Elinor susceptible de déboucher sur une conversation. Ses demi-questions restaient en suspens, et elle les ignorait. Lorsqu'il le comprit, il se fit plus direct.

« Vous avez déjà des projets, pour les vacances ? » demanda-t-il.

Elle leva les yeux et le regarda froidement. Quel pauvre type, songea-t-elle. « Non, aucun », répondit-elle. Impossible de se remettre à lire maintenant. Elle avait trop tardé. Elle porta son verre à ses lèvres et le vida lentement, à longues gorgées. Elle affichait un air pensif, comme si elle était totalement seule et réfléchissait à quelque petit problème.

« Puis-je me permettre... ? Qu'est-ce que vous aimeriez boire ? » Il s'était levé rapidement et se tenait devant elle. « La même chose ? *Gin and tonic*, alors. »

Profitant du moment de pure surprise qui l'avait envahie, il se retourna et, avant qu'elle ne réponde, se faufila parmi la foule qui emplissait le pub. Elle avait trop tardé, encore une fois. Cette situation gênante l'ennuyait. À présent, elle serait obligée de lui parler. Elle l'entendit commander les boissons au comptoir d'un ton autoritaire. Il revint avec les verres, qu'il posa sur leurs tables respectives. Mais il retourna son siège de la main, de façon à le rapprocher de celui d'Elinor pour faciliter la conversation.

Quelle barbe! se dit-elle, très irritée. Une situation aussi embêtante que gênante.

« J'aurais dû vous arrêter, mais vous êtes parti trop vite, dit-elle. J'allais rentrer chez moi.

– Y a pas de mal. Et c'est où, " chez vous ", si je peux me permettre?

– Dans le nord de Londres, répondit-elle d'un air évasif. Eh bien... merci », ajouta-t-elle. Après un instant d'hésitation, elle leva son verre.

« À la bonne vôtre! » Il amorça un mouvement avec le sien. « Ou plutôt à nous. »

Peu importe qui nous sommes, se dit Elinor.

« C'est un de vos repaires favoris? » demanda-t-il.

Il s'exprimait de façon assez canaille, surtout lorsqu'il posait des questions, comme si, en fait, il faisait allusion à une chose qu'ils savaient tous deux follement amusante et riche de signification.

« Non, c'est la première fois que je viens. » La première et la dernière, songea-t-elle.

« Moi aussi. Nos chemins étaient destinés à se croiser.

– J'ai simplement eu envie de boire un verre en sortant du cinéma », précisa-t-elle prosaïquement, de peur que la conversation ne prenne un tour romantique.

« Toute seule? Quel dommage, c'est du gaspillage!

– Du gaspillage? »

Le comportement d'Elinor impressionnait l'inconnu plus qu'il ne le subjuguait. Elle ne ressemblait à aucune de ses autres rencontres de hasard, et la situation lui semblait piquante du seul fait qu'elle ne se déroulait pas comme elle aurait dû, comme il l'aurait voulu.

« Gaspillage de vous-même, de votre présence, répondit-il.

– Vous tenez toujours ce genre de propos à des inconnues ? »

Elinor nota avec satisfaction qu'il rougissait et semblait découragé ; mais il la déconcerta en répondant :

« Non. J'espère que vous ne m'en voudrez pas. Depuis la mort de ma bourgeoise, je me sens seul. J'aime bien prendre un verre avec quelqu'un, vous comprenez. C'est pas drôle, de boire seul. Je n'avais pas l'intention de vous blesser. »

Qu'il fût sincère ou non, elle se trouva contrainte de murmurer quelques mots d'excuses. Ce qui prolongea nécessairement les choses, alors qu'elle était vraiment sur le point de partir. Après avoir terminé son verre, elle ouvrit son sac à main, puis y rangea ses cigarettes et son briquet. Son geste avait un côté tellement définitif, tellement délibéré, qu'il se hâta de proposer de faire un tour dans un autre pub pour, selon son expression, « casser une graine », ou de la raccompagner chez elle, ne serait-ce qu'un bout de chemin.

Elle était trop pressée, déjà en retard, expliqua-t-elle en se méprisant de faire allusion à son mari.

« Je suis navrée », murmura-t-elle en comprenant qu'elle venait de lui gâcher une part précieuse de la soirée. C'était un malentendu dont elle s'estimait en partie responsable. Il allait devoir tout recommencer avec quelqu'un d'autre, sans doute une femme d'un genre différent qui, rompue à ce genre de situation, s'adapterait facilement.

« Merci pour le gin », dit-elle en se levant. Elle lui avait fait perdre son temps, et aussi son argent.

Il se leva à son tour.

« On se reverra pas, alors ?

– Probablement pas, non. Je crains fort d'être une bien mauvaise compagnie. J'espère que vous trouverez quelqu'un de plus intéressant à qui parler.

– Je ne comprends vraiment pas ce que vous voulez dire. Je ne passe pas mon temps à écumer Londres pour accoster toutes les inconnues que je croise.

– Je suis navrée », répéta-t-elle, avec davantage de gentillesse. Ensuite elle le salua et se fraya un chemin jusqu'à la porte du pub.

Elle avait les joues brûlantes en marchant vers l'arrêt du bus. Cette Mrs. Geoffrey Pringle, disait la voix dans sa tête, je l'ai vue se faire draguer dans un pub par un type vraiment minable.

Dans le bus, durant tout le trajet, pendant qu'elle contemplait à travers la vitre la foule tourbillonnante et nonchalante du dimanche soir, elle se demandait si, avec le temps, la terrible dégradation due à la solitude ne la frapperait pas, de sorte qu'un homme ne pourrait s'y tromper – contrairement à celui qu'elle avait rencontré – et estimerait tout à fait possible de la convaincre de passer une soirée avec lui. Ses lectures et son expérience de la vie lui avaient appris que les femmes seules sont sujettes à ce genre de déchéance : veuves fortunées qu'on tourne en dérision durant les longues croisières, divorcées volubiles qui hantent les pubs et qu'on prend parfois pour des prostituées alors que, d'accord pour ne rien recevoir et prêtes à tout leur donner, elles ont une attitude sensiblement différente envers les hommes.

Elle descendit du bus et prit le chemin le plus long pour rentrer, passant par Beatrice Crescent ainsi qu'elle le faisait de temps à autre. Lorsqu'elle se trouvait devant la maison de Richard et de Flora, elle les imaginait à l'intérieur, coulant des jours de couple heureux : elle entendait parfois le bébé pleurer et, un jour, elle avait vu Mrs. Lodge sortir avec un panier à provisions.

Richard représentait l'un des espoirs auxquels elle

avait renoncé. Elle n'attendait pas grand-chose de lui, espérant simplement le voir et lui parler. Le plus souvent, les femmes agaçaient Elinor; ses tentatives pour papoter comme les autres épouses sonnaient faux et elle avait l'impression que chacun s'en rendait compte. Mal à l'aise, elle s'était obligée à ponctuer ses matinées de courses par des arrêts dans un café où elle tentait de se mêler aux autres, de discuter des maladies infantiles, des recettes de cuisine et des œuvres de bienfaisance dans lesquelles toutes semblaient si intensément engagées. Elle tenait mal son rôle et, dernièrement, avait relâché ses efforts.

Elle approchait de chez les Quartermaine. Le cytise qui surplombait la grille n'était pas encore en fleur. Ils étaient probablement dans la salle à manger, en train de dîner; c'était l'après-midi et la soirée de repos de Mrs. Lodge, de sorte que Flora avait sans doute servi une épaule de viande froide que Richard découpait.

Mais Elinor se trompait du tout au tout. Richard était allé ranger sa voiture au garage et, comme il en sortait, il l'aperçut, lui fit signe et l'appela.

Il l'avait à peine vue depuis le retour de Flora. Elle avait de bonnes raisons, se disait-il, de penser qu'il l'avait utilisée : comme compagnie (à une période où il ne savait trop que faire de ses soirées), ou comme pourvoyeuse de repas du soir.

« Entrez boire un verre », proposa-t-il en ouvrant le portail et en s'efforçant de compenser son récent manque d'attention par la chaleur de son sourire.

« Mais vous allez sans doute dîner d'un moment à l'autre? »

Il ouvrit le portail en grand.

« J'ai pris un sandwich dans un pub en revenant du Berkshire. J'ai convaincu Flora de rester quelques jours chez sa mère avec le bébé. »

Ravie, elle gravit les marches du perron à sa suite et il engagea la clé dans la serrure; mais le silence et l'obscurité qui régnaient dans la maison la rendirent nerveuse. C'est vraiment mon seul ami, songea-t-elle. Comme ce serait affreux de le perdre. Elle voulait uniquement parler, s'asseoir pour boire un verre avec lui, le sentir à l'aise en sa compagnie, savoir qu'il la considérait comme faisant partie du décor – et, par une espèce de miracle, cela s'était produit. Elle n'était pas tombée amoureuse de lui, et ne désirait rien de ce qui appartenait à Flora; mais il pouvait bien lui accorder quelques miettes : on trouve toujours des miettes, chez tout le monde.

Elinor exécrait les complications conjugales, les maris et femmes qui opèrent des mutations. Difficultés, embarras. Si, par exemple, alors qu'il traversait la pièce en lui tendant son verre – si, au lieu de le lui donner, il le posait sur la petite table et la prenait dans ses bras... le simple fait d'imaginer la scène la plongeait dans la confusion et le désarroi.

Elle saisit le verre d'une main ferme et se dirigea vers une photo d'Alice – s'éloignant de lui autant qu'il était possible.

« Elle vous ressemble, déclara-t-elle d'un ton dénué d'intérêt.

– Qu'avez-vous fabriqué aujourd'hui? demanda-t-il, très expansif, très chaleureux.

– Je suis allée seule au cinéma, et ensuite dans un pub près de Piccadilly où un type parfaitement épouvantable m'a baratinée et m'a payé un verre. »

Cette façon de raconter, joyeuse et vaguement argotique, ne lui ressemblait pas, et Richard se demanda ce que cela dissimulait. Il prit le livre d'Elinor.

« *La Princesse Casamassima.* C'est comme ça qu'on prononce?

– Vous l'avez lu?

– Ma chère, Flora vous dirait que je n'ai jamais rien lu. Elle en est à peu près au même point, en fait. Elle ouvre de nombreux livres, mais ça s'arrête là. Elle s'endort sans même tourner une page. Vous lisez toujours au cinéma? J'aurais cru qu'il y faisait trop sombre.

– Non, j'avais d'abord l'intention de lire à Regent's Park, mais je n'avais vraiment vraiment pas assez chaud pour rester assise.

– Geoffrey est de nouveau en voyage?

– Non. Il est à la maison.

– Asseyez-vous, chère Elinor, je vous en prie. J'allume le radiateur électrique?

– Si c'est pour moi, inutile.

– Parlez-moi de ce type du pub », dit-il en s'installant confortablement.

Elle décrivit l'inconnu de façon moqueuse et hautaine, et, de nouveau, il se sentit mal à l'aise en l'écoutant. « Un autre verre? » proposa-t-il lorsqu'elle eut terminé et qu'il eut témoigné l'amusement attendu.

« Non, merci.

– Geoffrey n'aime pas le cinéma? demanda-t-il en se levant pour se servir à boire.

– Geoffrey écrit une nouvelle pièce. Il est affreusement obstiné.

– Vous devez vous sentir seule. »

Elinor considéra la phrase avec précaution. Elle voulait bénéficier de sa sympathie; elle avait envie de se le permettre, de la provoquer, de s'y abandonner avec délices; mais elle pressentait que ce serait sans doute une erreur fatale. Elle déclara prudemment : « J'ai l'habitude, vous savez. » Comme il ne répondait pas, elle se sentit obligée de poursuivre : « C'est ma faute, en fait. Je devrais voir davantage de monde. On dirait que je n'ai plus le chic pour me faire des amis. Encore que " chic " renvoie à une habileté que je n'ai jamais possédée. » Ça suffit ! N'ajoute rien ! se dit-elle. Mais elle poursuivit : « Si j'avais des enfants, ça me serait égal. » L'apitoiement sur son sort, qu'elle avait su éviter jusqu'à présent, s'était infiltré dans sa dernière phrase. Elle avait voulu employer un ton guilleret.

Elle se leva. Elle venait de parler d'elle d'une façon qui allait lui aliéner Richard, ne le supportait pas et préférait partir. Des sentiments autodestructeurs l'avaient habitée toute la journée et, finalement, l'avoir rencontré dans cet état lui semblait un hasard cruel.

« Passez donc voir Flora plus souvent », dit-il.

Richard était toujours à l'aise avec elle, toujours gentil et d'humeur égale ; mais derrière ce comportement courtois, il pouvait fort bien être ennuyé, irrité ou gêné. En descendant la rue, elle se demanda s'il éprouvait vraiment des réactions de ce genre ; mais elle ne réussit qu'à l'imaginer haussant les épaules, l'oubliant, et s'asseyant à son bureau – car elle savait qu'il apportait des dossiers chez lui.

Passez donc voir Flora plus souvent, avait-il dit. D'aimables paroles de gentil voisin. Richard n'avait rien d'autre à proposer. Nous parlons tous comme ça la plupart du temps, pour huiler les rouages.

Il était tard, la nuit était tombée. En ouvrant sa porte, elle espéra qu'elle avait manqué à Geoffrey, ne fût-ce que parce qu'il devait être affamé.

Mais tel n'était pas le cas. Il s'était confectionné un sandwich au rosbif, qu'il mangeait avec satisfaction tout en écrivant. Il l'agita en guise de salut, sans cesser d'écrire ni de mâcher.

14

« Je ne peux l'accepter, madame », déclara Mrs. Lodge à Flora.

(Geoffrey Pringle détestait cette façon de parler. « Par les temps qui courent », disait-il, selon l'une de ses expressions favorites. Pour Mrs. Lodge, « madame » était un signe de professionnalisme.)

Flora voulait lui donner son vieux manteau de fourrure. « Il vous tiendra chaud quand vous ferez les courses cet hiver. »

Faire les courses en manteau de fourrure! songeait Mrs. Lodge.

« Ce ne serait pas convenable dans ma situation, répondit-elle. Les manteaux de fourrure font jaser, surtout avec des gens de mon monde, excusez-moi de vous le dire. »

Telle n'était pas la raison véritable de son refus et, elle s'en rendait compte, il allait bien falloir en parler maintenant. Trop longtemps, elle avait repoussé ce sujet; elle avait préparé des discours à en avoir mal à la tête. Mais elle ne fit aucun discours. Elle se contenta de déclarer : « Non, madame, je regrette beaucoup, mais j'ai pris la décision de partir. »

Flora, le manteau toujours dans les bras, s'assit lourdement sur un coin du lit, les yeux soudain agrandis par une expression d'ahurissement.

« Partir où? demanda-t-elle.

– Je ne sais pas. Je ne suis pas encore fixée. Je ne vous fausserai pas compagnie du jour au lendemain, rassurez-vous. Mais je ne supporterai pas un autre été à Londres. Je ne comprends pas comment j'ai pu croire que je m'habituerais. »

Flora posa le manteau près d'elle et considéra Mrs. Lodge qui, incapable d'affronter son regard, continuait à nettoyer les vitres.

« Mais pourquoi ? » Une ou deux larmes coulèrent sur les joues de Flora, trop choquée pour s'en rendre compte, ou pour les essuyer.

« Le bébé a grandi. Je ne serais jamais partie avant qu'elle soit bien adaptée. Vous le savez. Et j'attendrai que vous ayez trouvé quelqu'un pour me remplacer.

– Mais je ne veux pas vous remplacer. C'est vous que je veux.

– J'ai les nerfs à vif, je suis mal, madame. » Mrs. Lodge se retourna, la peau de chamois à la main, et regarda Flora, pitoyable. « Vous avez été élevée à la campagne, vous aussi. Vous savez ce que c'est.

– Vivre auprès de ceux que j'aime représente davantage.

– C'est un peu injuste, madame. Vous savez bien que je vous aime beaucoup, tout comme la petite Alice. Mais j'ai faim de nature, et je ne peux plus le supporter. C'est comme si j'étais en prison. Tant de choses me manquent. Je n'ai pas entendu chanter un coucou de l'année. Quand je me réveille, je me dis : si seulement je pouvais en entendre un, mais ça n'arrive jamais à Londres, et même dans ce cas, ce ne serait pas pareil. »

Elle s'interrompit et resta immobile devant la fenêtre. Elle entendait dans sa tête le cri bref et explosif qui perçait le brouillard matinal, et dont l'écho se répercutait d'un arbre à l'autre.

« À la campagne, on trouve de plus belles espèces d'oiseaux », expliquait-elle à présent. Tous ces oiseaux d'été nouveau-nés qu'elle avait ratés ! Les grives minces et pâles, notamment.

Les oiseaux lui importent davantage que moi, se dit Flora, abasourdie. Moi, quand je me suis mariée, j'ai quand même abandonné mes colombes.

« Ce n'était pas facile à dire, madame, et j'en étais malheureuse. »

Quelqu'un était malheureux sous son propre toit, et elle l'ignorait ! Bouleversée, Flora se leva, s'approcha de Mrs. Lodge et l'entoura de ses bras. « Pardonnez-moi, murmura-t-elle. Je ne vous rendrai pas les choses plus difficiles, c'est promis. J'ai eu de la chance de vous garder si longtemps. J'essaierai de voir la situation sous cet angle. »

Flora quitta ensuite rapidement la chambre, pour que chacune d'elles puisse pleurer un peu, séparément.

Ba vint prendre le thé ce jour-là, et elle apprit l'horrible nouvelle.

« Pour des oiseaux, rien que des oiseaux, conclut Flora d'une voix plaintive, perplexe.

– Le murmure des vertes prairies, dit Ba.

– Non, seulement des oiseaux, répéta Flora.

– Richard va être stupéfait.

– Il l'est. Je lui ai téléphoné à l'usine, et il n'arrivait pas à y croire. D'ailleurs j'ai du mal à y croire, moi aussi. C'est tellement atroce. Elle partira dès que j'aurai trouvé quelqu'un. Et il faudra bien que je cherche, que je cherche vraiment, même si j'ai l'impression de signer mon arrêt de mort. Et ensuite, je suppose que je ne la reverrai plus. Ou alors, au mieux, elle me rendra visite quand elle passera à Londres, si jamais elle y revient, ce dont je doute. Elle mettra ses plus beaux habits et viendra s'asseoir ici pour prendre le thé, et moi je me creuserai la cervelle pour trouver quelque chose d'intéressant à lui dire. Ce ne sera plus du tout pareil que de bavarder tout en travaillant dans la maison. Et Alice l'aura oubliée.

– Ne pleurez pas, chérie. Elle pourrait entrer.

– Impossible de m'arrêter.

– Vous faites peur à Alice. »

Flora s'essuya les yeux et se moucha.

« Naturellement, ça pourrait être pire, reprit-elle. Elle pourrait être morte. Vous voyez, j'essaie vraiment de voir le bon côté des choses. Il le faut, par égard pour elle. Ce serait une sorte de chantage, de me laisser aller. Pardonnez-moi, Ba, d'avoir pleurniché comme ça. Comment va Percy?

– Je commence à croire qu'il a pris sa retraite trop tôt. Il est très agité. Il ne sait pas quoi faire de ses soirées. Il se morfond à la maison et, finalement, il sort. Avant, il venait me voir, mais à présent, je suis toujours là; de sorte que la soirée n'apporte aucune diversion. Il ne pense qu'aux boules et au billard, maintenant; il passe à son club, et ainsi de suite. Enfin, c'est la vie conjugale, je suppose... pas du tout pareil. Mais j'imagine qu'il y a des compensations. Nous ne rajeunissons pas. »

Flora parut assez stupéfaite et murmura : « Mais si vous lui expliquiez combien c'est sinistre quand il vous laisse seule, je suis sûre que...

– J'ai essayé. Il m'a dit : " Ah oui? Et toi, quand tu es partie en France et que tu m'as abandonné? " »

Mrs. Lodge entra pour servir le thé à ce moment-là, et Flora lui adressa un sourire joyeux, éblouissant mais baigné de larmes.

Patrick avait pris l'habitude de passer chez Flora quand Alice était couchée. Même s'il adorait voir la petite, il avait compris qu'il dérangeait un peu en venant avant. Ces visites plus tardives impliquaient qu'il reste plus longtemps chez lui après avoir terminé son travail : près d'une heure à déambuler dans la pièce, à bâiller et à s'étirer; fatigué, tellement fatigué, les épaules aussi raides qu'un cintre. Un observateur extérieur l'aurait pris pour un fou : il haussait mécaniquement les épaules, balançait les bras, gonflait les joues, se grattait les aisselles – pauvre primate-écrivain épuisé. Il prenait ensuite un bain, qui ne suffisait pas à lui rendre des forces drainées par la fatigue. Et enfin il buvait un verre, mais pas seul. Aussi, fréquemment, il se rendait chez Flora, le plus souvent avec une bouteille de gin qu'elle acceptait en protestant gentiment.

Lorsque Mrs. Lodge lui ouvrit la porte, ce soir-là, il remarqua qu'elle avait pleuré; Flora, elle aussi, avait les yeux rouges. Elle se trouvait au salon avec Ba. Patrick se demanda ce qui avait bien pu se produire. Il établit assez rapidement que le bébé n'avait pas été frappé de mort subite, et que Richard n'était pas en faillite, en prison ou les deux. Mais, dès qu'il mentionnait quelque événement banal susceptible d'avoir lieu à l'avenir, Flora se tordait nerveusement les mains et Ba lui lançait des regards d'avertissement.

« Que se passe-t-il donc? » lui demanda-t-il quand Flora, croyant avoir entendu pleurer Alice, quitta la pièce en courant.

« Mrs. Lodge s'en va, chuchota Ba.

– Seigneur! Mais pourquoi?

– Elle veut aller vivre à la campagne.

– J'avoue que je suis soulagé... je redoutais quelque chose de vraiment grave.

– Ça l'est. Flora a absolument besoin de quelqu'un qui s'occupe d'elle en lui donnant l'impression que c'est l'inverse. Et c'est aussi une histoire d'amour : un amour rassurant et quotidien, un sentiment très agréable. Perdre sa bonne à tout faire doit vous paraître dérisoire, surtout après avoir redouté le pire.

– Cela ne me paraît pas du tout dérisoire », parvint-il à répondre avant le retour de Flora.

Elle resplendissait de beauté mouillée. Les sanglots de Mrs. Lodge lui avaient laissé le visage marbré, mais Flora, elle, conservait la splendeur humide de Vénus sortant de l'onde : ses yeux étaient baignés de larmes, ses joues gardaient des traces perlées. Son nez, qu'elle avait évité de moucher et de frotter, ne s'était pas transformé en tache rouge comme celui de Mrs. Lodge. Elle avait plus ou moins respecté sa douleur.

« Je suis navré d'apprendre... », murmura Patrick, tandis que Ba hochait lentement la tête et fronçait les sourcils en le regardant, et que les yeux de Flora brillaient encore plus.

Elle fit son possible pour sourire et déclara qu'ils feraient mieux de prendre un verre.

Mais elle chercha en vain le gin sur le plateau aux alcools. Mrs. Lodge, qui entrait avec les glaçons, se répandit en excuses. « Pardonnez-moi, madame, je n'ai plus ma tête à moi ! Je voulais vous en parler avant de jeter la bouteille vide. C'est Mrs. Pringle qui a terminé le gin l'autre soir, quand elle est passée, et je n'en ai pas trouvé d'autre dans le placard.

– Mrs. Pringle ?

– Oui. C'était dimanche, dimanche soir. »

Flora, malgré son air perplexe, murmura : « Ah oui, dimanche. »

Bon sang ! songea Patrick, les yeux rivés sur la moquette.

« Ma foi, je prendrais volontiers un whisky », déclara-t-il à haute voix. Après tout, je suis souvent seul avec Flora moi aussi, se disait-il. Mais cela ne dérangeait personne ; personne ne ferait de secrets à cause de lui.

Tandis qu'ils vidaient leurs verres, Flora produisait de petites phrases en rafales; Patrick se rendait compte qu'elle était préoccupée.

« Vous écrivez en ce moment ? » demanda Ba. L'univers de Patrick lui était totalement étranger, mais la courtoisie l'obligeait à s'en enquérir. « Quelque chose en chantier? ajouta-t-elle inévitablement.

– Je viens de terminer un roman, alors j'imagine qu'il a quitté le chantier.

– Que c'est passionnant ! Et vous en avez commencé un autre ? » s'obstina-t-elle.

Pour Patrick, ce genre de conversation était un calvaire.

« Pas vraiment », dit-il.

Il eut l'impression que cette réponse soulageait Flora. Il produisait trop pour sa tranquillité d'esprit. Ses livres représentaient un fardeau pour elle, comme ceux de H.G. Wells pour Henry James : ils étaient trop fréquents.

« Vous établissez un plan avant de vous lancer? » poursuivit Ba.

Il s'abrita timidement derrière un autre écrivain : « Non, je suis comme Lewis Carroll qui affirmait avoir expédié son Alice dans un terrier sans la moindre idée de ce qui lui arriverait ensuite. »

Cette manière de procéder ne s'appliquait absolument pas à Patrick; mais il estimait que ses angoisses, ses manies n'appartenaient qu'à lui.

« Pourtant, vos livres ne sont pas du tout chaotiques. »

Flora gardait le silence, l'esprit manifestement ailleurs.

« Merci », répondit-il distraitement à Ba, espérant en avoir terminé avec ce chapitre, ainsi qu'avec la tension née de l'utilisation d'un langage étranger qu'on connaît si peu qu'il faut chercher ses mots, au risque de ne pas relever les malentendus et ne pas être compris.

« Vous prenez modèle sur d'autres écrivains ? insista Ba, impitoyable.

– Pas que je sache », répliqua-t-il d'un ton léger.

Selon Oscar Wilde, l'originalité consiste à dissimuler les origines, se remémora-t-il pour son propre amusement.

« Je sais que je pose trop de questions, mais je suis fascinée », déclara Ba. En réalité, elle s'efforçait d'aider Flora grâce à son bavardage – Flora qui, contemplant les flammes dans la cheminée, était à des kilomètres d'eux. « Comment trouvez-vous les noms de vos personnages, par exemple ? Je me le suis souvent demandé. Dickens prenait les siens sur les façades des échoppes, je crois, non ? Mais ils m'ont toujours paru un peu forcés.

– C'est difficile à dire. J'avais l'intention d'appeler un de mes personnages Armitage Ware, répondit Patrick qui se donnait beaucoup de mal. Mais en même temps, ce nom me paraissait vaguement familier. Et puis, un jour, j'ai constaté que c'était la marque de mon lavabo. Je l'ai tous les matins devant les yeux, mais seul mon inconscient s'en souvenait.

– C'est un nom parfait, affirma Ba, très sérieuse.

– Quel nom ? demanda Flora en se tournant vers eux.

– Armitage Ware », répondit Ba.

Flora hocha la tête, perplexe.

Mrs. Lodge se serait volontiers coupé la langue. Quelle journée, se répétait-elle en préparant le dîner. Lorsqu'elle ouvrit le four, une délicieuse odeur de tourte aux groseilles s'en échappa. Elle sortit le gâteau et le saupoudra de sucre. Une très jolie tourte : une rose en pâte ornée de petites feuilles couronnait son centre.

Qu'est-ce qui m'a pris? se demandait-elle.

Mais il avait toujours régné dans cette maison un climat si ouvert, si ensoleillé, qu'elle n'avait jamais imaginé qu'il y existait des secrets.

Le dimanche soir, en rentrant de chez son fils, elle s'engageait dans Beatrice Crescent quand elle vit Elinor sortir de la maison. Richard l'avait accompagnée jusqu'au portail.

Lorsque Mrs. Lodge était arrivée, la porte était fermée. Elle ouvrit avec sa clef, et croisa Richard qui sortait du salon, deux verres à la main. Il lui avait demandé comment s'était passée sa journée, et elle lui avait donné quelques informations, mais rien de comparable à ce qu'elle aurait raconté à Flora – car les hommes, elle le savait, s'intéressent fort peu aux descriptions détaillées de choses banales. Ensuite, elle l'avait débarrassé des verres et avait gagné sa cuisine. Elle reconstruisait la façon dont les choses s'étaient déroulées, à présent, comme si la police l'interrogeait.

La réaction de Flora – au salon, un peu plus tôt – indiquait clairement qu'elle n'était pas au courant de la visite d'Elinor. Il a peut-être oublié de lui en parler, se dit Mrs. Lodge. Mrs. Pringle n'est peut-être restée que cinq minutes.

Elle entendit des voix dans le hall, puis la porte d'entrée qui claquait, et ensuite plus rien. Ils étaient donc partis tous les deux. Elle mit les pommes de terre à cuire, et l'odeur de menthe qui monta jusqu'au rez-de-chaussée accueillerait Richard à son arrivée.

« Richard... » murmura Flora lorsqu'ils furent couchés ce soir-là.

Elle avait attendu qu'ils soient dans l'obscurité, de peur qu'il ne la voie rougir.

« Oui, chérie », répondit-il paisiblement, tout en craignant qu'elle ne commente à nouveau le départ de Mrs. Lodge.

« Est-ce que Elinor Pringle est venue ici dimanche, quand j'étais chez maman?

– Oui, elle est passée. »

Il avait répondu sans hésiter, et elle en ressentit un léger soulagement.

« Elle descendait la rue au moment où je sortais du garage, et elle est entrée boire un verre. Pourquoi cette question?

– Pourquoi ne m'en as-tu pas parlé?

– Je ne sais pas. Je n'y ai plus pensé.

– Mais chéri, je t'ai fait remarquer pas plus tard qu'hier qu'on n'avait pas vu les Pringle depuis un temps fou. Pourquoi ne m'as-tu pas dit à ce moment-là que tu l'avais rencontrée dimanche? »

Il hésitait à présent, et au lieu de répondre à sa question – il en était incapable – il lança froidement : « Où veux-tu en venir, Flora? » Il perdit un temps précieux à se demander comment diable elle l'avait appris, alors qu'il aurait dû chercher une réponse. Quelques secondes plus tard, elle lui posait la même question.

« Je ne sais vraiment pas, dit-il. Je n'ai peut-être pas fait attention à ce que tu disais. »

Ce n'était guère convaincant, et il le savait.

« Tu la vois souvent? demanda-t-elle d'un ton calme.

– Pas ces derniers temps. Je t'ai raconté que j'ai dîné chez eux très souvent, quand tu étais à la clinique.

– Oui, mais Geoffrey était là.

– Quelle différence? Chérie, j'ignore ce que tu as en tête, mais il n'y a rien de secret ou de clandestin entre Elinor Pringle et moi. Je puis t'en assurer.

– Je voudrais te croire. »

Elle avait une voix malheureuse. Il savait qu'elle avait passé une journée difficile, en dehors de cette petite histoire idiote dont il était responsable – sans pouvoir s'expliquer pourquoi il avait agi ainsi.

« Tu ne vas quand même pas imaginer que je te cache quelque chose? insista-t-il.

– Non. Pardonne-moi », chuchota-t-elle humblement, d'une petite voix incertaine.

Il l'attira contre lui. « Ma chère petite », dit-il d'un ton plus assuré en la sentant se détendre entre ses bras, « cette pauvre Elinor est quelqu'un de très bien, mais vraiment pas le genre de femme dont on peut s'éprendre, si c'est à ça que tu penses. »

Même s'il n'était pas amoureux d'Elinor (et sur ce point, au moins, il disait la vérité), il se sentit très gêné d'avoir recours à un acte aussi méprisable que de rabaisser une femme aux yeux d'une autre. Instinct d'autoconservation, et pour la tranquillité d'esprit de Flora, se donna-t-il pour excuse. Il savait combien Flora était facilement blessée. Sans doute était-ce pour cela qu'il ne l'avait pas mise au courant. Il ne voyait pas d'autre explication, en tout cas.

Un après-midi, Patrick et Meg se rendirent au zoo. C'était l'été et, même si Meg n'avait pas les moyens de partir, ne pas aller travailler, se lever tard, circuler en dehors des heures d'affluence, avoir le temps de cuisiner d'autres plats que les ragoûts de Kit – tout cela lui donnait l'impression d'être en vacances.

Le soleil était brûlant. Une brume de chaleur miroitait sur les allées. Les arbres, les pièces d'eau et les grilles de fer baignaient dans une lumière dorée. Les lions bâillaient de langueur.

Pour Meg, sortir dans l'après-midi, se promener en plein jour avec Patrick constituait une merveilleuse surprise, une prime qui enrichissait sa semaine. Elle n'aimait pas particulièrement les zoos, mais pour bénéficier de sa compagnie, elle était prête à affronter les animaux qui arpentaient leurs cages et même, son mouchoir sur le nez, à l'accompagner dans la fauverie. Elle tourna la tête afin d'éviter de croiser le regard tourmenté d'un magnifique serval noir qui faisait des bonds furieux derrière ses barreaux, sans jamais renoncer, allant et venant sans cesse, à toute vitesse, d'une paroi à l'autre.

« Venez, sinon je vais en rêver », dit-elle en prenant le bras de Patrick pour l'entraîner vers la sortie.

Elle se sentit beaucoup mieux lorsqu'ils s'assirent sur un banc pour regarder les phoques s'immerger placidement dans leur bassin, avec un bruit d'eau rafraîchissant en cet après-midi torride.

Que Patrick la conduise dans un tel endroit lui donnait l'impression d'être une enfant gâtée et, instinctivement, elle réagit avec l'enthousiasme adéquat, même si, dans sa propre enfance privée de père, elle n'avait pas connu ces distractions traditionnelles et n'avait pas appris la façon dont il fallait se comporter.

« Vous avez l'air heureux », lui dit Patrick.

Son visage au teint mat, aux traits vaguement chinois, était trop souvent plissé par des rides d'inquiétude; mais, ce jour-là, elle paraissait n'avoir aucun souci. Le travail de Kit apportait une aide financière et lui-même semblait plus heureux : chez l'éditeur, il avait fait la connaissance d'une gentille jeune réceptionniste, qu'il avait emmenée déjeuner le dimanche à Towersey, une ou deux fois.

« S'il l'épouse brusquement, vous vous sentirez seule », déclara Patrick quand elle lui parla de la jeune fille.

Il avait utilisé le mot « brusquement » pour laisser entendre que, plus tard, Meg serait probablement déjà mariée elle aussi.

« Je n'ai jamais imaginé que nous passerions toute notre vie ensemble, dit-elle.

– Non, bien sûr. Et puis, vous vous marierez. »

Il ne voulait pas assombrir l'après-midi de Meg, mais il avait enfin l'occasion d'aborder un sujet qui lui tenait à cœur, et ne comptait pas y renoncer.

« Peut-être », dit-elle.

Elle savait qu'il tentait de lui faire passer un autre message, et elle avait envie de répondre au même niveau, de dire par exemple : je préfère l'amitié, un compagnon que j'aime beaucoup et, au bout du compte, je ne désirerai peut-être rien d'autre.

« Oui, c'est bien possible. Un jour », se contenta-t-elle de murmurer.

C'était terminé, tout avait été dit et entendu, et Patrick en ressentit un soulagement presque physique, comme lorsque l'on expectore des mucosités.

« Quelle sorte de personne est cette Elinor Pringle? demanda-t-il tandis qu'ils se promenaient.

– Je ne la connais pas très bien.

– Moins bien que Richard, d'après vous?

– Aucune idée. Pourquoi?

– Plutôt gênant : l'autre jour, devant moi, Mrs. Lodge a appris à Flora qu'elle – c'est-à-dire Elinor – était venue voir Richard en l'absence de Flora. Elle a manifestement vendu la mèche car, de toute évidence, Richard n'avait pas soufflé mot de cette visite.

– Il a peut-être oublié.

– Apparemment pas l'avis de Flora.

– Je me demande pourquoi vous y attachez de l'importance.

– À cause de Flora. Elle nous a fait passer un mauvais quart d'heure, à Ba et à moi. Elle a d'abord débité un tas d'inepties, puis elle s'est mise à contempler le feu en silence, assise devant la cheminée, comme si nous étions partis – ce que nous nous sommes empressés de faire dès que nous l'avons pu.

– Mais c'est un couple très heureux. Le plus heureux que je connaisse.

– Je le pensais, et je crois bien que Flora en était persuadée, elle aussi, mais... nous ne savons rien de Richard. »

Un mari vagabond, un réseau de mystères et de faux-fuyants ! Voilà une chose contre laquelle Meg avait omis de mettre en garde son amie.

« Rien de sérieux, j'en suis sûre, dit-elle.

– Quand je suis allé voir Flora à la clinique, elle m'a dit que Richard dînait chez les Pringle. Et le lendemain, j'ai lu dans les journaux que Geoffrey se trouvait quelque part à l'étranger, en délégation ou pour une conférence. Pourquoi des mensonges aussi stupides ?

– Vous êtes plutôt cancanier, Patrick, dit-elle.

– C'est vrai », reconnut-il d'un ton détaché.

Ils s'arrêtèrent pour regarder un petit singe mélancolique. Il se balançait sur une branche d'arbre en contemplant la foule. Lorsqu'il se tripotait ou, tel un vieillard rhumatisant, adoptait une position plus confortable, les éclats de rire rendaient son regard triste plus digne, plus réprobateur. Il pencha la tête, fixa le bout de son nez aplati, puis tourna lentement ses yeux de cuivre sombre qui ne cillaient pas vers Meg, qui soutint son regard, et se rapprocha d'elle sur sa branche. Il passa sa main menue à travers le grillage ; il avait des ongles rugueux et cassés, semblables à ceux d'un enfant négligé. Tous deux restèrent longtemps immobiles à se dévisager. Meg avait l'impression de participer à une tentative de communication ; culpabilité et gêne de son côté; pour lui, elle ne savait trop. Impossible de décider si ses yeux fixes étaient dénués d'expression ou si, au contraire, ils conservaient obstinément la même : était-ce du vide ou un pathétique ahurissement ? Il semblait troublé par de faibles lueurs d'information, et pressentait peut-être que la marée de visages blancs qui défilait devant lui ou les rires sonores et inexplicables avaient une signification. Il finit par se détourner et alla s'asseoir pour s'épouiller la poitrine. Sans un regard en arrière, Meg s'éloigna.

« Visiter des détenus en prison doit être pareil. Ça ne sert à rien, dit-elle à Patrick.

– Vous êtes une très gentille personne, constata- t-il. Même les singes vous aiment et vous veulent comme amie. »

C'était ce qu'elle pouvait devenir de mieux, songeat-elle : la plus gentille personne de la vie de Patrick. Elle s'efforcerait d'être au moins ça.

« La prochaine fois que nous prendrons un aprèsmidi de congé, nous irons dans un endroit moins attristant », dit-il.

Leurs ombres ne se projetaient plus sur les allées ensoleillées à présent, et lorsqu'ils atteignirent les grilles de la sortie, Patrick demanda : « Avez-vous le temps de prendre un verre dans ce pub de Baker Street ? » C'était sa manière de lui faire comprendre qu'elle allait bientôt devoir le quitter.

Ils s'engagèrent dans le tourbillon scintillant de la circulation des heures de pointe.

Elle avait tout le temps du monde. Mais lui en manquait. Ce n'était pas un vendredi soir.

15

Le temps chaud persista, mais de façon différente. Le ciel immense et ensoleillé semblait plus bas, plus dense, comme avant l'orage – d'ailleurs annoncé.

Le petit appartement de Patrick était étouffant. Il prit l'habitude, les soirs où Frankie ne venait pas, de faire un tour dans les rues tranquilles à la tombée du jour, attendant qu'il fasse plus frais pour se coucher.

La ville était une fournaise; totalement immobiles, les rideaux pendaient devant les fenêtres éclairées, grandes ouvertes. Dans le quartier voisin peuplé de gens de couleur, des Antillais s'installaient sur les perrons ou, par petits groupes paisibles, s'adossaient aux balustrades, s'éventant avec leurs chapeaux à larges bords, pour une fois détendus dans cette cité étrangère.

Il régnait une atmosphère dépourvue de cérémonies – presque comme en temps de guerre, se disait Patrick. Mollement, paresseusement, les gens déambulaient dans les rues, se baladant, riant, contemplant les vitrines. Mais, contrairement aux périodes de guerre, les portes des pubs demeuraient béantes, révélant des salles vides et brillamment éclairées. Personne ne voulait s'y enfermer trop longtemps.

« Suffocant », confirmaient les barmaids aux clients qui entraient. « C'est trop brutal, pas vrai? On sent bien que l'orage n'est pas loin. »

À Towersey, tout le monde se précipitait vers les berges de la Tamise. Liz Corbett, qui sortait du *City of London*, s'appuya à un parapet et contempla l'eau sombre tachée d'écume. Elle avait passé la majeure partie de la journée à ranger son atelier, sans toucher à ses pinceaux. Sa poubelle débordait.

La journée s'était révélée décisive. Quel bazar! s'était-elle dit ce matin-là en considérant avec dégoût les natures mortes en état de désintégration, la cruche ébréchée et le reste du bric-à-brac poussiéreux. Tous ces objets avaient rempli leur office. Liz estimait avoir dans la tête assez de formes, de modèles et de couleurs pour sa vie entière. Et, ce jour-là, elle avait ressenti une impression de changement : la certitude de ne plus tout maîtriser, d'avoir été domptée.

Rester dans le pub était impossible. Il y faisait trop chaud et, après sa seconde bière, elle se sentit légèrement ivre. Avec l'impression de flotter, elle avait traversé la rue pour s'accouder au parapet, et c'est de là qu'elle aperçut Kit qui se promenait sur le quai.

Depuis le tournant qu'avait représenté leur dispute, ils s'étaient croisés à quelques reprises et, comme Meg était présente, Kit s'était senti obligé d'adresser la parole à Liz, de façon très distante. Plus tard, lorsque sa sœur souligna sa froideur, il déclara : « Nous avons eu des mots (le moins qu'on puisse dire, songeait-il), rien d'important. »

Ce soir-là, il aurait préféré éviter Liz accoudée au parapet sous le réverbère, mais c'était impossible. Elle tourna la tête, le regarda et, comme il hésitait, lança : « Tu as toujours ce boulot, j'espère?

– Oui, je travaille toujours.

– C'est à cause de mes réflexions, hein? Que tu l'as trouvé, je veux dire. Tu as été très contrarié. »

Un triomphe goguenard filtrait dans sa voix – le triomphe du réformateur qui, malgré son succès, ne résiste pas à l'envie de se moquer du réformé.

« Rien à voir avec toi, répliqua-t-il calmement. Ce que tu as dit m'était complètement égal. »

Mais ce n'était pas vrai. Les paroles de Liz l'avaient fouetté au vif, le poussant à l'action, provoquant une énorme crise en lui – et de façon très positive, finalement.

« Tu es toujours en colère ? »

Elle voulait le retenir. Ordinairement très indépendante, ce soir elle avait envie de compagnie : une sorte de répit avant d'aborder le travail, de nature encore nébuleuse, dans lequel elle se plongerait demain.

« J'étais très en colère sur le moment. À présent, j'ai oublié.

– Tu vas m'aider à descendre ma poubelle, alors ?

– Ta poubelle ?

– Il faut que je la traîne dans la rue, et c'est trop lourd. »

Comment aurait-il pu refuser ?

Elle traversa la rue, et il la suivit dans l'escalier aux craquements familiers. Sur le petit palier trônait la poubelle bourrée des reliques de son ancienne vie.

« Que s'est-il passé ? » demanda-t-il en apercevant le cerfeuil sauvage desséché et la cruche ébréchée cassée en deux.

Elle n'aurait pu l'expliquer à personne, n'ayant pas très bien compris elle-même. Sans répondre, comme si elle n'avait pas de temps à perdre en palabres, elle saisit l'une des poignées de la poubelle. Ils la descendirent lentement dans l'escalier étroit et la transportèrent jusqu'au caniveau, de l'autre côté du trottoir. Cet effort, si léger fût-il, avait couvert de sueur les mains et le visage de Kit ; le temps était tellement lourd. Il regarda Liz, soudain incapable de lui adresser un salut rapide et de tourner les talons.

« Tu viens boire un pot ? » proposa-t-il.

Elle acquiesça.

Avoir davantage d'argent lui donne confiance en lui,

songea-t-elle. Elle constata, impressionnée, qu'il prenait la peine de lui demander ce qu'elle désirait boire. Vraiment très différent du passé.

« Juste une bière », dit-elle.

Ils s'assirent à leur table favorite, dans un coin de la salle. Le patron et l'un des habitués échangèrent un coup d'œil. Tout semblait comme avant – sauf qu'il ne coucherait plus jamais avec elle, et qu'elle le savait.

Meg n'arrivait pas à dormir. Le petit carré de la fenêtre ne laissait entrer que fort peu d'air. Elle entendit sonner onze heures au clocher de l'église. Kit rentrait plus tard que d'habitude mais elle ne se demanda pas où il pouvait se trouver. Ils entretenaient d'étranges rapports, désormais. Ils partaient et rentraient à des heures différentes; ils se laissaient de brefs messages sur le fauteuil ou la table; pas de confidences. Elle l'aimait toujours tendrement, mais ne savait plus rien de lui, ni lui d'elle. On aurait cru qu'ils partageaient cette petite maison par hasard.

Mais lorsqu'il s'en ira, car il s'en ira, je me sentirai toute drôle, songea-t-elle. Elle chassa cette idée. Inutile d'anticiper. Elle retourna son oreiller, en quête d'un peu de fraîcheur, et tenta à nouveau de s'endormir.

Le lendemain, le temps se gâta. Richard était allé à High Wycombe pour ses affaires et il profita du déplacement pour rendre visite au retour à la mère de Flora.

L'atmosphère orageuse avait beaucoup affecté Mrs. Secretan, que des maux de tête et des mauvais pressentiments avaient tourmentée toute la journée. Miss Folley l'irritait particulièrement. Avec le temps, celle-ci s'était enfin révélée capable de penser à autre chose qu'à son orgueil blessé, mais les cicatrices demeuraient : elle hésitait encore à admettre certaines pensées et, lorsqu'elle lançait une remarque spontanée qu'elle jugeait ensuite susceptible d'entraîner le rire de Mrs. Secretan ou de provoquer ses sarcasmes dans une lettre à Flora, elle demeurait sur la défensive, furieuse, durant le reste de la journée.

Mrs. Secretan, misérable et accablée, travaillait dans le jardin, coupant les roses fanées en s'efforçant d'oublier la douleur dans sa poitrine et, quand c'était impossible, de se persuader qu'elle était hypocondriaque. Tu es une vieille dame morbide, se disait-elle sévèrement. Mais cela ne suffisait pas. L'idée de la mort gagnait de plus en plus de terrain au fil des jours : elle avait désormais l'esprit tellement vide que ces idées malsaines l'occupaient entièrement.

Peu avant l'heure du thé, une soudaine brise parcourut le jardin; les buissons et les branches s'agitèrent. Mrs. Secretan vida son panier de jardinage sur le tas de détritus et rentra dans la maison.

La mort! clamaient ses douleurs tandis qu'elle arpentait le salon. Il lui semblait parfois s'habituer à cette idée. Lorsque cela arriverait, elle avait décidé de se montrer aussi paisible que possible. Ce serait la dernière chose qu'elle ferait pour Flora : réussir peut-être à chasser de sa vie la hideuse peur de la mort. D'autres fois, prise au piège, terrifiée comme cet après-midi, elle ne parvenait pas à résister à la panique. Elle était incapable d'entreprendre la moindre activité.

La pluie tombait en rafales sifflantes. Mrs. Secretan alla se poster devant la fenêtre. Les delphiniums étaient d'un bleu si triste dans le vert mouillé de l'herbe et des feuilles. La pluie s'enfonçait comme des baïonnettes dans les massifs de fleurs. Le tonnerre gronda et elle crut tout d'abord que c'était Miss Folley qui, à l'étage, s'énervait en s'efforçant de fermer un tiroir coincé.

Vers qui se tourner? se demandait Mrs. Secretan. Elle se le demandait souvent. Ces temps derniers, elle avait énormément pensé à son mari. S'il avait été vivant, elle aurait lui pu demander son aide face à la maladie, mais elle ne pouvait faire appel à sa fille.

La voiture de Richard passa le portail et s'engagea lentement dans l'allée, la pluie crépitant sur son toit. Incrédule, elle la regarda tourner sur le gravier et s'arrêter; elle se précipita dans le hall et ouvrit la porte.

Devant le visage joyeux de Richard, elle comprit immédiatement que tout allait bien : il ne venait pas lui annoncer qu'il était arrivé quelque chose à Flora.

« Non, je vous rend simplement visite, dit-il en réponse à ses questions. J'espérais que vous seriez contente de me voir.

– Mais je le suis! Je le suis! »

Il la suivit au salon. Après avoir refermé la porte, elle s'y adossa avec un geste d'épuisement et déclara : « Je crois que je n'ai jamais été aussi heureuse de voir quelqu'un de toute ma vie. »

Il la regarda, surpris. Elle était très pâle, amaigrie, le visage aussi angoissé que celui d'un enfant qui a peur.

« Je suis au bout du rouleau, dit-elle en se laissant tomber sur le canapé. Si j'avais su que vous veniez, j'aurais essayé d'être en meilleur état. Quelle journée! J'avais désespérément besoin d'un peu de soulagement, et vous êtes arrivé! Comme un miracle, une prière exaucée. »

Il s'assit près d'elle et la dévisagea avec anxiété. « Êtes-vous malade? » demanda-t-il.

Un simple orage ne pouvait l'avoir bouleversée à ce point.

« Oui, je crains d'être malade, Richard. Et je le crains depuis fort longtemps. Mais je ne veux inquiéter personne. Et surtout pas Flora.

– De quoi s'agit-il?

– Mal partout. Une telle douleur dans la poitrine, voyez-vous. » Parler était un immense soulagement : cela faisait presque disparaître la chose.

« Que dit votre médecin?

– Je ne l'ai pas vu. Je n'en ai pas eu le courage, en fait.

– Ma chère Alice... » murmura-t-il. C'était la première fois qu'il l'appelait ainsi. D'une façon ou d'une autre, il s'arrangeait pour ne jamais prononcer son nom. Il prit sa main tremblante et la serra fermement. « Avant de partir, je vais vous conduire chez le docteur. Nous en aurons le cœur net, et vous serez soulagée.

– C'est inutile. Il ne me dira jamais la vérité, jamais. Surtout si c'est grave. Nous sommes de bons amis, et des voisins.

– Eh bien, c'est pourtant ce que nous allons faire. Nous nous rendrons à son cabinet dès qu'il sera ouvert.

– Je n'ai jamais mis les pieds dans son cabinet! protesta-t-elle.

– Nous irons en fin d'après-midi. Nous nous installerons dans la salle d'attente et nous lirons le *Punch*. Et ensuite, je vous reconduirai ici, et vous passerez une bonne nuit. On dirait que ça ne vous est pas arrivé depuis longtemps.

– Oui, c'est vrai », reconnut-elle.

Mais si jamais c'était grave; si jamais dormir était hors de question? songeaient-ils l'un et l'autre. Dans ce cas je resterai, décida-t-il. Téléphoner à Flora. Trouver un prétexte quelconque pour qu'elle ne s'inquiète pas.

Miss Folley entra avec le plateau du thé et les considéra tous deux avec curiosité. Lorsqu'elle fut partie, Mrs. Secretan déclara soudain d'un ton catégorique : « Je ne peux pas, Richard. Je n'ai pas le courage d'y aller. »

Désespérée, elle contempla le plateau, puis saisit la théière. « Un thé plutôt consternant, j'en ai peur, dit-elle.

– Vous savez ce que je pense? s'exclama Richard. Je pense que vous avez besoin d'un grand changement. Quelque chose de vraiment passionnant. Ce ne doit pas être très drôle de passer ses journée enfermée avec... » dit-il en désignant de son *scone* la porte fermée.

« J'ai des amis dans le village. »

Mais pas aussi nombreux qu'avant, et aucun de fraîche date, songea-t-elle.

« Quelque chose de véritablement différent », insista-t-il en réfléchissant. Cette conversation visait à empêcher sa belle-mère de trop penser à la visite chez le médecin.

« Il est vrai qu'à présent je regarde en arrière, admit-elle. Flora était le centre de ma vie. Je crois qu'aucune mère ne se remet vraiment du départ de sa fille. Mon Dieu! Ce n'est pas une chose à dire – et surtout à vous! Je me suis consacrée à elle, peut-être trop. C'est possible, vous savez. Et depuis qu'elle n'est plus là, je dérive. Je n'ai pas l'impression d'avoir gâché ma vie; mais je n'en ai pas fait grand-chose ces derniers temps, et j'en retire un vilain sentiment de culpabilité. Enfin! il est inutile de s'énerver là-dessus pour l'instant.

– C'est utile, au contraire. Il n'est pas trop tard pour vivre avant de mourir. Songez à tout ce que vous pouvez faire, s'empressa-t-il d'ajouter. En fait, vous avez une chance extraordinaire. Tenez, par exemple, vous disposez d'assez d'argent pour voyager.

– Je n'ai pas fait un seul voyage depuis la mort d'Edward, mon ami.

– Faites-en un maintenant, maintenant, pour l'amour de Dieu!

– Mais voyons, je ne pourrais pas partir seule. Et puis, de toute façon, je veux laisser à la petite Alice le capital que je possède.

– Non. Ce n'est pas une bonne chose. L'argent est fait pour être utilisé, pas laissé derrière soi. Alice se débrouillera. D'ailleurs, je ne suis pas exactement dans la misère.

– Bien sûr... ce n'est pas ce que je voulais dire... mais simplement...

– Les enfants ont l'avenir devant eux. Et je suis contre les testaments. Quand on mentionne un legs dans les journaux, je me dis toujours : Pauvre vieux Untel, il n'a pas eu le temps de dépenser ses derniers millions! »

Il modifiait un peu sa façon de voir, afin de persuader Mrs. Secretan.

« Pensez aux endroits que vous pourriez visiter, reprit-il. Florence, Rome, la Grèce, la Turquie, Bangkok...

– Bangkok? répéta-t-elle doucement.

– Oui. »

Elle le regardait avec ahurissement. Mais lorsque arriva le moment d'aller chercher son chapeau et ses gants pour l'accompagner, elle avait la tête si pleine de projets audacieux que ses douleurs s'étaient déjà apaisées.

« Je ne serai pas longue, dit-elle à Miss Folley.

– Nous sommes juste à l'heure pour l'ouverture », ajouta Richard en consultant sa montre, avec un clin d'œil à sa belle-mère.

« Ne dites pas à Flora où nous sommes allés, supplia Mrs. Secretan dès qu'elle fut installée dans la voiture.

– Non, je ne lui dirai rien », promit-il.

Il espérait qu'ils n'auraient pas trop longtemps à attendre.

Flora ne reçut aucune visite ce jour-là. La pluie qui tourbillonnait dans les rues, l'absence totale de taxis avaient dû dissuader les candidats. Coupée du monde par le mauvais temps, Flora se sentait d'humeur triste et maussade tandis qu'elle attendait le retour de Richard.

La journée de Flora avait été assombrie par un rêve qu'elle avait fait durant la nuit. Elle rentrait chez elle et se sentait étrangère dans sa propre maison. Elle remontait Beatrice Crescent sous une étrange lumière crépusculaire, se demandant qui elle était, se demandant pourquoi le cytise du jardin avait été coupé. À l'intérieur, tout avait été modifié : les gravures florales qui décoraient le salon avaient disparu, les rideaux à fleurs étaient désormais unis ; il n'y avait plus une seule photo dans la pièce et le miroir au-dessus de la cheminée ne lui renvoyait pas son image lorsqu'elle s'y regardait. La terreur l'envahit tandis qu'elle parcourait la maison. Les vêtements de quelqu'un d'autre étaient suspendus dans sa penderie : des manteaux ternes, d'horribles robes en laine comme on en trouve dans les ventes de charité dont elle s'occupait jeune fille. Mrs. Lodge était toujours dans la cuisine, mais elle ne levait pas la tête et, en dépit des efforts de Flora pour parler, elle ne se rendait pas compte de sa présence, restant assise devant la table à égrener des groseilles rouges avec une fourchette. Les fruits tombaient comme autant de gouttes de sang dans un saladier ; les lèvres serrées de Mrs. Lodge formaient un trait mince. Ne pas avoir réussi à émettre un son angoissait beaucoup Flora et elle s'enfuyait de la cuisine, en courant, en volant dans l'escalier jusqu'à la nursery : Alice s'y trouvait, dormant paisiblement dans son petit lit bien bordé. La puissance inconnue qui l'avait conduite chez elle et avait opéré tant de modifications avait néanmoins conservé Mrs. Lodge et Alice. Mais qu'était-il advenu de Richard? Il ne restait rien de lui. Avait-il été jeté avec les gravures florales et tous les autres jolis objets? Elle ne savait pas si elle préférait qu'on l'ait conservé ou fait disparaître, et elle se réveilla sur cette interrogation, heureuse de le trouver près d'elle dans le lit, ronflant légèrement. Elle avait entendu dire que ronfler est un signe de colère refoulée, et elle lui poussa doucement l'épaule pour le faire cesser. Richard, lui, n'avait aucune raison d'être en colère.

Comme c'était le jour de congé de Mrs. Lodge, Flora avait préparé une tourte à la viande, le plat favori de Richard. Elle sentait ce jour-là qu'elle devait se le concilier, le rapprocher d'elle en l'enchaînant par tous les moyens possibles. Elle ne cessait de sortir du four, puis de l'y remettre, la tourte à la viande qui symbolisait l'un des maillons de cette chaîne. La pâte risquait de durcir.

Elle déambula dans la maison, et monta voir Alice plusieurs fois mais, ainsi que dans son rêve, Alice dormait paisiblement, les jambes par-dessus la légère couverture, les cheveux collés au front comme des plumes mouillées.

Richard était terriblement en retard, et Flora commençait à se sentir très mal. Quel que fût l'endroit où il se trouvait – Dieu seul savait où, sous la pluie, à la nuit tombante –, elle n'était pas en mesure de le joindre et de l'implorer, de lui dire combien elle était bouleversée, ni que la tourte sacramentelle serait gâchée, et que l'image d'Elinor Pringle ne cessait de lui occuper l'esprit. Il avait affirmé qu'on ne s'éprenait pas d'Elinor, mais ses paroles ne lui avaient apporté qu'un réconfort passager. Elle se les répétait, puis les rejetait; elle aurait pourtant bien voulu y croire.

« C'est de la jalousie », murmura-t-elle entre ses doigts que la nervosité lui avait fait joindre. Le mot – le nom de ce dont elle souffrait – lui fit peur. C'était l'un de ceux qui, auparavant, ne signifiaient rien.

Lorsque Richard arriva enfin, il la trouva dans le salon plongé dans l'obscurité, en larmes. Dans la cuisine, la tourte avait été sortie du four pour la quatrième fois. Flora se dégagea rapidement de son étreinte et courut au sous-sol la remettre à chauffer. Richard la suivit.

« Alice va bien? » demanda-t-il, car il ne pouvait rien tirer de Flora, aucune explication pour ses larmes, sinon d'autres larmes. Quelle journée! se dit-il. Le délicat rendez-vous professionnel de la matinée semblait maintenant une tension mineure, presque oubliée. La vertu l'avait quitté et il avait faim, au point que bientôt il n'aurait même plus envie de manger : les vieux maux d'estomac se réveillaient.

« Je suis allé voir ta mère, dit-il.

– Mais pas aussi longtemps! Elle ne t'aurait jamais gardé si tard, sachant combien je m'inquiéterais. »

Il avait promis de ne pas parler de la visite chez le médecin et il tiendrait parole, décida-t-il sombrement. Le risque d'alarmer Flora à propos de la santé de sa mère (même si les paroles rassurantes du docteur, sa façon d'apaiser l'angoisse avaient certainement neutralisé le risque) lui avait semblé moins grave que de laisser Flora se tourmenter sur son emploi du temps. En outre, sa belle-mère se sentait probablement un peu gênée à présent, confuse des fantasmes morbides qu'elle avait entretenus. Elle n'aurait pas envie que Flora soit mise au courant.

« Je vais manger un peu de tourte, dit-il. Tu m'accompagnes ?

– Je suis incapable d'avaler la moindre bouchée.

– Je m'installe ici, dans ce cas. »

Il s'assit devant la table de la cuisine.

« Mais j'ai mis le couvert dans la salle à manger. Et Mrs. Lodge peut rentrer d'un instant à l'autre. La tourte n'est sans doute pas encore chaude. Oh, Richard, où étais-tu donc ? Si tu savais quelle soirée j'ai passée !

– Je prends la peine d'aller voir ta propre mère et, quand je rentre, je me trouve accusé de choses inconcevables ! » Il s'était mis à crier ; ses aigreurs d'estomac le tourmentaient. « Que crois-tu donc que j'ai fait, bon sang ? Où penses-tu que je sois allé ? »

Elle ne répondit pas, cessa de pleurer et se contenta de le regarder. Ensuite, très lentement, elle se dirigea vers le buffet, ouvrit le tiroir et en sortit un couteau et une fourchette.

« Pas la peine ! dit-il. C'est fichu ! Je n'ai plus faim. Tu crois que j'étais avec Elinor Pringle, c'est ça ? »

Sans répondre, elle disposa les couverts sur la table. Il les repoussa.

« Je commence à comprendre. Tu t'es mis cette femme dans la tête, hein ? Eh bien, je vais te simplifier les choses. Figure-toi qu'elle est partie : elle est au bord de la mer avec son mari. À Southend, Margate, ou un endroit de ce genre. Pour un congrès.

– Je sais parfaitement qu'elle ne s'intéresse pas à la politique, Richard.

– Tu me traites de menteur ? Je te dis qu'elle n'est pas à Londres.

– Arrête de hurler ! Ne crie pas, je t'en prie. Pardonne-moi. J'ai vraiment honte. Mais je m'inquiétais tellement, tu ne rentrais toujours pas, et j'avais la tête pleine d'horribles choses; et puis j'ai fait ce rêve atroce, un cauchemar en fait, qui m'a collé à la peau toute la journée. » Elle continua de bredouiller. Il ne comprenait pas de quoi elle parlait mais, comme elle se calmait et prenait un air contrit, la colère de Richard s'apaisa et, lorsqu'elle plaça la tourte devant lui, il remit les couverts en place et la regarda découper une part. Elle posa des légumes à l'aspect lugubre sur la table et il commença à manger.

Quelques instants plus tard, elle s'approcha, lui posa un baiser sur le front et il se détendit.

« Pardonne-moi, implora-t-elle.

– Uniquement si tu ne te mets plus jamais de pareilles idées en tête, dit-il, conscient de sa supériorité. Promets-moi de me faire confiance.

– Oui, bien entendu. »

Elle s'assit et le regarda manger. Lorsqu'il eut terminé, il déclara : « Je vais t'expliquer, à présent. J'ai décidé d'envoyer ta mère parcourir le vaste monde. C'est la raison de mon retard : il m'a fallu du temps pour la convaincre. » Surprise et humble, Flora l'écoutait. « Elle a terriblement besoin de vacances, de changement. Elle n'est pas partie depuis des années.

– Elle a passé quinze jours chez mon oncle, l'automne dernier, souligna Flora. Et puis, de toute façon, elle se plaît tellement chez elle. Elle a tous ses amis à proximité, et Miss Folley est si dévouée. Elle risque de se sentir affreusement seule en voyage, non?

– Ça lui fera du bien, la sortira d'elle-même. »

Ils en parlaient encore lorsque Mrs. Lodge rentra.

« Je suis navré, lui dit Richard, mais je suis arrivé tellement tard qu'il semblait inutile de tout transporter dans la salle à manger.

– Aucune importance, monsieur », dit-elle, le visage rendu sévère par la désapprobation.

Plus tard, un certain temps après qu'ils furent couchés, Flora chuchota : « Richard... Richard, comment sais-tu qu'Elinor est partie? »

Mais Richard fit semblant de dormir.

Le lendemain matin, Mrs. Secretan s'éveilla, résolue comme d'habitude à envisager courageusement sa situation; puis, peu à peu, la certitude de n'avoir plus besoin d'être courageuse l'envahit.

Cher, cher Richard! songea-t-elle en contemplant le plafond, les yeux emplis de larmes de soulagement et de gratitude. De toute sa vie, personne n'avait autant fait pour elle; même Flora.

Elle se leva et s'approcha de la fenêtre : une matinée brumeuse où le soleil perçait déjà. Un ciel semblable à du papier de riz.

Elle était enfin en mesure de prendre plaisir à ce qu'elle adorait, au lieu d'en souffrir : son jardin, la Tamise; le reste du monde – autant qu'elle en avait envie. « Je vous surveillerai », avait dit le docteur Wilson. Cela l'avait rassurée : le sentiment d'être en sécurité, prise en charge. Et il n'y aurait plus de douleurs. Elles avaient disparu la veille, dans le cabinet du médecin. Cancer, angine de poitrine, infarctus du myocarde : les noms des maladies redoutées avaient soudain perdu leur puissance.

Mrs. Secretan s'habilla et descendit, puis sortit dans le jardin lavé de frais par les averses nocturnes, constellé de fibres et de fils de la Vierge. La pluie, pourtant si abondante, n'avait pas nettoyé les roses. Près du mur, la rouille attaquait la tige des boutons, formant d'épaisses broderies d'un vert plus clair. Il lui faudrait s'en occuper de nouveau, mais de façon plus régulière et plus efficace que ces derniers temps.

Les colombes de Flora se promenaient sur le toit; d'autres oiseaux s'étaient posés sur la pelouse, plongeant leur bec, entre les brins d'herbe, dans la terre amollie par la pluie. Le paysage était purifié, radieux; un regain de vie, comme pour elle.

Elle sortit du jardin et s'engagea sur le chemin de halage. Elle venait naguère s'y promener avec Edward, avec Flora, et s'accommodait fort bien à présent d'y être seule. La Tamise ce matin-là était d'un blanc presque laiteux, embrumée, parsemée de roseaux brillants, vert émeraude. Les petits nénuphars jaunes au parfum d'amande s'ouvriraient plus tard, quand le soleil serait plus fort. Elle vit un héron, puis un martin-pêcheur, beaucoup plus rares aujourd'hui que lorsqu'elle s'était installée ici au début de son mariage.

Au bout d'un moment elle fit demi-tour et reprit le chemin de la maison. J'ai faim, constata-t-elle en jubilant.

De la fenêtre de sa chambre, Miss Folley avait remarqué les traces de pas sur la pelouse mouillée. Elle se leva et descendit préparer le petit déjeuner. Lorsque Mrs. Secretan referma la porte de derrière, elle sentit l'odeur du bacon et des tomates en train de frire, du café qui passait.

« J'ai une faim de loup », dit-elle en entrant dans la cuisine.

« Vous devriez changer de chaussures. Elles sont trempées, remarqua Miss Folley.

– Aucune importance. Vous savez, nous allons nous offrir une petite fête, aujourd'hui. Nous prendrons un taxi pour aller déjeuner dehors. Au *Compleat Angler*, ou un endroit de ce genre. Ça vous plairait? »

Le visage de Miss Folley s'éclaira.

« J'ai déjà commandé les côtelettes, murmura-t-elle.
– Elles attendront bien jusqu'à demain. »

Mrs. Secretan retourna un toast sur le gril. « Nous menons une vie trop routinière, dit-elle. Il ne faut pas passer l'été à ne rien faire. » Elle chantonnait en surveillant son pain.

« Ce sera très agréable, déclara Miss Folley. Vraiment très agréable. »

16

Liz Corbett, être d'habitudes et de discipline, avait passé l'été enfermée chez elle. Son atelier était torride et étouffant ; mais, plantée devant son chevalet, ses pieds aux veines gonflées nus sur le plancher poussiéreux, elle n'en avait que très vaguement conscience.

« Qu'est devenu le ravissement ? » demanda un soir Patrick, plutôt contrarié, tandis qu'elle retournait sa dernière toile pour la lui montrer.

« Je ne veux pas séduire les gens. Je veux les secouer, répondit-elle. Les gens sous le charme sont à moitié morts. »

Toutes les plumes, ainsi que les fleurs et les coquillages, étaient brisés et tordus. Les pâles visages des fillettes étaient déconstruits, leurs traits réorganisés en des formes plus marquées, mais peu familières. Les éléments du passé n'avaient pas disparu, ils semblaient simplement avoir été soumis à une sorte de fission : ses nouvelles toiles procèdent d'une schizogenèse, songeait Patrick en reculant pour examiner les tableaux qu'il avait installés sur les bras d'un fauteuil.

« En ce qui me concerne, dit-il, je vous laisse continuer seule désormais. Je ne suis plus là. »

Il se sentait tristement dépossédé du sentiment magique que lui avaient inspiré les œuvres de Liz, et n'appréciait pas de devoir limiter ses appréciations.

« J'ai une vie entière de travail dans la tête, déclara Liz, qui ne l'avait pas écouté. Quelques recherches à mener. » Elle avait toujours refusé de parler de son travail ; elle n'en voyait pas l'utilité ; mais à présent une excitation frivole, presque semblable à l'ivresse, la contraignait à le faire.

« Je ne suis plus en mesure de suivre à partir de maintenant, dit-il, mais si vous mettez vos chaussures, je vous emmène dîner au pub. »

Elle les chercha distraitement, et dénicha sous le lit une paire de sandales dont l'une avait perdu sa boucle; ensuite elle entreprit de trouver un peigne, mais y renonça vite.

Elle descendit l'escalier, la sandale cassée à la main. Une fois dans la rue, elle y glissa son pied et, en boitillant, suivit Patrick jusqu'au pub.

La bouteille de sauce rouge et brillante sur la table, coagulée et gluante autour du bec verseur, donna presque la nausée à Patrick. Mais il ne trouvait pas Liz assez propre pour le restaurant de l'hôtel.

Elle était heureuse d'être là, une bonne journée de travail derrière elle. Lorsqu'on leur servit du poisson enrobé de pâte à frire jaune et fripée, elle tendit la main, s'empara de la bouteille de sauce tomate, la secoua avec vigueur et en versa une large dose dans son assiette. Patrick détourna les yeux. Ensuite, prudemment, il retira un morceau de poisson de son enveloppe de pâte, et le mangea en hésitant.

Face à Liz, il avait toujours l'impression d'être trop délicat, d'avoir un côté vieille fille. Il leva son verre et but une gorgée. Commander du vin avait été une erreur qui provoqua une petite révolution : le patron du pub avait dû chercher des clés et abandonner son comptoir pour prospecter sa cave. Et ce qu'il en avait rapporté était positivement atroce. Patrick posa son verre et se remit à décortiquer le poisson. Il n'était pas vraiment à l'aise dans les pubs.

« Vous ne mangez pas ça? demanda Liz. Parce que, dans ce cas, je prends. »

Elle ne cessait de plonger sa fourchette dans l'assiette de Patrick et de porter les morceaux à sa bouche. Elle voulut chasser une mouche – nombreuses à tournoyer autour d'eux – et renversa son verre. Avec indifférence, elle considéra la nappe tachée, puis saisit la bouteille et se resservit à boire avant que Patrick ait eu le temps de le faire.

Si seulement j'étais avec Meg, songeait-il. Chère Meg, douce et paisible. Il avait fait tout ce trajet pour la voir – et pourtant ce n'était pas un vendredi – dès qu'il avait appris sa maladie. Il l'avait trouvée au lit, un peu fiévreuse à cause de sa grippe et il avait senti qu'elle aurait souhaité qu'il ne vienne pas, préférant rester seule pour somnoler, sans avoir à parler ou à écouter, en attendant que la fièvre veuille bien tomber. Il lui avait doucement essuyé le front et les poignets, avait lissé ses cheveux, disposé quelques raisins dans une assiette près d'elle et lui avait préparé deux tranches de pain beurré, les plus minces qu'il ait coupées de toute sa vie, puis l'avait regardée les mâcher, docile, et les tourner dans sa bouche sèche. Mais comme elle ne cessait de s'excuser, de le remercier et de redouter de lui passer ses microbes, il comprit qu'il la dérangeait et s'en alla.

« J'ai laissé du saumon fumé entre deux assiettes dans le placard de la cuisine, dit-il à Liz. Si vous pouviez le lui donner pour déjeuner, Kit s'occuperait du dîner. La clé est pendue à une ficelle dans la boîte aux lettres.

– Vous faites pas de bile, répondit Liz. Je m'en charge.

– Elle aimerait peut-être qu'on change ses draps...

– Vous faites pas de bile. »

Il avait du mal à imaginer Liz en infirmière, mais elle avait promis de faire de son mieux. Quel dommage que Flora soit partie passer quelques jours chez sa mère. Dans une telle situation, elle aurait prodigué sans compter sympathie et menues douceurs.

Lorsque Liz eut terminé son poisson (et celui de Patrick), elle s'adossa à son fauteuil et, pour la première fois depuis le début du repas, le regarda. Repue, songea-t-il en détournant les yeux, redoutant vaguement qu'elle ne lâche un rot. Elle colla son doigt sur quelques miettes et les enfourna dans sa bouche. Les assiettes étaient bien propres. Pas le moindre reste.

« Comment va cette horrible Flora ? » demanda-t-elle brusquement, comme si le fait d'avoir mangé lui donnait la capacité de penser au monde extérieur, aux autres.

« Flora n'est pas horrible. Pourquoi dites-vous une chose pareille? Vous ne la connaissez même pas.

– Ça changerait rien!

– J'adore Flora. Je ne laisserai personne...

– Je sais ce que je sais », affirma Liz, énigmatique.

Patrick vida son verre et sortit son portefeuille, agacé par ses airs mystérieux.

« Je dois partir, dit-il. N'oubliez pas, pour Meg. »

Mais Liz n'avait pas l'intention d'user sa salive pour confirmer ses promesses. Elle glissa le pied dans la sandale cassée et traversa le pub en clopinant. Une fois dehors ils se dirent au revoir, et Patrick s'éloigna en direction de la gare. Il se retourna et la vit postée sur le pas de sa porte. Elle lui fit un geste d'adieu avec sa sandale, et lança un dernier bonsoir.

La visite de Patrick avait rendu Meg encore plus malheureuse. C'était si gentil de sa part d'être venu, se disait-elle, et pas un vendredi, qui plus est. Mais que Patrick la voie couchée dans cette chambre sordide l'avait humiliée.

Elle n'avait pas eu la force de ranger et, pendant toute la durée de sa visite, elle s'était sentie irritée par les signes de désordre : la robe de chambre en tas sur le sol, une cuiller plantée dans un verre sale, des vêtements empilés sur un fauteuil, avec un porte-jarretelles qui dépassait, et une combinaison dont elle avait déchiré la bretelle dans sa hâte fiévreuse de se mettre au lit la veille au soir.

Si seulement j'avais pu faire ma toilette, ou me coiffer, songeait-elle, les cheveux en bataille et trempée de sueur entre ses draps froissés, reculant avec une gêne horrifiée lorsqu'il s'était approché pour lui tamponner timidement le visage avec un gant de toilette humide et lisser sa chevelure emmêlée en lui dégageant le front.

Une fois Patrick parti, elle s'efforça de ne pas pleurer, tenta de dissiper la honte en faisant appel au raisonnement. Je suis incapable d'accepter quelque chose de lui avec élégance, se dit-elle, lugubre.

Tout se passa différemment au retour de Kit. Meg fut contente et soulagée de le voir, et elle apprit avec reconnaissance qu'il avait annulé un rendez-vous avec la jeune réceptionniste de la maison d'édition. Il s'était dépêché de rentrer pour retrouver Meg, et il monta en courant, un sac de raisins à la main.

« Je vois que tu en as déjà, dit-il. Les miens ne sont pas aussi beaux. Qui est passé ? » Il s'assit près de la fenêtre et se mit à manger des raisins, crachant les pépins dans le jardin.

« Patrick. »

Kit émit un petit bruit sarcastique. « Voilà les Adalat qui partent faire leur promenade vespérale », dit-il en apercevant par la fenêtre leurs voisins qui sortaient en famille. « Madame porte un sari rose et des talons aiguilles, le papa un blazer croisé et des chaussures à bouts pointus et la petite, avec un gros nœud bleu dans les cheveux, a emporté son Donald en plastique. »

Il les regarda descendre lentement la rue. Par la fenêtre ouverte, ils entendaient les sirènes des bateaux sur la Tamise et au loin, un orchestre qui jouait des opérettes de Gilbert et Sullivan dans le jardin public. Bientôt les concerts cesseraient, car la saison d'été touchait à sa fin.

Lorsque les Adalat eurent disparu, Kit se tourna vers Meg, parcourut la chambre du regard et décida de ranger un peu.

« Tu veux que je colle tout ça dans un tiroir ? » demanda-t-il en ramassant les vêtements.

Elle acquiesça. Ne plus les avoir sous le nez serait déjà quelque chose. Kit tournicotait sans se presser, essayant de mettre de l'ordre, et Meg ferma les yeux, incapable de supporter ses gestes maladroits et honteuse d'être si impatiente.

« Ma pauvre vieille Meg », dit-il tout à coup – et ce n'était pas seulement parce qu'elle avait la grippe. « Comment va Patrick ? » ajouta-t-il pour être gentil.

« J'espère que je ne lui ai pas passé mes microbes, répondit Meg, énervée. Et que je ne te les ai pas passés non plus.

– Tu sais bien que je n'attrape jamais rien. Et s'il tombe malade, lui, ce n'est pas la fin du monde : une simple grippe, après tout.

– Qui le soignerait ? »

Il y eut un silence. Tous deux avaient l'impression de savoir en tout cas qui ne le soignerait probablement pas. Puis, d'une voix changée, Kit déclara : « Aucune femme ne le ferait tourner en bourrique comme ce gars-là. »

C'était la première fois qu'il faisait allusion à Frankie et, dès sa phrase lancée, il regretta d'avoir choisi un tel moment, une telle situation.

Meg tourna la tête avec lassitude sur l'oreiller et murmura : « Tu sais bien que n'importe qui peut faire tourner en bourrique n'importe qui d'autre.

– Je ne... je n'aurais pas dû dire ça.

– Ça ne fait rien. Nous sommes tous les deux au courant. Tout le monde est au courant. Que vas-tu manger ce soir?

– Je trouverai bien quelque chose. »

Il descendit l'escalier, et elle l'entendit faire du bruit, laisser échapper des casseroles, remplir la bouilloire. Elle s'assoupit et elle eut l'impression de se réveiller bien longtemps plus tard. Kit se tenait devant elle. Il l'aida à s'adosser à ses oreillers et installa sur son lit un plateau portant une tasse de thé et un œuf à la coque dur comme la pierre. Avec une expression de fierté et d'affection, il la regardait commencer à manger.

« Quand tu auras fini, je referai ton lit, dit-il.

– C'est gentil.

– L'œuf est un peu trop cuit, non?

– Pas vraiment. Tu as mangé le tien?

– Je vais le faire. Tu aimerais autre chose? J'ai trouvé des biscuits au chocolat dans une boîte.

– Rien d'autre, merci. » Elle lui tendit le plateau avec soulagement et se glissa au fond de son lit. « Merci, Kit. C'est vraiment très gentil. J'irai mieux demain », assura-t-elle.

17

Elinor s'était faufilée hors de l'hôtel rouge vif de l'esplanade pour se mêler aux vacanciers. Il bruinait, et tous les occupants de la ville paraissaient être dans les rues, déambulant sans but précis, vêtus d'imperméables, ou avec des capuchons de nylon fort laids, contemplant les vitrines, se pressant dans le Woolworths embué, léchant des glaces, et s'efforçant de tirer le profit maximum de leurs congés tardifs.

La marée était haute et les vagues crissaient sur les galets. De la lointaine fête foraine s'échappaient les grondements intermittents des montagnes russes, et des hurlements – vague après vague de cris suraigus.

Elinor avait quitté l'hôtel pour fuir ce qu'on appelle une « petite réunion », au bar, après la séance de travail. Geoffrey et ses collègues s'y rendraient tous, avec une jovialité anticipée, soulagés (pour la plupart) de laisser derrière eux la besogne de la matinée. « Alors, petite madame, comment a-t-on passé son temps? demanderaient à Elinor certains des messieurs les plus âgés. On a dépensé tout l'argent de son cher mari? » Elinor trouvait rétrograde cette façon d'envisager l'économie du mariage, mais était suffisamment magnanime pour la croire hypocrite. Ces galanteries taquines lui avaient été débitées la veille, l'avant-veille, et le jour précédent. Quelques jeunes femmes sérieuses, qui n'avaient pas envie d'abandonner le travail, venaient s'asseoir à côté de Geoffrey pour continuer à l'entretenir du sujet, sans accorder la moindre marque d'attention à Elinor.

La présence d'Elinor dans cette ville était absurde. Lorsqu'elle était seule, elle savait au moins à quoi s'en tenir; mais quand les réunions s'achevaient et que Geoffrey avait enfin la possibilité de la rejoindre, il devait également rester en contact avec les autres. Il avait même dansé – très mal – avec une robuste mairesse, une économiste décharnée, et ce qu'il appelait l'une des viragos du parti, les faisant tournoyer lentement dans la pièce. Seuls des mobiles politiques pouvaient l'amener à danser. Les congrès étaient organisés pour soutenir le moral des militants et, en ces occasions, il déployait une inlassable jovialité. Elinor découvrait un nouvel aspect de la personnalité de Geoffrey; mais elle s'avérait incapable d'ajouter une nouvelle dimension à la sienne : elle avait lamentablement échoué côté gaieté, et était en outre malheureuse de se montrer blessante, ayant rencontré trop de gens dont elle avait oublié le visage et le nom, de sorte qu'avoir failli à ses obligations d'épouse accroissait son énervement et sa confusion.

C'était sa première escapade, la première fois qu'elle ne s'était pas sentie capable d'affronter la « petite réunion ». Escapade était d'ailleurs un bien grand mot. Remplie de gens s'efforçant de s'amuser et qui, pour diverses raisons, n'y parvenaient pas, la ville lui parut un concentré de ce que l'Angleterre offrait de pire. Le mauvais temps et l'ambiance profondément ennuyeuse qu'il entraînait était peut-être le principal responsable. Des filles en chapeaux de cow-boys, affichant une bonne humeur de commande, se promenaient bras dessus, bras dessous sur le front de mer en chantant – des voix stridentes, mais sans joie. Quelques personnes âgées s'étaient installées sur le porche de pensions de famille, derrière des massifs d'hortensias roses et des haies de troènes jaunissants. Toutes attendaient passivement l'heure du déjeuner pour gagner les salles à manger qu'Elinor distinguait derrière les rideaux en filet, où elles s'assoiraient à leurs tables ornées de fleurs en plastique. L'*Albermarle*, le *Waldorf*, le *Clarence* : tels étaient les grands noms de ces petites résidences.

Aux abords de la jetée, le bon ton cédait la place à une série de baraques de fêtes foraines, de salles de machines à sous, de stands de *fish and chips* et de pubs à l'ancienne mode avec des bars réservés aux dames. Pour un enfant en vacances, c'était apparemment un grand plaisir que de pousser le tourniquet qui menait sur la jetée afin de visiter la Chambre des horreurs, avec sa collection d'objets de l'Inquisition espagnole et sa Chambre de tortures médiévale; ou encore de se faire prendre en photo à califourchon sur un âne empaillé d'aspect miteux.

Un orchestre était à l'œuvre sous une pagode dorée. Le chef d'orchestre, un petit homme voûté à la moustache cirée, semblait fouetter une crème pâtissière avec sa baguette. Courbées sous leurs imperméables de toile caoutchoutée, la tête protégée par des journaux détrempés, quelques personnes restaient assises parmi des rangées de chaises vides; mais lorsque la bruine se transforma en une pluie drue, elles levèrent le camp, laissant les musiciens jouer pour eux tout seuls les derniers pom-pom-pom d'une mélodie de Messager.

La pluie crépitait sur les galets clairs et propres, et la foule courait pour s'abriter. Elinor était ravie : elle pourrait expliquer que ce déluge l'avait mise en retard. Lorsqu'elle regagnerait l'hôtel, la petite réunion au bar serait terminée; tous seraient déjà installés dans le restaurant.

Afin d'échapper à la pluie, elle s'engagea sous une arcade sombre et sonore aux relents de sable humide et de barbe à papa, et passa un moment à choisir une carte postale pour Richard et Flora.

La carte confirmait qu'Elinor avait quitté Londres, comme l'avait dit Richard. Flora l'examina de nouveau. Quelques jardins aux couleurs criardes, et une jetée semblable à un bras maigre au poing serré tendu vers la mer. « Tout simplement abominable ! » avait écrit Elinor. Mais alors, pourquoi y aller ? Et pourquoi y rester ? se demandait Flora.

Elle venait de rentrer de chez sa mère, qu'elle avait trouvée plongée dans des brochures touristiques, et débordant de projets. Au grand étonnement de Flora, Mrs. Secretan étudiait sérieusement les mérites comparés d'un circuit aux sources de la civilisation hellénique (« Peut-être un peu trop culturel, non ? »), d'un séjour en Inde (« Encore qu'à mon avis, depuis que nous n'y sommes plus, ce doit être affreux »), et d'un Noël en Terre sainte.

« Je vais sans doute choisir Noël en Terre sainte », avait-elle annoncé à une Flora profondément choquée. À Noël ! s'était-elle dit, n'en croyant pas ses oreilles. Et nous, alors, pendant ce temps ? Noël avait toujours représenté une période sacrée, dont on chérissait les traditions – certainement pas le moment de s'envoler pour la Terre sainte. « Je crois que tout y est devenu terriblement commercial. » Elle ne trouva rien d'autre à répondre.

« J'ai l'impression que tu as énormément perturbé ma mère, déclara-t-elle à Richard lorsqu'il rentra.

– C'est bien ! C'est rudement bien ! »

Il faisait sauter Alice sur ses genoux et une traînée de lait coula sur le menton de l'enfant. Elle roula des yeux et fit un rot ; ensuite, elle lui sourit en exhibant ses deux uniques dents. Elle peut compter sur moi, songea-t-il. Jusqu'au jour de ma mort. Et je ferai en sorte de lui donner ce qu'il y a de mieux.

Devenir parent installe des miroirs autour de soi, de sorte qu'on accède à une vision oblique et surprenante des autres, et même de leur vie passée. Richard vit soudain son père encore jeune, débordant de projets ambitieux pour son fils, et il se demanda si Percy, lui aussi, avait fait sauter son enfant sur ses genoux, pressé de rentrer chez lui à l'idée de cet instant privilégié; s'il avait éprouvé cette farouche envie de le protéger. Richard n'avait jamais eu d'idées aussi saugrenues que celle-ci, et cela le mettait mal à l'aise.

« Une femme est venue se présenter, dit Flora.

– Elle est bien?

– Elle a tiqué sur les escaliers.

– Dommage.

– Aucune n'est bien. Même s'il en existait une, je ne m'habituerais pas à elle.

– Continue de chercher. Tu finiras par trouver.

– Et cette pauvre Meg a téléphoné. Elle paraissait très déprimée. À présent, c'est Kit qui est grippé, et Meg a dû reprendre son travail parce que Miss Machinchose est en congé. »

Richard appuyait son doigt sur le ventre d'Alice pour la faire rire, et Flora se demandait si c'était bien raisonnable.

« J'irai le voir demain, reprit-elle. Mrs. Lodge a préparé du poisson, et je le lui ferai réchauffer.

– Est-ce vraiment prudent, Flora? Tu risques d'attraper la grippe à ton tour et de la repasser à Alice.

– J'irai quand même. Je n'attrape jamais rien, tu le sais. Je vais la coucher, à présent; il se fait tard. »

Richard lui tendit la petite, qui s'accrocha à ses cheveux dans l'espoir de rester avec lui. L'adulation d'un bébé est véritablement irrésistible, songea-t-il en redressant sa cravate et en lissant sa chevelure. Il se servit un verre et déambula dans la pièce, parfaitement heureux. Lorsque Flora revint, il regardait la carte postale d'Elinor.

« C'est arrivé cet après-midi », dit-elle d'un ton brusque.

Flora avait toujours collectionné les cartes postales, les conservant dans un classeur doré rangé dans les toilettes du sous-sol. Mais lorsque Richard reposa la carte d'Elinor, elle la déchira en deux et la jeta dans la corbeille à papiers.

18

Kit, au fond de son lit, grognait et parlait tout seul. « Qui viendra ? Qui viendra ? » gémissait-il, maussade. Il lui semblait que Meg était partie travailler depuis une éternité, et qu'au fil des heures son état s'aggravait. Il avait maintenant mal à la base de la colonne vertébrale, ainsi que derrière les yeux. Qu'est-ce que j'ai ? Qu'est-ce qui se passe ? se demandait-il avec la panique de ceux qui sont rarement malades.

Était-ce la méningite qui empêchait de regarder en l'air ou, au contraire, interdisait de regarder ailleurs ? Il avait entendu dire, ou avait lu quelque chose de ce genre, et regrettait à présent de n'y avoir pas prêté davantage attention. Il s'efforça de tourner les yeux vers le mur de son lit, et y réussit au prix de fortes douleurs. Ou alors la poliomyélite ? s'interrogea-t-il. Quelqu'un aurait dû vérifier qu'il avait été vacciné. Durant quelques secondes, il se vit couché dans un poumon d'acier – une image très nette.

Je ne le supporterai pas, songea-t-il, affolé. Je manque de patience. Je n'aurai jamais l'attitude admirable de certaines personnes. Je me mettrai à pleurer et je piquerai une crise.

Il avait lu dans un journal qu'une femme avait passé des années dans un poumon d'acier. Il fallait la nourrir, lui lire ses lettres. Et pourtant, elle était le boute-en-train de l'hôpital. La plus joyeuse de mes patientes, avait affirmé l'infirmière-chef.

Mais moi, je ne serai pas comme elle, se disait Kit.

Je passerai mes journées à hurler des torrents d'injures. Soyez poli ! diront les infirmières sur un ton effroyable.

Le désespoir l'envahit. Je suis incapable de prendre des responsabilités ; ni en ce qui me concerne, ni pour le reste, se dit-il. Autant rester malade toute ma vie. Fini la corvée d'aller au boulot et de me barber une fois là-bas. Je ne me reprocherai plus d'être un raté, et personne n'osera me le dire. Il faudra qu'on s'occupe de moi.

Il s'endormit et, lorsqu'il se réveilla, avant même d'ouvrir les yeux, il entendit des bruits furtifs ; le plancher craquait doucement, quelqu'un allait et venait. Tasse qu'on posait sur une soucoupe. Porte qui se refermait en frottant le tapis.

Des changements subtils s'étaient opérés depuis qu'il s'était endormi. La tache de soleil tombait à présent sur son lit et, quand il regarda la chambre, il y vit des dahlias dans un broc qui ne se trouvaient pas là auparavant. Bientôt il entendit des pas dans l'escalier ; la porte s'ouvrit et, chargée d'un plateau, Flora apparut.

« Tu vas essayer de manger, promis ? » dit-elle.

Soulagement ravi de Kit en constatant que, selon elle, il devait absolument faire l'effort d'essayer.

« Chère, chère et adorable Flora », murmura-t-il. Sa faiblesse l'incitait à lui parler comme il ne se l'était jamais permis en étant en bonne santé.

Elle l'entoura de ses bras vigoureux et l'aida à se redresser dans son lit. Il aurait voulu rester dans ses bras, mais elle se dégagea et s'occupa du plateau. Tout y était fort joliment disposé : il considéra le plus petit morceau de poisson qu'il avait vu de sa vie, d'un jaune pâle, parsemé de persil et orné de papillons de citron. Il n'avait rien contemplé de semblable depuis la mort de sa mère.

« Vous êtes si bonne, dit-il en regardant le plateau sans appétit. Infiniment bonne.

– Je te laisse manger. J'ai deux ou trois choses à faire en bas », déclara-t-elle d'un ton vif.

Flora sortie, il commença à manger, le regard fixe, les cheveux dressés en crête par les oreillers, l'esprit aussi vide qu'il était possible. Il doit être un peu plus de midi, songea-t-il en entendant la petite fille des Adalat rentrer de l'école, secouer la boîte à lettres et appeler sa mère. Ensuite, la rue, la pièce retombèrent dans le silence; seul résonnait le bruit paisible de son couteau et de sa fourchette dans l'assiette. Il lui avait fallu longtemps pour mâcher le poisson, si petit fût-il, et il était reconnaissant à Flora d'avoir compris qu'il ne pourrait rien avaler d'autre. Il lui était également reconnaissant pour le reste, car elle semblait savoir tout ce qu'il faut savoir sur les êtres. Il souhaitait éperdument qu'elle monte le rejoindre.

Son poisson achevé, il repoussa le plateau, enfila sa robe de chambre et, les jambes en coton, se rendit aux toilettes. Flora faisait son lit lorsqu'il revint : les oreillers évoquaient un fauteuil et le drap du dessous était magnifiquement tendu. Il se glissa dans le lit, épuisé d'avoir traversé le couloir, et elle remonta doucement les draps avant de lui donner une tasse de thé.

« Bois, je t'en prie », dit-elle en s'asseyant près de la fenêtre, sa propre tasse à la main.

« Vous avez mangé quelque chose? » demanda-t-il.

Elle acquiesça.

« Vous êtes si bonne d'être venue, répéta-t-il.

– Ne dis pas de sottises. » Elle le débarrassa de sa tasse vide et il s'adossa aux oreillers en fermant les yeux.

« Et si j'étais atteint d'une horrible maladie, affreusement contagieuse? murmura-t-il d'un ton pathétique. Je ne supporterais pas qu'il vous arrive quelque chose.

– Quelle horrible maladie pourrais-tu bien avoir? répondit-elle. C'est seulement la grippe, et tu iras mieux dans un jour ou deux; tu seras capable de retourner travailler, comme Meg.

– Ne me parlez pas de ça, implora-t-il. Et il s'agit sûrement d'autre chose que pour Meg. Je me sens malade à crever.

– Elle aussi, pendant quelques jours. Même à présent, elle est encore très faible et un peu déprimée. Tout à fait normal, à mon avis. C'est d'ailleurs ce qui t'attend. »

Il brûlait d'envie qu'elle s'approche et lui prenne la main. Il avait l'impression qu'il pourrait alors mourir heureux – ce qui vaudrait mieux que de l'obliger à passer de longues heures, jour après jour, au chevet de son poumon d'acier : même elle finirait par s'en lasser. Reprendre son existence passée ou tenter de mener une nouvelle vie sans foi ni enthousiasme représentaient des solutions que Kit n'avait pas la force d'envisager.

« Vous êtes trop loin, je ne vous entends pas », dit-il.

Un camion remonta la rue dans un bruit de ferraille qui étouffa la réponse de Flora. Après avoir approché sa chaise du lit, elle la répéta.

« Tu veux que je te fasse la lecture?

– Parlez-moi. » Il lui prit la main et la serra. « Vous êtes si belle, Flora. Je vous ai toujours adorée.

– C'est mignon, vraiment gentil de me dire ça! »

Sa voix était aussi froide que la main qu'elle posa sur son front.

« Si seulement je pouvais faire quelque chose d'extraordinaire pour vous plaire, vous obliger à m'admirer un peu, poursuivit-il. Mais je suis totalement nul. Ils étaient inutiles, tous ces projets sur mon avenir.

– On dirait que la grippe te fait t'apitoyer sur ton sort.

– Ce boulot stupide que j'ai trouvé, par exemple. Je ne vois pas où il me mènera.

– Pas besoin qu'il te mène quelque part. Considère que c'est temporaire.

– Mais je ne peux rien faire d'autre! »

Il ferma les yeux et tourna la tête.

« Tu sais parfaitement que ce n'est pas mon avis. »

Comme si elle voulait l'hypnotiser, elle enferma sa main entre les siennes et se pencha vers lui, résolue à lui communiquer sa force. Elle pouvait la lui transmettre, elle en était sûre.

« Kit, cher Kit, je crois profondément en toi.

– Oui, je le sais. C'est bien ce qui m'inquiète quand j'échoue.

– À nous deux, nous trouverons une solution. Mais ne te tracasse pas pour l'instant.

– Je ne fais que ça, en ce moment. Impossible d'y échapper.

– Écoute, j'ai appris que Geoffrey Pringle écrit une nouvelle pièce. Nous pourrons peut-être réussir, cette fois. Oui, je crois savoir de quelle façon. Richard pourrait en toucher un mot à Elinor », affirma-t-elle d'un ton décidé.

Il soupira.

« Je sais que tu as du talent », dit-elle.

Ses paroles accentuèrent l'hébétude de Kit. Il avait l'impression de flotter, et la voix claire de Flora résonnait autour de lui. Même cette occasion imprévue d'être seul avec elle, sa main dans la sienne, ne parvenait pas à le maintenir éveillé. Tout se brouillait, s'estompait dans son esprit, et il s'endormit.

Quand il se réveilla, il faisait plus sombre. Le soleil n'entrait plus dans la pièce et, debout devant la fenêtre, Flora passait sa veste.

« Pardon si je t'ai réveillé, mais je dois partir, dit-elle.

– Je suis furieux d'avoir dormi!

– C'est pourtant ce qu'il y a de mieux à faire.

– Pas pendant que vous êtes là.

– J'ai préparé de quoi dîner quand Meg rentrera. Et je crains de ne pas pouvoir venir demain, parce que Richard a invité quelqu'un pour le déjeuner. J'espère que tu iras mieux. Et puis, Kit chéri, promets-moi de ne plus te faire de soucis. »

Il promit. Elle l'embrassa ou, plus exactement, posa rapidement sa joue contre la sienne, et quitta la chambre.

Dehors, au moment où elle montait dans sa voiture, une petite jeune femme disgracieuse aux cheveux ébouriffés passa près d'elle. Elle fixa Flora d'un regard vide, puis ouvrit le portillon et s'engagea dans l'allée. Flora, qui attendit quelques instants avant de mettre le contact, la vit sortir la clé de la boîte à lettres, ouvrir la porte, et entrer.

Tandis qu'elle roulait vers son domicile, Flora se sentit fortifiée, certaine d'avoir aidé Kit, de lui avoir rendu force d'âme et enthousiasme. C'était son talent à elle : la capacité de faire cela pour lui, de lui donner de quoi réfléchir et espérer dans son lit.

En rentrant, elle trouva Patrick qui l'attendait au salon. « Comment va Kit ? demanda-t-il.

– Je crois pouvoir dire que je lui ai insufflé du courage et de l'espoir. »

Ses paroles faisaient l'effet d'une fusée de détresse.

« J'essaierai de passer le voir demain », déclara Patrick.

« C'était ta déesse, hein ? » demanda Liz à Kit.

Elle se tenait devant la fenêtre et croquait une pomme.

Il ne répondit pas, regrettant qu'elle soit là car il aurait voulu prolonger l'atmosphère de la visite de Flora, et se répéter inlassablement les mots d'espoir.

« Je suis passée voir si tu avais besoin de quelque chose, précisa Liz en considérant la chambre. Mais je constate que c'est inutile. La main qui guérit s'est occupée de tout. Parfait. Je peux retourner travailler.

– C'est gentil d'être venue, déclara-t-il rapidement.

– Oui, je trouve aussi. »

Il ferma les yeux, comme s'il ne parvenait pas à lutter contre le sommeil. Lorsqu'elle eut achevé de croquer sa pomme, Liz jeta le trognon par la fenêtre et quitta la pièce. Une fois en bas, elle claqua d'abord la porte d'entrée, de sorte que la maison trembla, puis le portillon. Kit grinça des dents. Même le bruit suffisait à provoquer des suées.

Je sais que tu as du talent, avait dit Flora. Il se le répétait encore et encore, accentuant tantôt un mot, tantôt un autre pour tenter de reproduire le ton ferme et assuré de Flora.

Au fil des heures, seul dans sa chambre, le sentiment d'euphorie se dissipa et, quand il eut complètement disparu, Kit se sentit plus mal que jamais, comme lorsqu'un médicament cesse de faire effet. Il n'y avait aucune issue, rien ne serait possible. Il avait envie de mourir.

Patrick n'alla pas voir Kit le lendemain, car Frankie, qui bénéficiait d'un après-midi de congé, débarqua à l'improviste, la tête pleine d'un projet de vacances d'automne en compagnie de Patrick.

Patrick savait qu'il ne disposait pas du temps nécessaire à un voyage. Il savait aussi qu'il se leurrait de se sentir flatté par cette proposition. Une moitié de lui voyait et comprenait la véritable nature de Frankie, de sorte qu'il était doublement victime : d'une part de sa propre lucidité et, de l'autre, du caractère capricieux et intéressé de Frankie.

Bien entendu, ils iraient là où Frankie le déciderait : à Cannes ou Monte-Carlo, c'était sans importance puisqu'il s'agirait forcément d'un lieu de villégiature où Patrick sombrerait dans la dépression. Avant le départ, il lui faudrait travailler beaucoup plus qu'il n'en avait envie. Et d'autres choses lui prendraient du temps. Il y en avait toujours. Le lendemain après-midi, par exemple, au lieu de s'installer à son bureau, il se sentit obligé de se rendre à Towersey.

Kit était sûrement démoralisé et bouleversé après la visite de Flora, et Patrick se reprocha de ne pas être passé le voir la veille.

Dans le jardin mitoyen, le voisin pakistanais de Meg taillait des troènes. C'était un petit jardin bien entretenu, décoré de motifs en galets ou en pierres blanches et de dahlias éclatants.

Patrick remonta l'allée jusqu'à la porte. La clé n'était pas dans la boîte à lettres, et il en éprouva une irritation proche de l'indignation. C'était déjà assez embêtant de devoir renoncer à un après-midi de travail. Il glissa la main dans la fente et explora, mais en vain. Il tenta ensuite de jeter un coup d'œil dans le couloir sombre, par la fente de la boîte, et il se sentit pris de nausée, affolé. Il avait senti le gaz.

On n'entendait rien, hormis le bruit rythmé des cisailles de Mr. Adalat. Patrick se retourna et l'appela.

« Il se passe sûrement quelque chose, et je ne peux pas entrer. » Absurdement, Patrick donna un coup d'épaule contre la porte. Mieux vaudrait casser un carreau, se dit-il. Il n'avait jamais été un homme d'action aux décisions rapides, et se demandait ce qu'il devait faire.

Mais Mr. Adalat, qui avait lâché ses cisailles, bondit et rentra chez lui en un éclair. Retrouvant l'usage de ses mouvements, Patrick décida de le suivre. Je n'ai pas envie d'être le premier à monter. Autant éviter ça, songea-t-il. Depuis toujours il était persuadé que, confronté à un problème grave, il ne serait pas à la hauteur.

Patrick pénétra dans la maison, et une petite fille se colla contre le mur du couloir pour le laisser passer. Il traversa la cuisine et sortit dans la cour, où Mrs. Adalat, un cardigan sur son sari, regardait par-dessus le muret qui séparait les deux cours; elle se tordait les mains et ses bracelets tintaient.

Craintivement, Patrick regarda à son tour. Kit gisait sur le sol de briques, étendu sur le ventre, et Mr. Adalat était agenouillé sur lui. Il appuyait sur les omoplates du jeune homme, poussait son genou au creux de ses reins et, soudain, un mince filet de vomi jaillit de la bouche de Kit.

Mrs. Adalat posa une caisse en bois contre le muret; Patrick monta dessus et sauta de l'autre côté. L'odeur de gaz et de vomi était épouvantable.

À présent, Mr. Adalat actionnait les bras de Kit d'avant en arrière. « Il n'est pas mort, dit-il à Patrick. Sa tête était tombée du four. Il a dû se cogner. »

Du sang ruisselait de la tempe de Kit. Son visage était effrayant.

« Je vais chercher un médecin », déclara Patrick. Au moins quelque chose qu'il pouvait faire. Mais Mr. Adalat lui lança un regard avisé et hocha la tête. « Il vaudrait mieux pas, répondit-il.

– Il vaudrait mieux pas », répéta sa femme d'un ton assuré derrière son muret.

On aurait dit qu'ils avaient l'habitude de ce genre de situation, une parfaite maîtrise; et qu'ils considéraient Patrick comme un enfant.

« Je ne peux pas prendre une telle responsabilité, protesta Patrick. Sa sœur...

– Il s'en sortira très bien. »

Mr. Adalat avait maintenant redressé Kit, le tenant contre lui, et lui tâtait le front, puis prenait son pouls.

« Allez ouvrir la porte, conseilla-t-il à Patrick. Quand le gaz sera parti, nous le mettrons au lit, et il dormira un peu. »

Patrick entra rapidement dans la cuisine en retenant sa respiration. Il ouvrit en grand la porte d'entrée et toutes les fenêtres de la maison. Sur une table, dans le couloir, se trouvaient deux lettres : une pour Meg, l'autre pour Flora. Il les glissa dans sa poche. Ensuite il retourna dans la cour et s'approcha de Kit qui commençait à gémir et à remuer les lèvres. Mr. Adalat hochait la tête avec satisfaction.

« Écoutez, je ne crois pas que nous ayons raison d'agir de la sorte », déclara Patrick.

Mr. Adalat ne prit pas la peine de répondre. Il essuyait le vomi qui souillait le visage et le cou de Kit.

« Il faudrait au moins que je téléphone à sa sœur pour lui apprendre qu'un accident est arrivé.

– Bien sûr, répondit Mr. Adalat. Nous allons tous les deux le porter en haut et je resterai près de lui pendant que vous irez à la cabine. »

Le vent soufflait dans la maison. Les rideaux volaient, claquaient en s'engouffrant dans les pièces.

Pauvre garçon ! songea Patrick lorsqu'ils eurent couché Kit. En croyant résoudre des problèmes, il provoque des catastophes.

Mr. Adalat s'assit d'un air guindé d'un côté du lit, les mains croisées avec patience sur ses genoux.

« Vous êtes certain que... ? reprit Patrick.

– Allez téléphoner de la cabine. Mais dites-lui de ne pas s'inquiéter. »

Mrs. Adalat se trouvait dans le jardin lorsque Patrick sortit. La petite fille se tenait près d'elle.

« Je vais téléphoner à sa sœur », déclara Patrick, estimant qu'il devait fournir une explication.

Mrs. Adalat acquiesça gravement.

« Juste au coin, devant la boutique », indiqua-t-elle.

En descendant la rue, Patrick se mit à prier. Mon Dieu, donnez-moi les mots pour le lui dire. Mais de tels mots existaient-ils? Il ne les trouvait pas.

19

« Il risque de recommencer, confia Meg à Patrick.

– Vous savez, en général les gens ne recommencent pas après une tentative, répondit-il aussi naturellement qu'il le put.

– Je ne crois pas que ce soit vrai. »

Patrick ne le croyait pas non plus.

Il passait avec elle autant de temps que possible, durant ce qui leur apparaissait à tous deux comme la convalescence de Kit gagnée sur la mort. Ce fut une période de honte et de gêne. Kit se levait, errait tristement dans la maison, le visage involontairement contracté quand il pénétrait dans la cuisine ou voyait Mr. Adalat rentrer du travail. Il ne savait comment se comporter. Les tentatives pour apaiser ses remords ne servaient qu'à accroître la consternation. Il ne parvint pas à engager un dialogue authentique avec Meg. Patrick, de son côté, avait fait un essai, posant une ou deux questions douloureuses à supporter. Un jour où ils se trouvaient en tête à tête, il avait rendu à Kit les lettres destinées à Meg et à Flora. Kit avait violemment rougi, comme si on lui avait cinglé le visage d'un coup de fouet.

« Nous ne savons quel comportement adopter l'un envers l'autre, avoua Meg à Patrick. Il y a un fossé entre nous, que ma voix ne parvient pas à franchir. Mais le pire c'est que, même si j'arrivais à me faire entendre de lui, je n'aurais rien à dire. Je ne peux oublier la réalité. Il a voulu nous quitter. C'est tellement difficile à pardonner... découvrir qu'on compte si peu. »

Elle devait également s'efforcer de pardonner à Flora.

« Il était très heureux, affirmait Meg. Avant toute cette histoire, il était très heureux. »

Tenter de s'en persuader la rendait véhémente.

C'était un dimanche. Patrick avait réussi à la convaincre de faire une promenade le long de la Tamise – parce que cela lui ferait du bien, et aussi parce que Patrick savait que sa présence constante énervait Kit, qui se sentait manifestement en liberté surveillée.

L'air avait un parfum d'automne et, par cette journée magnifique, un liseré de lumière bordait les arbres.

« Il avait enfin abandonné le projet absurde de devenir acteur, poursuivit Meg. J'avais l'impression qu'il était amoureux de Caroline, la fille de son bureau. Il était très loin de Flora et de ces rendez-vous à l'heure du thé, au cours desquels elle lui mettait tant d'idées folles dans la tête. »

Patrick écoutait, l'air grave. Il avait déjà entendu ce récit plusieurs fois pendant le week-end.

« Elle l'a bouleversé, déclara Meg. Elle l'a de nouveau attiré à elle, lui a donné l'impression qu'il avait tout raté.

– Il reprendra son travail. Tout recommencera comme avant. Et cette histoire sera oubliée », répondit Patrick.

Ils s'assirent sur un banc et regardèrent une file de péniches remonter le fleuve.

« Je suis si fatiguée, murmura-t-elle. Je perds les pédales. Oh, pardon ! » Elle porta son poing à sa bouche pour étouffer un bâillement.

Meg était pâle et amaigrie. C'est elle qui aurait besoin de vacances, songea Patrick. Il aurait aimé l'emmener quelque part, dans le genre d'endroit que tous deux appréciaient. Mais ce n'était pas possible : il partait dans le midi de la France avec Frankie.

« Je crois que je ne reverrai plus Flora, déclara Meg. Elle a tout, et pourtant elle veut toujours plus.

– Flora n'aurait jamais fait du mal intentionnellement. Elle serait étonnée de vous entendre parler ainsi.

– Quelqu'un devrait le lui dire, si elle n'est pas capable de s'en rendre compte.

– Il est inutile d'ajouter une souffrance à toutes les autres, murmura-t-il gentiment.

– C'est juste. » Sa voix avait perdu toute intensité. « Rentrons. Il ne fait plus assez chaud pour rester assis.

– Liz Corbett est d'accord avec moi au sujet de Flora, ajouta Meg lorsqu'ils se levèrent.

– Que diable vient faire Liz Corbett là-dedans?

– Elle aime bien Kit.

– Il a intérêt à faire attention, dans ce cas!

– Elle est passée cet après-midi-là, après le départ de Flora; et le lendemain, lorsqu'elle est revenue, elle a trouvé Kit dans un sale état. Il refusait de manger.

– Si c'est elle qui avait fait la cuisine, je le comprends!

– Elle m'a raconté qu'il avait tourné la tête vers le mur. Il était dans la même position quand je suis rentrée. Il ne voulait pas parler. »

Patrick était déjà au courant. Cette journée lui avait été interminablement décrite. Il supposait que c'était dans l'ordre des choses et, à présent, il trouvait moins fatigant d'écouter parce que les réponses lui venaient automatiquement.

Quand ils rejoignirent Alpha Terrace, ils croisèrent la famille Adalat qui effectuait sa promenade dominicale. Les Adalat avaient repris leur réserve des mois précédents, et les saluèrent avec raideur.

Kit, en les attendant, avait commencé à s'occuper du thé. La bouilloire chantait, et il préparait maladroitement des tartines beurrées.

Le lendemain, c'était l'anniversaire de Flora. Pour l'occasion, elle prit le petit déjeuner au lit, et s'adossa aux oreillers, le plateau près d'elle sur l'édredon couvert de cadeaux et de papiers d'emballage. Richard monta le courrier et elle ouvrit les enveloppes qui lui étaient adressées. Une carte de Patrick, mais rien de Meg. La carte arriverait probablement plus tard, car Meg n'oubliait jamais son anniversaire.

Richard, en la regardant, se disait qu'elle avait vraiment l'air d'une enfant, tellement heureuse, tellement excitée par son anniversaire.

« Je dois aller travailler », annonça-t-il en se levant, après un coup d'œil à sa montre. Il était déjà prêt, vêtu de son costume sombre. Lundi matin. C'était toujours un moment étrange : les gens se pressaient dans les rues, sortant par vagues des stations de métro, descendant des bus, se hâtant de reprendre la routine, et pourtant subtilement modifiés par le dimanche.

« Richard ! »

Il se retourna et vit le visage altéré de Flora, ses yeux agrandis d'étonnement, ses mains tremblantes qui lui tendaient une lettre. Il la saisit et lut en fronçant les sourcils. Il ramassa l'enveloppe et examina le cachet de la poste. Les environs de Londres.

Flora, la main sur la bouche, le regardait.

« Qu'est-ce que ça signifie ? s'écria-t-elle.

– Je n'en sais rien, répondit-il lentement en relisant la lettre.

– Qu'est-ce que ça signifie, répéta-t-elle, *Kit a essayé de se tuer* ? Qui m'a envoyé ça ? Pourquoi se cacher ? Pourquoi ne pas signer ? C'est de la folie !

– *Mon nom ne vous dirait rien, vous ne me connaissez pas*, lut Richard. Comment peut-on faire une chose aussi atroce?

– Laisse-moi la relire! » Flora prit la lettre et la considéra, écœurée. Elle était écrite au crayon sur une feuille arrachée à un carnet de croquis. *À cause de votre conduite* ! s'écria-t-elle avec une stupéfaction horrifiée. « Pourquoi me rendre responsable? Je me suis donné tant de mal pour Kit. Je me suis plus occupée de lui que de n'importe qui d'autre! Je l'aime tellement : comme s'il était mon propre frère, pas seulement celui de Meg. D'ailleurs, je sais bien qu'il ne ferait jamais une chose pareille. Pourquoi en serait-il arrivé là? Je l'ai vu il y a quelques jours à peine. Et qui peut me haïr au point de m'expédier cette abominable... » Elle laissa tomber la lettre, cacha son visage dans ses mains et se mit à pleurer. De longs sanglots indignés. Richard s'assit près d'elle et l'entoura de ses bras. « Et le jour de mon anniversaire, en plus! hoqueta-t-elle.

– Chérie, je suis navré. Il s'agit probablement d'un fou.

– Mais comment me connaîtrait-il?

– Je ne sais pas, je vais me renseigner. Je vais confier cette lettre répugnante à la police. » Il s'interrompit, puis reprit : « Non, toute réflexion faite, non, mieux vaut éviter la police.

– Ces injures atroces! Être accusée de choses aussi monstrueuses! Être tenue pour responsable de... Je sais que ce n'est pas vrai. Je n'ai jamais fait de mal à personne de ma vie.

– Bien sûr, ma chérie. Tu es la bonté même.

– Tu veux bien téléphoner à Meg pour t'assurer que ce n'est pas vrai?

– Impossible de l'appeler à son bureau pour parler d'une chose pareille. »

Flora cessa de pleurer et le regarda.

« Elle ne m'a pas envoyé de carte pour mon anniversaire, dit-elle.

– Tu l'auras au prochain courrier, répondit-il. Ne t'inquiète pas.

– Toute cette histoire au sujet de Kit soi-disant amoureux de moi! Tu sais que ce sont des mensonges, dis?

– Mais oui, évidemment.

– Un gamin de cet âge-là! Oh, je me sens mal, je vais être malade! »

Elle se leva péniblement, faisant tomber les cartes et les papiers-cadeaux sur le sol. Elle fila dans la salle de bains et Richard l'entendit rendre. Il consulta anxieusement sa montre. Il avait un rendez-vous dans une demi-heure.

Lorsqu'elle revint, secouée de frissons, serrant son châle contre elle d'une main bleuie, Richard eut le cœur serré. C'était une Flora désintégrée, le visage déformé par la douleur. Il n'aurait jamais imaginé la voir ainsi. Elle semblait avoir basculé d'un rêve heureux à une réalité de cauchemar. S'il en avait eu les moyens, il se serait montré violent – saurait encore se montrer violent – envers l'individu responsable d'une telle perturbation.

« Reste avec moi, Richard. »

Il la prit dans ses bras et regarda de nouveau sa montre par-dessus l'épaule de Flora.

« Je dois partir, mon amour. Je rentrerai déjeuner. Je te promets que je ne serai pas long.

– Comment vais-je savoir ce qui s'est passé?

– Je m'en occupe. Je trouverai le moyen d'éclaircir tout ça. »

Elle le laissa s'écarter, se détourna.

« Tu veux bien demander à Mrs. Lodge de monter?

– Bien sûr. Mais que vas-tu lui dire?

– La vérité, répondit Flora. La vérité. »

Elle s'effondra sur le lit et sanglota de plus belle.

Il fallait qu'il parte. Il descendit prévenir Mrs. Lodge, qui, inquiète, monta rejoindre Flora.

Comme il ouvrait la porte d'entrée, un jeune livreur s'engageait dans l'allée, un bouquet d'œillets rouges et roses enveloppé de cellophane dans les bras.

Patrick venait juste de démarrer sa journée de travail lorsque le téléphone sonna. C'était Richard qui l'appelait de l'usine.

« Oui, c'est exact, déclara Patrick, circonspect. Je crains en effet qu'il n'ait... Écoutez, évitons d'en discuter au téléphone, voulez-vous? » D'un geste las, il se passa la main sur le visage, contemplant les feuilles étalées devant lui, et écouta avec patience. « Pauvre Flora, murmura-t-il. Horriblement désagréable, oui. Je suis réellement navré de l'apprendre. Non, je ne vois vraiment pas qui a pu envoyer ça. (Il l'avait immédiatement compris.) Tout à fait navré, répéta-t-il. Entendu, je passe la voir maintenant. » Il raccrocha, rangea les papiers sur son bureau, et alla se préparer.

« Madame n'est pas elle-même, lui dit Mrs. Lodge en ouvrant la porte. Voyez ce que vous pouvez faire. »

Ensuite, je prendrai la relève, songea-t-elle.

Flora se trouvait dans le salon inondé d'œillets. Visage bouffi, lèvres enflées, yeux rouges. Patrick la prit dans ses bras, mais elle était tellement plus grande que lui qu'on aurait cru que c'était elle qui l'étreignait pour le consoler.

« Richard m'a appelé », dit-il avant d'ajouter, comme les larmes coulaient sur les joues de Flora, « ce n'est qu'une lettre anonyme. Vous n'êtes pas la première à en recevoir.

– Ah bon? Vous en avez déjà reçu, vous?

– Oui. »

Elle le regarda à travers ses larmes, stupéfaite.

« À propos de quoi?

– Je ne peux pas vous le dire. »

Elle détourna rapidement les yeux, estimant avoir accumulé suffisamment d'émotions pour une seule matinée. Elle avait mal à la tête, ses lèvres étaient sèches et salées.

« Rien n'est vrai, n'est-ce pas, au sujet de Kit? demanda-t-elle.

– Si.

– Vous voulez dire qu'il a vraiment essayé de se suicider? Kit? Pourquoi ne m'a-t-on rien dit?

– Je viens justement vous en parler. »

Elle s'assit et, la main sur le front, l'écouta sans mot dire. Quand il eut terminé, elle se leva pour aller chercher la lettre et l'enveloppe dans son secrétaire et les lui tendit.

« Voilà! dit-elle. Qui a bien pu écrire ça? Vous avez une idée? Éclairez-moi, je vous en prie.

– Oui, je crois le savoir; mais le nom ne vous dirait rien : c'est quelqu'un que vous ne connaissez pas. Je suis vraiment navré, chère Flora.

– Bah! Vous n'y êtes pour rien, non?

– Pour rien, en effet. » Je culpabilise beaucoup trop, se dit-il avant d'ajouter : « C'est l'acte le plus méprisable qui soit.

– Qu'est-ce qui peut pousser à agir ainsi?

– Être amoureux de Kit, peut-être.

– Une femme, donc? »

Il ne répondit pas.

« Une jeune femme plutôt affreuse est venue le voir, ce jour-là, au moment où je partais.

– Flora, écoutez-moi! Arrêtez de chercher. Ça ne sert à rien. Je voudrais pouvoir vous aider et...

– Mais je ne comprends plus rien! Si cela signifie qu'on ne peut aider ses amis, se mettre en quatre pour eux, les soutenir et les encourager...

– Les gens n'en valent peut-être pas la peine, vous savez.

– Alors vous êtes contre moi, vous aussi?

– Jamais. J'en suis incapable.

– C'est pourtant sans doute la position de Meg. Elle n'est pas venue ce week-end. Elle a oublié mon anniversaire. Au fait, c'est tellement gentil à vous d'y avoir pensé, Patrick. Merci mille fois, ajouta-t-elle d'un ton puéril. J'irai la voir en fin d'après-midi. Ainsi que Kit. »

Ce sera un moment affreux, songea-t-elle. Elle ne savait que dire à quelqu'un qui avait frôlé la mort – qui avait choisi de se la donner.

« N'y allez pas, conseilla Patrick. Laissez-la faire les premiers pas.

– Mais elle peut aussi ne pas venir!

– Elle viendra, si vous lui donnez du temps. Pour le moment, elle ne tient pas à laisser Kit seul.

– Même plus tard, je me demande comment elle pourra s'y résoudre.

– Ils se remettront de toute cette affaire. Kit va mieux. Je vous l'ai dit. Mais je crains de ne pas vous avoir été d'un grand secours, conclut-il en se levant pour prendre congé.

– Vous ne voulez pas boire quelque chose? proposa-t-elle dans l'espoir de le retenir.

– Non, je dois rentrer travailler. Ne pleurez plus, Flora, les larmes vous enlaidissent. »

Mais, dès qu'il fut parti, elle sanglota de nouveau.

Meg ne vint ni le lendemain ni le jour suivant. Le surlendemain, Ba rendit visite à Flora et la trouva fort affectée. Quelqu'un de proche avait été très malade, lui expliqua Flora. Mieux valait ne pas ébruiter cette histoire, avait conseillé Patrick.

Pendant l'absence de Ba, Percy mit un disque d'Edward Elgar et l'écouta à plein volume. Il gardait, sur les étagères de la bibliothèque, un petit bâton qu'il utilisait comme baguette de chef d'orchestre quand il était seul. Les voisins s'en plaignaient parfois ; mais, au cours de sa vie, les plaintes avaient rarement impressionné Percy.

Conduire un orchestre de cette façon était un passe-temps qu'il réservait à ses moments de solitude. Jamais il n'aurait révélé à quiconque l'extrême plaisir qu'il éprouvait à diriger les musiciens tout au long de la *Chevauchée des Walkyries* ou du dernier mouvement de la *Première Symphonie* de Brahms – ses morceaux favoris.

Il ôta sa veste, car la tâche était ardue, mais, au moment où il faisait intervenir les instruments à vent et à cordes, la porte d'entrée claqua. Il portait la musique à son acmé et devoir abandonner était aussi pénible qu'une interruption pendant l'amour.

Lorsque Ba pénétra dans le salon, Percy était assis dans son fauteuil et se tournait les pouces, mais elle remarqua les gouttes de transpiration qui perlaient sur son front.

« Tu te sens bien, chéri ? »

Il ouvrit les yeux, feignant de ne pas l'avoir entendue entrer.

« Bien sûr que je me sens bien.

– Mais que fabriques-tu donc, assis dans ton fauteuil en manches de chemise ?

– Il fait très chaud ici.

– Je ne trouve pas. »

Ba s'approcha de l'un des radiateurs à l'ancienne mode et y posa la main : il était quasiment froid.

« Je suis allée voir Flora. Elle ne va pas bien du tout.

– Elle s'en remettra », affirma Percy qui ne voulait rien savoir. Il était contrarié, furieux que Ba soit rentrée si tôt. Elle passait ses journées à traîner dans la maison, ou alors elle l'abandonnait complètement pour partir en France.

Leur mode de vie antérieur était beaucoup plus satisfaisant : il restait seul avec son piano et ses disques, heureux à la perspective de rejoindre sa maîtresse dans la soirée. Il n'avait plus de maîtresse, à présent, et plus de soirées en perspective.

« Flora avait une tête épouvantable », murmura Ba en ôtant le ruban du bouquet de chrysanthèmes qu'elle avait acheté. « Oh là là! Vraiment des fleurs d'hiver! Mais il n'y avait rien d'autre. Je me demande ce qui a pu bouleverser Flora à ce point. Elle est restée très évasive.

– Richard a peut-être fini par réagir au sujet de ce Barlow qui est tout le temps chez eux.

– Je ne crois pas, non.

– Les jeunes doivent régler leurs affaires tout seuls.

– Mais elle avait l'air vraiment malade : on aurait dit qu'elle avait pleuré des heures ou des jours entiers. Ses larmes tombaient sur Alice pendant qu'elle lui donnait sa bouillie.

– Heureusement que je n'étais pas là, déclara Percy à l'idée des larmes et de la bouillie.

– Mets ta veste, je t'en prie, mon amour. »

Il en avait justement l'intention. Lisait-elle dans ses pensées, par hasard?

« J'ai trop chaud. On étouffe ici », grommela-t-il.

« Non, déclara Meg. Je n'en ai pas envie. » Elle détourna la tête, très froide, avec le sentiment que

Patrick l'avait trahie. « Vous prenez tous son parti, mais pas moi. Pas moi ! » répéta-t-elle en tambourinant sur le dos d'une chaise, car ses doigts tremblaient.

« Vous finirez par vous y résoudre », assura-t-il mollement. Il était venu à Towersey pour persuader Meg de faire une chose à laquelle il ne croyait guère. « Cette lettre lui a révélé un aspect d'elle-même qu'elle est incapable de supporter.

– Elle n'est pas la seule à devoir affronter sa vérité.

– Mais ces épouvantables sanglots...

– Mauvais caractère, trancha Meg d'un ton de nounou en colère.

– Elle se détruit sous nos yeux. Je ne supporte pas la destruction.

– C'est pour nous punir d'avoir entrevu l'horrible personnage qu'elle vient de découvrir en elle. Elle continuera jusqu'à ce que nous l'aidions à reconstruire son image.

– J'ai déjà commencé.

– À la première fissure dans la façade...

– Une fissure tellement inquiétante. Voir la beauté dévastée me fait peur. On dirait qu'elle s'arrache littéralement les yeux à force de pleurer. Je ne suis pas assez solide pour supporter ça.

– Moi si.

– C'est un enfer pour Richard.

– Oui, j'en suis navrée », admit Meg d'un ton posé.

Cette froideur la rendait plus inflexible que jamais aux yeux de Patrick. Il soupira.

« Mais c'est de vous qu'elle a besoin. Plus que de quiconque, dit-il.

– Inutile de ruser. S'il en est ainsi, c'est parce que je suis la dernière à capituler, tout simplement. »

« La dernière » laissa entrevoir un petit espoir à Patrick ; mais Meg rectifia immédiatement : « La seule à ne pas capituler.

– On se sent très mal là-bas. »

La détente que Patrick trouvait chez Flora au terme d'une journée de travail avait disparu, tout comme la certitude d'être accueilli avec chaleur par la ravissante Flora dans le joli salon. À présent, il devait s'armer de courage pour sonner chez elle. Et il savait que rien ne changerait tant qu'elle ne serait pas arrivée à ses fins.

« On ne se sent pas non plus très bien ici, répliqua Meg. Je ne pourrai jamais expliquer à personne combien c'est pesant. Ce malaise, cette gêne atroce.

– On sous-estime cette forme de souffrance », reconnut-il.

Moralement épuisé, il se mit à bâiller. Comme toujours dans ces cas-là, son interlocutrice bâilla à son tour.

« Je suis fatiguée, si fatiguée », dit-elle, la main sur la bouche.

Patrick s'essuya les yeux.

« On dit que Goya a vécu dix vies, murmura-t-il. Je n'en suis qu'à la moitié de la mienne, et je trouve que c'est déjà trop. »

Elinor avait fini par s'acheter un chien pour avoir de la compagnie. C'était manifestement inadéquat, car elle avait pris l'habitude de le promener dans Beatrice Crescent. Un jour elle rencontra Flora qui poussait lentement le landau du bébé, l'air de ne pas être dans son assiette, les yeux cachés par des lunettes noires alors que les brumes d'automne adoucissaient la lumière.

« Bonjour, Flora.

– Bonjour, Elinor. »

Elles échangèrent un sourire et poursuivirent leur chemin. Pas un mot sur l'enfant, le chien, le mari ou quoi que ce soit d'autre.

Une autre fois, elle croisa Richard qui rentrait du bureau. Tandis qu'il s'approchait, elle se demanda s'il lui proposerait d'entrer prendre un verre comme il le faisait auparavant.

« Bonsoir, Elinor », dit-il en soulevant son chapeau melon avant d'ouvrir le portillon.

Le seul nom d'Elinor contrariait Flora et il avait déjà bien assez d'ennuis, songea-t-il tandis qu'il glissait sa clé dans la serrure en se demandant ce qui l'attendait encore ce soir-là.

Elinor redescendit lentement la côte. Être repoussée par un ami lui semblait aussi douloureux que de l'être par un amant. Elle ralentit en s'approchant de sa maison vide.

Le samedi suivant, dans l'après-midi, Meg descendit du bus et s'engagea sur Beatrice Crescent. Richard ne serait pas là, il le lui avait assuré au téléphone. Elle avait reçu un petit mot guindé de Mrs. Lodge. *Chère Miss Driscoll, madame serait tellement heureuse de vous voir s'il vous était possible de passer, mais ayez l'obligeance de ne pas mentionner cette lettre. Veuillez agréer mes sentiments respectueux, Mrs. Lodge.*

« Meg! Chère Meg! s'écria Flora en lui ouvrant la porte. Je t'ai vue dans l'allée, et rien ne pouvait me faire plus plaisir. »

Elle portait Alice dans ses bras et Meg caressa timidement la joue de l'enfant.

Le salon était inondé de fleurs; des cartons d'invitation trônaient sur la cheminée et des jouets parsemaient le sol.

« Je vois que la vie a repris son train-train », déclara Meg d'une voix éteinte. Elle était venue rassurer Flora, apaiser ses craintes. Telles étaient les instructions.

« Comment va Kit? » demanda gauchement Flora.

Meg était enfin venue, comme elle l'espérait tant; mais maintenant qu'elle était là, il était difficile de trouver quelque chose à dire.

« Kit va bien. Tu es simplement censée savoir qu'il a eu la grippe.

– Oui, je comprends. » Après un silence, Flora ajouta brusquement : « Tu veux prendre Alice? »

On aurait dit une gamine conciliante proposant un bonbon, un jouet.

« Je ne suis pas très à l'aise avec les bébés, répondit Meg. Ils finissent toujours par pleurer. »

Flora lança d'un ton rapide : « Je suppose que Patrick t'a dit...

– Oui, Patrick m'a dit. Mais je n'ai pas envie d'en parler, Flora.

– Je sais. Je voulais simplement être sûre que tu ne me reprochais rien. Si jamais j'ai commis une... Oh, Meg! Je me suis tellement inquiétée. Je ne dormais plus. »

C'est bien pourquoi je suis là, songea Meg. Ils trouvent tous inconcevable que Flora ne dorme plus.

« Je ne t'en veux pas, dit-elle doucement.

– Je ne comprenais plus. Tu es restée si longtemps sans venir.

– J'avais d'autres choses à faire.

– Où est Kit cet après-midi?

– Il est sorti avec une fille qui s'appelle Caroline.

– Et il a l'air de nouveau heureux?

– Oui, très heureux. »

Dire aux gens ce qu'ils voulaient entendre était en fait la prérogative de Flora, songeait Meg. Pour elle, c'était un instinct. Pour Meg, une concession acceptée à contrecœur : le matelas en duvet nécessaire à Flora pour retrouver le sommeil.

« On se fait griller des toasts pour le thé? Je vais préparer le plateau »

Flora se leva d'un bond – totalement différente, méconnaissable – et fila rejoindre Mrs. Lodge. Dès qu'elle quitta la pièce, Meg s'approcha d'Alice, qui était couchée sur le canapé. Elle s'agenouilla et lui prit timidement la main. Le visage d'Alice se rembrunit immédiatement, sa bouche se crispa de mécontentement et Meg, sans attendre ses pleurs, partit se planter à l'autre bout du salon. Les bébés savent, songea-t-elle. C'était un fait avéré, comme les chevaux qui mordent et les chiens qui grognent en montrant leurs crocs. Mais que savent-ils au juste? se demanda Meg.

Lorsque Flora revint avec le plateau, elle paraissait d'excellente humeur, semblable à la Flora d'antan, et Meg comprit qu'il ne serait plus jamais question du cauchemar de la semaine passée.

« Il faut absolument que tu viennes avec Kit pour Noël, déclara Flora. J'ai déjà tout organisé pendant que la bouilloire chauffait. Nous passerons un Noël merveilleux, ici, tous ensemble.

– Tu n'iras pas chez ta mère?

– Je crains fort qu'elle ne soit en Terre sainte, répondit Flora, pincée. Mais aucune importance. Nous passerons malgré tout un Noël formidable, nous autres. Le premier Noël d'Alice. »

Lorsque Richard rentra, elles étaient toutes deux devant la cheminée, occupées à faire griller des toasts. Meg, pourtant si pâle d'ordinaire, avait les joues rouges. Étendue sur le dos, Alice gazouillait en agitant les mains et les regardait en remuant ses petites jambes dodues. Une scène de bonheur domestique.

« Nous faisons des projets pour Noël », lui annonça Flora – bien que Meg, jusque-là, n'ait pas dit un mot.

Après avoir coupé le pain en tranches pour les toasts, Mrs. Lodge recueillit les miettes et les lança par la fenêtre à son rouge-gorge apprivoisé; mais il était trop tard : il était allé s'abriter en quelque endroit secret pour attendre la nuit. Mrs. Lodge resta un moment devant la fenêtre, flairant l'air – l'âcre odeur de fumée du crépuscule à Londres. Les feuilles commençaient à s'entasser dans le jardin. Elles voletaient ici et là et, non loin, quelqu'un les faisait brûler. Mrs. Lodge s'écarta de la fenêtre. Elle soupira. On semblait avoir totalement oublié qu'elle voulait partir.

Rivages poche

Silvio D'Arzo
Maison des autres (n° 78)
Angela Davis-Gardner
Un refuge en ce monde (n° 118)
Andrea De Carlo
Oiseaux de cage et de volière (n° 178)
Walter de la Mare
L'Amandier (n° 108)
Du fond de l'abîme (n° 141)
Erri De Luca
Une fois, un jour (n° 119)
Alfred Döblin
L'Assassinat d'une renoncule (n° 25)
Heimito von Doderer
Un meurtre que tout le monde commet (n° 14)
Michael Dorris
Un radeau jaune sur l'eau bleue (n° 121)
John Meade Falkner
Le Stradivarius perdu (n° 153)
Eva Figes
Lumière (n° 5)
Mavis Gallant
Les Quatre Saisons (n° 82)
Voyageurs en souffrance (n° 175)
William Gass
Au cœur du cœur de ce pays (n° 146)
Kaye Gibbons
Ellen Foster (n° 4)
Une femme vertueuse (n° 31)
Barry Gifford
Les Vies parallèles de Jack Kerouac (n° 81)
Paysage avec voyageur (n° 133)
Lars Gustafsson
Musique funèbre (n° 135)
MacDonald Harris
La Valise de Hemingway (n° 149)
Christopher Isherwood
Le Condor (n° 28)
Henry James
Mémoires d'un jeune garçon (n° 27)
Owen Wingrave (n° 36)
Le Dernier des Valerii (n° 62)
Un épisode international (n° 97)
Diane Johnson
Nuits persanes (n° 185)

Elizabeth Jolley
L'Héritage de Miss Peabody (n° 87)
Tombé du ciel (n° 131)
Foxybaby (n° 161)
Rudyard Kipling
Le Miracle de saint Jubanus (n° 85)
Mirko Kovač
La Vie de Malvina Trifković (n° 111)
Gavin Lambert
Le Crime de Hannah Kingdom (n° 104)
Ella Leffland
Rose Munck (n° 134)
David Lodge
Jeu de société (n° 44)
Changement de décor (n° 54)
Un tout petit monde (n° 69)
La Chute du British Museum (n° 93)
Nouvelles du Paradis (n° 124)
Jeux de maux (n° 154)
Hors de l'abri (n° 189)
Rosetta Loy
Les Routes de poussière (n° 164)
Alison Lurie
Les Amours d'Emily Turner (n° 7)
La Ville de nulle part (n° 21)
La Vérité sur Lorin Jones (n° 32)
Des gens comme les autres (n° 38)
Conflits de famille (n° 46)
Des amis imaginaires (n° 71)
Comme des enfants (n° 107)
Femmes et Fantômes (n° 182)
Norman Maclean
Montana, 1919 (n° 140)
Norman Mailer
Les vrais durs ne dansent pas (n° 177)
Javier Marías
L'Homme sentimental (n° 24)
Le Roman d'Oxford (n° 114)
Un cœur si blanc (n° 186)
Olga Masters
Le Cœur labyrinthe (n° 115)
Steven Millhauser
La Galerie des jeux (n° 37)
Lorrie Moore
Des histoires pour rien (n° 8)
Vies cruelles (n° 61)
Anagrammes (n° 91)

Achevé d'imprimer en avril 1996
sur les presses de l'Imprimerie Hérissey
27000 Évreux
Dépôt légal : avril 1996
N° d'imprimeur : 72742